Paul Fenzl

Ausgebrannt

Gewidmet meiner
lieben Frau Virginia

Paul Fenzl

Ausgebrannt

Kommissar Köstlbachers 7. Fall

SüdOst Verlag

Bibliografische Information der Deutschen Nationalbibliothek

Die Deutsche Nationalbibliothek verzeichnet diese Publikation in der Deutschen Nationalbibliografie; detaillierte bibliografische Daten sind im Internet über http://dnb.dnb.de abrufbar.
ISBN 978-3-86646-721-7

1. Auflage 2015
ISBN 978-3-86646-721-7

www.gietl-verlag.de

Kapitel 1

Nach der Geschichte mit den Serienmorden, wie sie seit 1975 nicht mehr passiert sind, als der Regensburger Horst David sein teuflisches Unwesen als Frauenmörder mit der Ermordung der Prostituierten Waltraud Frank begonnen hat, da hat jeder gehofft, nun würde erst einmal Ruhe in die Weltkulturerbe-Stadt Regensburg einkehren. Einerseits ein berechtigter Wunsch. Andererseits, und da wirst du mir sicher recht geben, wenn ein so fähiger Kriminaler wie der Kriminalhauptkommissar Edmund Köstlbacher seine Arbeitskraft aushilfsweise bei denen von der Wirtschaft oder vom Diebstahl vergeuden müsste, dann wäre das auch nicht wirklich in Ordnung. Selbstverständlich würde der Köstlbacher auch da eine gute Figur abgeben, aber als Spezialist in Sachen Mord, da ist er ohne jeden Zweifel bei der Aufklärung eben dieser Kapitalverbrechen am besten aufgehoben.

Ist ja irgendwie schon fast pervers, wenn du einer Arbeit nachgehst, die davon lebt, dass einer gewaltsam stirbt. Gut, die Leute vom Bestattungsinstitut leben auch irgendwie vom Tod, egal wie der sich sein Opfer geholt hat, ob durch einen Verkehrsunfall, eine Krankheit, die Hand eines Mörders oder eben nur aus Altersgründen. Aber was anderes ist das trotzdem. Bei denen läuft alles pietätvoll ab. Davon ist bei der Mordkommission nichts zu spüren.

Wie sich dann jedenfalls über ein Jahr, abgesehen von ein paar Selbstmördern, die nachweislich ohne Fremdverschulden ihren Freitod gewählt hatten, die Gewaltbereitschaft einiger Bürger maximal in Schlägereien entlud, die selten mehr als ein paar Beulen oder Schrammen zur Folge hatten, und kein weiterer Mord mehr im Zuständigkeitsbereich der Kripo Regensburg passierte, da dachten die oben in München doch tatsächlich darüber nach, die Abteilung für Mord zur Einsparung von Personal ganz zu streichen. Im Bedarfsfall sollte dann nur schnell aus den anderen Abteilungen eine Sondereinsatzkommission gebildet werden. Positive Erfahrungen mit solchen SOKOS hatte man ja bundesweit schon mehrfach gesammelt. Nur führte die Bildung einer SOKO bisher nie zur Abschaffung einer Kripo-Abteilung, die sich überwiegend mit Mordfällen befasste. Derartige Erwägungen waren neu und für die eventuell betroffenen Beamten sehr beunruhigend.

Ich sage immer, alles hat zwei Seiten. Und das trifft auch auf den Mord zu, der dem Köstlbacher soeben telefonisch durchgegeben worden ist. Natürlich bedeutete der wieder den Beginn einer ganzen Menge unangenehmer Arbeit. Aber dafür sind der Köstlbacher und sein Team schließlich da. Ohne diese aktuelle Mordmeldung hätten die Pläne von denen oben in München womöglich tatsächlich noch Fürsprecher gefunden. Diese Gefahr würde zwar weiterhin bestehen, aber zumindest für den Moment war sie gebannt.

Abgesehen von diesen personellen Umstrukturierungsideen seitens des Ministeriums hatte die Zeit ohne einen Mord in Regensburg auch sein Gutes für den Köstlbacher gehabt. Und dabei denke ich vor allem an seine Familie, der er sich wieder mehr widmen konnte, weil er nun in aller Regel verlässliche Arbeitszeiten hatte und seine Anna ihn bezüglich seiner Pflichten als Familienoberhaupt besser einplanen konnte.

Ich kann jetzt direkt deine Gedanken dazu lesen. *›Als ob das der Köstlbacher als Vorteil empfunden hätte!‹* Natürlich hast du recht! Für ihn war das oft eher lästig. Aber immerhin beruhigte es sein schlechtes Gewissen, das er sonst meistens hatte, wenn er unvermittelt zu einem Tatort oder zu einer Vernehmung gerufen wurde. Nur wenn der Grill gerade heiß war und die Würstchen schon duftend darauf brutzelten, dann wäre er natürlich lieber geblieben, als hungrig das Haus zu verlassen.

Während seiner *›geregelten‹* Arbeitszeit hat der Köstlbacher selbstverständlich nicht nur Däumchen gedreht und Kaffee getrunken. Wobei er mir einmal gestanden hat, dass er in der Tat schon Sodbrennen vom vielen Kaffee bekommen hat.

Die Mordfälle der vergangenen Jahre hatten dem Kriminalhauptkommissar Edmund Köstlbacher kaum Zeit gelassen, Regensburg aus kriminalistischer Sicht ganzheitlich zu erfahren. Dazu hatten sich jetzt genug Gelegenheiten ergeben.

Und das ›*Ganzheitliche*‹, das hat schon was! In der Medizin hört man dieses Schlagwort ja auch immer wieder. Und nicht nur da! Aber bleiben wir einmal einen kurzen Gedanken bei der Medizin. Was hilft es dir, wenn dir ein Arzt irgendein Krankheitssymptom wegmacht und die Ursache nicht behebt? Du verstehst, was ich mit dem ›*das Ganzheitliche*‹ meine.

Und wenn der Köstlbacher einen Mörder dingfest macht, dann ist das in gewisser Weise etwas in der Art. Er eliminiert ›*ein*‹ Symptom. ›*Das Ganzheitliche*‹ erledigen dann später all die Gutachter, die zum Prozess herangezogen werden, während der Köstlbacher schon wieder irgendein neues ›*Symptom*‹ im Visier hat.

Zugegeben, natürlich fehlt so einem Kriminaler, auch wenn er einer vom Kaliber eines Köstlbacher ist, die psychologische Ausbildung, um ganzheitlich arbeiten zu können. Dafür gibt es bei der Kripo Regensburg schließlich den Polizeipsychologen Dr. Hartmut Schenker. Aber so ein Gewaltverbrechen, so ein Mord, der passiert in aller Regel nur in einem größeren Zusammenhang. Und der ist ebenso in aller Regel eingebettet in einen Personenkreis, der es ganz allgemein mit dem Gesetz nicht so ernst nimmt.

Und genau diesen Personenkreis lernte der Köstlbacher intensiv in all den Wochen und Monaten kennen, in denen er mangels eines neuen Mordes anderen Kollegen, wie denen von der Sitte, vom Rauschgift, von der Wirtschaft und vom Diebstahl aushalf. Auch Probleme mit Migranten, religiösen Fanatikern und politisch radikalen Randgruppen landeten dabei auf seinem Schreibtisch.

Im Ministerium in München kamen seine umsichtige und breitgefächerte Arbeit, seine Teamfähigkeit und letztendlich die Erfolge, die er immer wieder aufs Neue vorzuweisen hatte, gut an. Der bislang über Regensburg hinaus weithin unbekannte, schrullige Kriminaler, der sich vor ein paar Jahren von Straubing nach Regensburg hatte versetzen lassen, erregte positives Aufsehen, das noch Folgen zeigen sollte. Aber davon später!

Kapitel 2

Dass jede friedliche Ruhe auch einmal vorüber ist, das ist ein Naturgesetz. Das trifft auf den täglichen Straßenverkehr genauso zu wie auf dein Eheleben oder das leidige Wetter. Und schon dreimal auf einen Kommissar von der Mordkommission, der vor lauter Ruhe schon an seiner Existenzberechtigung zweifelt und nach anfänglicher Verärgerung die Umstrukturierungspläne derer in München in Ansätzen zu verstehen beginnt.

»Funken Sie die Dr. Sieber an. Am Emmeramsplatz liegt eine tote Frau. Scheint kein Unfall zu sein! Sagen Sie ihr, ich bin mit dem Liebknecht unterwegs!«, orderte der Köstlbacher und war auch schon an seiner Sekretärin Edith Klein vorbei hinaus in den Flur verschwunden, um mit dem Lift runter zum Einsatzwagen zu eilen. Die Abteilungsleiterin legte großen Wert darauf, über Einsätze ihrer Beamten außer Haus informiert zu werden.

Sicher wäre er zu Fuß die beiden Stockwerke schneller unten gewesen, aber du kennst inzwischen den Köstlbacher. Treppauf tut's die Pumpe nicht und treppab schmerzt das rechte Knie. Alles eigentlich viel zu früh für seine gerade mal 47 Jahre. Aber wenn du das nötige Schlachtgewicht auf die Waage bringst, spielt das Alter nur mehr eine untergeordnete Rolle, was die Kondition betrifft.

Trage einmal versuchsweise zwei große Gießkannen voll Wasser. Eine links und eine rechts. Und steige mit denen eine Treppe hinauf. Du kannst es auch mit einem vollen Kasten Bier versuchen. So kannst du am besten, zumindest ansatzweise, nachempfinden, was dem Köstlbacher seine Knie beim Treppensteigen aushalten müssen.

»Du hast am Telefon was von einer Toten am Emmeramsplatz gefaselt?«, fragte den Kommissar der Liebknecht, der schon hinterm Steuer des schwarzen Dienstaudis auf seinen Chef wartete.

»Ja! Direkt vor dem Evangelischen Krankenhaus!«, antwortete der Köstlbacher.

»Dort ist doch auch ein Notarzt stationiert. Konnte der nichts mehr machen?«, fragte der Liebknecht.

»Allem Anschein nach nein. Außerdem kann auch ein Notarzt eine Tote nicht wieder zum Leben erwecken!«, grummelte der Köstlbacher, weil er doch selber nichts wusste, außer dass er von Kollegen, die schon vor Ort waren, gerufen worden ist.

Dem Liebknecht war klar, wann es besser ist, den Mund zu halten. Zwar bestand kein Anlass, nicht mit dem Edmund weiter über den Grund zu sinnieren, der sie zum Emmeramsplatz führte, aber wenn der Edmund diesen brummigen Unterton in seiner Stimme anschlug, war es angebrachter, eine Konversation nicht erzwingen zu wollen.

Eigentlich müsste sein Chef ja eher jubeln, weil alles darauf hindeutete, dass die Regensburger Mordkommission wieder etwas zu tun bekäme, was ihrem Aufgabenbereich entspricht. Aber so ist er eben, der Köstlbacher, immer anders, als man es von ihm erwartet. Für einen Kollegen, der diese Eigenheit kennt, kein wirkliches Problem. Für einen Straftäter, auf den es der Köstlbacher abgesehen hat, ein undurchschaubarer und damit gefährlicher Ermittler.

»Schau, schau! Der Kollege Jung ist schon da!«, sagte der Liebknecht erstaunt, als sie den Emmeramsplatz erreichten.

»Seltsam! Allein! Ganz ohne sein Team?«, kommentierte der Köstlbacher.

»Wer hat dich schon angefordert?«, fragte der Köstlbacher seinen Kollegen Kommissar Jakob Jung von der Spurensicherung. Dabei streckte er ihm seine Hand entgegen, verzichtete aber auf begrüßende Worte.

Der Kommissar Liebknecht nickte dem Jung nur freundlich zu und ließ erst einmal seinen Blick in die Runde schweifen. Bei all den Fenstern, aus denen man hier herunterschauen konnte, da dürfte der Personenkreis, der Beobachtungen gemacht haben könnte, enorm groß werden.

»Niemand! Ich hielt nur zufällig gerade eine Fortbildung in der Klinik ab«, entgegnete der Beamte und schüttelte dem Köstlbacher seine Hand.

»Du? Eine Fortbildung? Willst du denen in der Klinik beibringen, wie man für die Polizei Spuren sichert, falls einmal einer in der Klinik ermordet wird?«, fragte der Köstlbacher mit einem fast zynischen Lächeln auf seinen Lippen.

»Wo denkst du hin? Die Fortbildung ist nur für Notärzte! Ich versuche denen klar zu machen, dass sie wertvolle Spuren verwischen, wenn sie sich mit ein/zwei Sanitätern vor Ort wie die sprichwörtlichen Elefanten im Porzellanladen aufführen. Allerdings will man davon nichts wissen. Menschenleben retten sei vorrangig!«, antwortete der Jung.

»Ist ja auch nachvollziehbar!«, meinte der Köstlbacher. »Notärzte sind keine Kriminaler. Die machen ihre Arbeit nicht mit dem Verdacht im Hinterkopf, dass ein Gewaltverbrechen vorliegen könnte. Wir suchen Täter! Und die Notärzte wollen, wie du schon richtig gesagt hast, nur Leben retten!«

»Wenn's noch was zu retten gibt, dann schon! Aber oft sind die Opfer ja schon unübersehbar tot«, entgegnete der Jung.

»Und wie steht's mit der da?«, fragte der Köstlbacher und deutete dabei auf die Frau, die unweit vom Eingang ins Evangelische Krankenhaus durch eine Decke abgeschirmt vor neugierigen Blicken auf dem Bürgersteig lag. Neben ihr ein ramponierter DINA4 Aktenordner.

»Hat ein hässliches Loch in der Brust. Sieht mir nach einem großen Kaliber aus! Vermutlich dauerte es nur eine Schrecksekunde, bis sie tot war«, fasste der Jung ultrakurz zusammen und hob die Decke an, damit sein Kollege die Sauerei sehen konnte.

Der Köstlbacher zuckte bei dem Anblick unmerklich zusammen.

»Großkaliber! Müssten den Schuss nicht jede Menge Passanten gehört haben?«, fragte der hinzugetretene Kommissar Liebknecht.

»Und falls mit einem Schalldämpfer geschossen worden ist? Außerdem, schau mal da hinüber!«

Keine 20 Meter von der Leiche entfernt, stand ein Baustellen-Generator. Momentan nicht in Betrieb!

»Wenn der mit seinem lautstarken Kompressor den angekoppelten Presslufthammer in Bewegung setzt, dürfte man sein eigenes Wort nicht mehr verstehen und selbst ein Schuss wäre nur schwer als solcher zu identifizieren«, meinte der Kollege Jung.

»Wurde da zur Tatzeit gearbeitet?«, wollte der Köstlbacher wissen.

»Vermutlich ja. Die Männer schienen von allem nichts mitbekommen zu haben. Ich musste sie in eine Zwangspause schicken, um hier überhaupt halbwegs störungsfrei arbeiten zu können!«, sagte der Spurensicherer.

»Was meinst du, Gewehr oder Faustfeuerwaffe?«, fragte der Köstlbacher.

»Das ist schwer zu sagen«, wich der Kollege Jung aus, weil er sich nicht sicher war. Der Aktenordner, den die Tote vor sich haltend getragen hatte, war von der Kugel durchschlagen worden. Vermutlich der Grund, warum die Energie der Kugel nicht mehr ausreichte, den Körper zu durchschlagen. Aber von daher auf die Art der Waffe zu schließen? Das sollten andere tun.

»Also Gerichtsmedizin?«, fragte der Köstlbacher.

»Unbedingt!«, antwortete der Jung. »Du fragst mich gar nicht, wer die Tote ist?«, fügte der Jung noch erstaunt hinzu.

»Nicht nötig! Ich kenne die Tote!«, antwortete der Köstlbacher.

Du kannst dir vorstellen, wie verblüfft der Kommissar Jung bei diesen Worten dreingeschaut hat. Auch dem Kommissar Liebknecht hat es einen Ruck gegeben. Ohne abzuwarten, was sein Chef für einen Namen nennen würde, hob er die Decke noch einmal an, da ihm vorher durch den breiten Rücken seines Chefs der Blick auf die Tote versperrt war.

Mehr als zwei Sekunden waren es nicht, die der Liebknecht die Decke oben ließ. Blitzschnell drehte er sich wieder weg. Du kennst dem Liebknecht sein Problem ja! Auch nach jetzt schon über zehn Jahren bei der Kripo kann er immer noch kein Blut sehen, ohne dass es ihm den Magen umdreht.

»Linh?«, fragte der Liebknecht mit einer Hand vor dem Mund, falls die Übelkeit überraschend doch noch hochsteigen sollte. »Tran Thi Linh?«

Der Köstlbacher nickte nur.

Möchte man meinen, die beiden hätten nun den Kommissar Jung aufgeklärt. Möchte man meinen! Stattdessen haben beide nur in sich gekehrt auf die zugedeckte Leiche gestarrt. Das hat den Jung gewurmt, weil er sich ausgegrenzt gefühlt hat. Dabei hatte keiner der zwei Kriminaler im Sinn, den Spurensicherer bewusst auszugrenzen. Sie hingen nur im Moment ihren Gedanken nach.

»Kann mich vielleicht einer von euch aufklären?«, unterbrach der Jung die seiner Meinung nach zu lange Schweigeminute.

»Meine Frau hat bei Linh schon öfter etwas zum Ändern hingebracht«, begann der Köstlbacher.

»Wie, zum Ändern?«, fragte der Kollege Jung, der nicht verstand, was der Köstlbacher zum Ausdruck bringen wollte.

»Blusen, Hosen, Kleider, was man eben so alles zu einer Änderungsschneiderin bringt!«, erläuterte der Köstlbacher näher.

»Und woher kennst du sie?«, fragte der Jung den Liebknecht.

»Weil ich schon öfter mal dafür herhalten musste, auf dem Weg die geänderten Teile bei ihr abzuholen«, antwortete der Liebknecht, führte aber nicht näher aus, was er mit ›*auf dem Weg*‹ meinte. Klar, dass es auf Dienstfahrten geschehen ist. Aber das musste er dem Jung ja nicht auf die Nase binden. Dass er außerdem vor kaum mehr als vier Wochen versucht hat, mit dieser Tran Thi Linh anzubandeln, das behielt er lieber für sich.

»Aha!«, kommentierte der Kommissar Jung nur, weil er nun zwar wusste, dass die Kollegen Köstlbacher und Liebknecht die Tote kannten, aber mehr nicht. Dabei wurde er das Gefühl nicht los, hier etwas verschwiegen zu bekommen.

Der Köstlbacher, der durchaus bemerkte, dass der Kollege Jung gern mehr gewusst hätte, winkte ab und sagte:

»Was heißt schon ›*kennen*‹! Kennst du die Blondine, die in der Kantine in der Bajuwarenstraße mittags an der Kasse sitzt? Du siehst sie oft! Aber kennst du sie?«

»Ich verstehe!«, antwortete der Kommissar Jung. So gesehen hatte der Köstlbacher natürlich recht. »Ich dachte nur …«

»Was? Dass ich den Mörder kenne, weil das Opfer mir schon einmal eine Hose kürzer gemacht hat?«

Der Köstlbacher war ganz offensichtlich verärgert. Der Jung hatte dafür zu sorgen, dass an einem Tatort alle Spuren richtig erkannt, katalogisiert und fotografiert würden. Und natürlich hatte er für einen Bericht Sorge zu tragen, der dem Köstlbacher umgehend zur Verfügung stehen sollte. Und anstatt sein Spusi-Team herzubeordern, löcherte ihn der Wichtigtuer mit Fragen.

Der Jakob Jung wollte keinen Streit und wechselte das Thema: »Meine Kollegen müssten eigentlich schon da sein. Informiert sind sie auf alle Fälle!«

Bei diesen Worten verschwand der Ärger, der sich im Köstlbacher auszubreiten begonnen hat, schlagartig wieder. Er hatte den Jung zu Unrecht mangelnde Professionalität unterstellt.

»Entschuldigung!«, brummte der Köstlbacher. »Schick mir deinen Bericht zu, wenn du hier fertig bist!«

»Wir werden uns beeilen!«, sagte der Jung und beugte sich über die Tote. Seine drei Mitarbeiter waren soeben in ihren weißen Overalls gekommen, nickten dem Köstlbacher freundlich zu und begannen routinemäßig ihr Programm abzuspulen.

»Welche Laus ist dir über die Leber gelaufen?«, fragte der Liebknecht den Köstlbacher, weil er so seinen Chef noch nicht allzu oft erlebt hatte.

»Ich werde das Gefühl nicht los, dass mit dieser Tran Thi Linh viel Ärger auf uns zukommen wird!«, antwortete der Köstlbacher ausweichend.

»Wie kommst du da drauf?«, fragte er.

»Ist nur so ein Bauchgefühl!«, antwortete der Köstlbacher.

In Wahrheit wusste er selbst nicht so recht, was seine Verstimmung so spontan ausgelöst hatte. War es die dem Jung unterstellte Unprofessionalität oder war es der Anblick der ihm bekannten Toten? Oder spielte da ganz etwas anderes eine Rolle? Vielleicht die Befürchtung, seine eigene Familie könnte wieder einmal in einen Fall hineingezogen werden? Passiert war das ja schon. Und nicht nur einmal! Und jedes Mal war es ein Desaster!

Erst jetzt fiel dem Köstlbacher auf, dass einige Polizeibeamte das Terrain rund um die Tote vorbildlich abgesperrt hatten.

»Dein Werk?«, fragte er, weil er glaubte, der Liebknecht hätte das erledigt, während er mit dem Jung gesprochen hat.

»Da musst du dich schon bei dem Jung bedanken. Der hat sehr umsichtig reagiert, bis wir hier aufgekreuzt sind!«

Jetzt war endlich wieder Arbeit nach seinem Geschmack da. Und dann dieser Einstieg!

›*Vielleicht sollte ich mich vom aktiven Dienst zurückziehen!*‹, dachte der Köstlbacher insgeheim.

Kapitel 3

Interessant war dann der Bericht vom Dr. Michael Frank, dem Leiter der Gerichtsmedizin in Erlangen. Interessant vor allem wegen des Kalibers. Dass es ein großes gewesen sein musste, das hatte der Jung schon richtig gesehen. Aber dass es eines war, das in den alten Bundesländern bis zur Wende quasi gar nicht und danach auch nur selten auftauchte, das war durchaus außergewöhnlich.

›*... Der fast 90° Einschusswinkel lässt darauf schließen, dass der tödliche Schuss fast in Gegenüberstellung des Mörders erfolgt sein muss. Der Aktenordner bremste die Durchschlagskraft der Kugel ab und verformte sie entsprechend, weshalb der Schusskanal überdimensional groß ausfiel. Das Geschoss durchschlug auf seinem weiteren Weg das Herz und blieb anschließend im T6 der Wirbelsäule stecken. Das Kaliber ist eindeutig 9,2 x 18 mm ...*‹

Soweit die Passage aus dem gerichtsmedizinischen Bericht, die den Köstlbacher am meisten interessierte.

9,2 x 18 mm! Dem Köstlbacher fiel dazu nur eine einzige Faustfeuerwaffe ein, die dieses Kaliber hatte. Eine Pistole Makarow, wie sie in der ehemaligen DDR in der NVA üblich war. Spontan dachte er in diesem Zusammenhang an Roland Zeller.

Falls du dem Köstlbacher seine beiden letzten Fälle kennst, deren Lösung ihm einige graue Haare bescherten, dann hast du auch schon was von dem Roland Zeller gehört. Ehemals, als er noch DDR-Bürger war, hieß er Oskar Lischka. Nach einigen Stationen in seinem Leben, auf die ich jetzt nicht näher eingehen möchte, wurde in Bayern aus dem Oskar Lischka ein Roland Zeller, der bald auf der Gehaltsliste des Freistaats Bayern stand, auch wenn er als zweites Standbein – vielleicht auch nur zum Schein – ›*Rosi's Fahrschule*‹ betrieb.

Natürlich hätte der Köstlbacher jetzt auch andere Kanäle anvisieren können. Aber der Roland hatte unschätzbare Erfahrungen, als Soldat im Kriegseinsatz in Afghanistan, als universeller Undercover-Agent, nicht nur für die Mordkommission, als Agent beim LKA, manchmal sogar beim BKA.

So einer, der kennt Verbindungen und hat spontan Zusammenhänge parat, frage nicht! Die spuckt kein noch so gutes Computerprogramm aus.

Und weil der Köstlbacher trotz aller Subordinationsprobleme vom Roland den Teufelskerl irgendwie mochte, hat er einfach zum Telefon gegriffen und seine Handynummer im Verzeichnis angeklickt.

»Roland, bist du dran?«, fragte er, weil die Stimme am anderen Ende der Leitung nicht wirklich bekannt klang.

»Bist schon richtig! Hab' mir nur eine Erkältung eingefangen!«, antwortete der Roland. »Was liegt an?«

»Kaliber 9,2 x 18 mm! Sagt dir das was?«, fragte der Köstlbacher.

Das war das Schöne am Roland! Bei ihm musste man nicht erst lang um den Brei herumreden. Das Wichtigste in einem Wort und der Roland würde wissen, worum es ging und was er dazu beitragen könnte.

»Hm!«, sagte der Roland. »Gute Pistole! Viele registrierte dürften in Bayern nicht zu finden sein! Die gab's übrigens auch offiziell als schallgedämpfte Version.«

»Bist du zur Zeit in Regensburg?«, fragte der Köstlbacher. Die Erfahrung hatte ihn gelehrt, nicht zu viel übers Telefon zu äußern. Nicht nur Amerika hörte ab!

»Ja! Ich hätte sogar auf ein Bier Zeit für dich. Meine Kollegin hat meine Fahrstunden übernommen, damit ich meine Erkältung auskurieren kann.«

»Und das möchtest du bei einem Bier tun«, schmunzelte der Köstlbacher, der die Vorliebe vom Roland für ein frisches Weißbier nicht erst seit gestern kannte.

»Was dagegen?«, fragte der Roland.

»Natürlich nicht! In einer Stunde im Fürstlichen Brauhaus? Ich hätte anschließend Feierabend und könnte daher eins mittrinken!«, antwortete der Köstlbacher.

»Gute Wahl! Bis dann!«, bestätigte der Roland und beendete das kurze Gespräch.

Die Zeit reichte, um vorab noch einmal den Bericht vom Dr. Michael Frank von der Gerichtsmedizin durchzulesen. Um eine bessere Vorstellung von der Pistole zu haben, die als Mordwaffe gedient haben sollte, gab der Köstlbacher ›*Kaliber 9,2 x 18 mm*‹ in die Suchmaschine Google ein. Schaute eigentlich auch nicht viel anders aus, als vergleichbare westliche Fabrikate! Fragt sich nur, über welche Kanäle so eine Waffe hier her gelangen konnte. Die Munition dazu musste ja auf demselben Weg gekommen sein. Hier war sie ja selbst für einen munitionserwerbsberechtigten Sportschützen nicht zu haben!

Kapitel 4

Astrid Söll war außer sich, als sie von einer Geschäftsreise, auf der sie einen Teil ihrer Stoffe für die Produktion ihrer Dirndl Couture eingekauft hatte, nach Regensburg zurückkam, und die Feuerwehr mit einem großen Aufgebot vor ihrem Haus in der Mathildenstraße vorfand.

Der Schrecken wäre schon groß genug gewesen, wenn es sich nur um ihr Zuhause gehandelt hätte. Aber dort in der Mathildenstraße befand sich weit mehr als nur das. Für Astrid war diese Adresse längst zum Zentrum ihres außergewöhnlichen Unternehmens geworden, wo hochwertige Stoffe noch als Meterware lagerten, in dem neue Kreationen entstanden, wo die edelsten Dirndln nicht nur der aktuellen Kollektion in einem Showroom bewundert werden konnten.

Natürlich wurde Astrid von ihrer Sekretärin Sandra Würtz, gleich nachdem sie die Feuerwehr informiert hatte, angerufen. Insofern hatte ihre Chefin schon eine Ahnung, was sie erwarten würde. Aber gerade deswegen waren die letzten Kilometer auf der Autobahn vom Flughafen München nach Regensburg zum Martyrium geworden. Letztendlich hätte inzwischen das ganze Haus abgefackelt sein können. Wie in so einem Fall die eigene Fantasie Horrorszenarien hervorzuzaubern vermag, das kann sich eigentlich nur vorstellen, wer sich schon einmal in einer vergleichsweise ähnlichen Situation befunden hat.

»Sie können hier nicht durch!«, stoppte ein älterer Polizist Frau Söll, als sie gerade im Begriff war, unter der Absperrung zum Haus hindurchzuschlüpfen.

»Und ob ich das kann!«, blitzte Astrid den Beamten an. »Ich wohne hier!«

Ich muss schon sagen, dass einer in Regensburg die Astrid sieht und nicht erkennt, wen er da vor sich hat, das ist schon fast peinlich. Ein regionales Magazin, in dem sie nicht auftaucht, kann nur eines sein, dessen Tage gezählt sind. Mag sein, irgendwo in den neuen Bundesländern ist ihr

Bekanntheitsgrad nicht so flächendeckend. Aber selbst dort bestünde zumindest eine gewisse Wahrscheinlichkeit.

Der ältere Polizist wollte energisch reagieren. Aber so, wie's aussah, hat er mit einem Schlag seinen Fehler begriffen. Zum Glück, muss ich sagen, sonst hätte ich am Personengedächtnis der Regensburger Polizei ernsthaft zu zweifeln begonnen. Zumal dieser Beamte schon seit 30 Jahren seinen Dienst hier in dieser Stadt ableistete.

»Oh! Entschuldigung! Selbstverständlich Frau Söll! Der dunkelhaarige Herr dort drüben leitet den Einsatz. Wenden Sie sich an ihn!«, stotterte er verlegen, wurde gleichzeitig knallrot im Gesicht und hob eigenhändig das Absperrband hoch, um die Modeschöpferin durchzulassen.

Ohne ein Wort des Dankes – ihr Ärger war nicht wirklich verflogen – wandte sich Frau Söll dem Einsatzleiter zu. Der streckte ihr zur Begrüßung eine Hand hin und meinte: »Hallo Frau Söll! Kein Grund zur Aufregung! Wir haben alles im Griff!«

»Sie sind gut! Hier brennt's und Sie sehen keinen Grund zur Aufregung?«, lamentierte Frau Söll, wenig angetan von der verniedlichenden Darstellung.

»Halb so wild, wie's aussieht! Wir mussten kein Feuer löschen. Die starke Rauchentwicklung stammte vermutlich von einer Rauchgranate!«, versuchte der Feuerwehrmann erneut sie zu beruhigen. Aber mit dem Wort ›*Granate*‹ wählte er – du wirst es dir schon denken – nicht das geeignete Wort, um Frau Sölls Sorgen zu zerstreuen.

»Rauchgranate?«, fragte sie kopfschüttelnd. Allein schon der Begriff verursachte ihr Magenschmerzen.

»Das ist nur so ein Fachterminus«, erwiderte der Einsatzleiter, dem schlagartig bewusst wurde, dass er mit ›*Granate*‹ die Situation etwas überspitzt dargestellt hatte. Genau das Gegenteil von dem, was er wollte. »Explodiert ist da nichts! So ein Teil erzeugt nur jede Menge Rauch.«

»Dann gab's gar kein Feuer?«, fragte Frau Söll. Ein Hauch von Erleichterung schwang in ihrer Stimme mit.

»Leider doch! Aber beruhigen Sie sich! Größerer Schaden ist keiner entstanden. Irgendwer muss einen brennenden, mit Benzin getränkten Lappen in Ihre Einfahrt geworfen haben und dazu die Rauchbombe. Beides zusammen simulierte einen Brand, der uns auf den Plan rief!«

Astrid schüttelte verwirrt den Kopf.

»Aber warum?«, fragte sie.

»Sieht mir nach einem üblen Streich aus. Vielleicht auch eine Warnung! Aber das ist nicht mein Metier! Sehen Sie die Dame dort vor Ihrer Haustüre? Das ist Kommissarin Koch von der Kripo. Ist vielleicht besser, wenn Sie mit der weiterreden.«

»Kripo?«, fragte Frau Söll erstaunt, wartete jedoch seitens der Feuerwehr keine Antwort mehr ab und wandte sich stattdessen der Kommissarin Koch zu.

Vermutlich wunderst du dich jetzt, was die Koch von der Mordkommission in der Mathildenstraße zu suchen hatte, wo es doch dort gar keine Leiche gegeben hat.

Ganz ehrlich gesagt, das war reiner Zufall. Die Koch hatte ihren freien Tag und wollte den nutzen, einmal im Showroom bei der Astrid Söll vorbeizuschauen. Die Sekretärin von der Astrid, die Sandra Würtz, die ist eine alte Freundin von der Koch. Alles Weitere kannst du dir denken.

Damit hat die Kommissarin Koch natürlich jetzt auch gegenüber Frau Söll ihre Anwesenheit erklärt. Dass ihr Chef, der Köstlbacher, dass der wenige Tage später auch hier aufkreuzen würde, und zwar letztendlich doch noch im Zusammenhang mit einem Mord, das konnte zu dem Zeitpunkt freilich noch keiner wissen.

Kapitel 5

Aus dem einen Bier waren beim Köstlbacher längst zwei geworden. Und der Roland, der deutlich schneller schluckt, der Roland erfreute seinen Gaumen soeben sogar schon am Schaum vom vierten Weißbier.

Ich weiß, das klingt nach sehr viel und lässt Gedanken aufkommen, als ob die beiden Alkoholiker wären. Aber rechne das doch einmal in Maß um. Siehst du! Vier Halbe sind auch nicht mehr als zwei Maß! Und auf der Dult, da würde einer nach einer Maß noch lange nicht unter die Alkoholiker gezählt werden. Es ist einfach wie überall im Leben: Die Betrachtungsweise beschreibt das Ergebnis!

»Ich hab' noch einmal über die Makarow PB nachgedacht. Ich bin mir sicher, dass es eine PB war«, sagte der Roland, als er vom Köstlbacher auf dieses Thema angesprochen wurde.

»PB? Was soll ich mir darunter vorstellen?«, fragte der Köstlbacher.

»Die Makarow PB Kal. 9,2x18 ist die schallgedämpfte Version der Makarow PM. Beide Modelle haben 8 + 1 Schuss, also 8 Schuss im Magazin und einer im Lauf. Interessant ist die relativ geringe Mündungsenergie von 310 m/s. Somit kommt es zu keinem Überschallknall. Der Mündungsknall wird mittels des Schalldämpfers fast gegen Null reduziert.«

»Aha! Dann wäre der Schuss also auch ohne den Straßenbaulärm nicht zu hören gewesen?«, fragte der Köstlbacher.

»So sieht's aus!«, bestätigte der Roland. »Ich glaube auch kaum, dass jemand für seine Tat das Gerattere eines Presslufthammers einplant. Zu viele Unwägbarkeiten!«

»Hm!«, sagte der Köstlbacher nur. Er hatte eine Tote, wusste mit welcher Art Waffe sie erschossen worden war, und das war's auch schon. Kein Motiv! Kein Täter! Nicht einmal einer, der verdächtig wäre! Nichts!

»Du hast nichts!«, brachte es der Roland auf den Punkt, weil der Köstlbacher nur verdrossen dreinschaute und schwieg.

»Wir sind erst am Anfang!«, begann er auf einmal unerwartet zu erzählen. »Unbegreiflich! Das musst du dir einmal vorstellen! Direkt vor dem

Evangelischen Krankenhaus! Einsehbar von allen Seiten. Und keiner hat was beobachtet! Keiner! Nicht einmal eine von den Sekretärinnen drüben in der Regierung. Normal entgeht denen aus Langeweile nicht die kleinste Bewegung unten auf dem Emmeramsplatz!«

»Wahrscheinlich sind die frustriert vom Presslufthammerlärm, haben ihre Fenster geschlossen und schauen demonstrativ nicht runter!«, vermutete der Roland. »Und unten ist es nicht viel anders. Wer kümmert sich schon beim Vorbeigehen um das Geschehen auf einer Baustelle? Da schaut man doch meistens eher, so schnell wie möglich vorbeizukommen.«

»Auch dass die Erschossene Vietnamesin war, muss nicht zwangsläufig was zu sagen haben. Ich meine, von denen gibt's schließlich eine ganze Menge hier in Regensburg. Und bisher machten die uns keinerlei Probleme«, stellte der Köstlbacher fest.

»Du vergisst den Brand in dem Laden in Burgweinting vor zwei Jahren! Oder waren das Chinesen? Jedenfalls sollte nach meiner Erinnerung damals die Konkurrenz ausgeschaltet werden«, gab der Roland zu bedenken.

»Du hast ein gutes Erinnerungsvermögen. War Brandstiftung! Aber Genaueres weiß ich nicht. Werde gleich morgen den Akt anfordern. Vielleicht gibt's da ja tatsächlich Parallelen«, meinte der Köstlbacher.

»Ja, vielleicht!«, wiederholte der Roland die Worte des Kommissars. »Mich lässt diese Makarow PB nicht zur Ruhe kommen. Wenn du mich fragst, ist diese Waffe der Schlüssel zu dem Mord.«

»Wie kommst du auf diese Idee?«, fragte der Köstlbacher.

»Ich war zwar noch sehr jung, als ich die ehemalige DDR aktiv miterlebte. Aber an eines erinnere ich mich genau, unser sozialistischer Staat nahm viele Vietnamesen auf. *›Vertragsarbeiter‹* wurden sie genannt. Zeitweise sollen so an die 60.000 Vietnamesen in der DDR gelebt haben. Vermutlich sozialistisch geprägte. Aber was bedeutet das schon. Heute kehrt keiner mehr seine Gesinnung nach außen, zumal wenn es nicht mehr opportun ist.«

»Was genau willst du mir damit sagen?«, fragte der Köstlbacher.

»Kann sein, ich liege nicht richtig, und der Mord hat einen völlig anderen Hintergrund. Aber wenn du mich fragst, hast du ein vietnamesisches Problem am Hals. Die Leute sind äußerst geschäftstüchtig und lassen keine Möglichkeit aus, das unter Beweis zu stellen. Meines Wissens handeln einige Vietnamesen noch heute mit ehemaligen NVA-Beständen. Die waren nach der Wende ja für einen Appel und ein Ei zu haben. Legal wie illegal! Die Absatzmärkte dafür sind vielleicht nicht unbedingt in Regensburg, aber gleich über der Grenze in der nahen Tschechei dafür umso gehäufter.«

»Mag ja sein, es stimmt alles, was du sagst. Aber wirklich hilfreich ist das für meine Ermittlungen nicht gerade. Könntest du da nicht einmal deine Kontakte für mich spielen lassen und versuchen herauszubekommen, in was der Clan, zu dem die ermordete Tran Thi Linh gehört, verwickelt sein könnte?«, bat der Köstlbacher.

»Kann ich machen. Hilfreich wäre es, wenn du mir mehr Namen geben könntest«, antwortete der Roland.

»Ich lass' vom Liebknecht eine Liste zusammenstellen. Bisher haben wir Kontakt aufgenommen zu ihrem Mann und ihrer Mutter in der Ostengasse. Soweit ich weiß, wohnt dort eine ganze Großfamilie in einem Haus«, sagte der Köstlbacher.

»Das wäre ja ganz in der Nähe von dir?«, fragte der Roland.

»Kann man so sagen! Vom Prinzenweg sind's nur ein paar Schritte vor zur Ostengasse. Deswegen brachte meine Anna ja auch hin und wieder Hosen oder Kleider zum Ändern zu Tran Thi Linh.«

Der Roland sagte weiter nichts dazu, weil er nur zu gut wusste, wie das dem Köstlbacher an die Nieren ging, dass dieser Mordfall seine Familie tangierte. Er konnte sich gut vorstellen, welchen Schrecken die Anna bekommen hatte, als ihr der Köstlbacher diese traurige Nachricht überbracht hatte.

Kapitel 6

Das Briefing ein paar Tage nach dem Mord am Emmeramsplatz im Präsidium der Mordkommission in der Bajuwarenstraße brachte einige neue Erkenntnisse. Dabei zeigte es sich wieder einmal, wie gut es doch war, nicht nur über einen Fall zu reden, sondern die Ereignisse der vergangenen Tage komplett Revue passieren zu lassen. In der Vergangenheit zeigte es sich nicht nur einmal, dass scheinbar unabhängig voneinander Passiertes letztendlich in engem Zusammenhang stand.

So kam auch Kommissarin Koch zu Wort, die per Zufall in der Mathildenstraße war, als dort bei Astrid Söll halbherzig Feuer gelegt worden war. Ich sage ›*halbherzig*‹, weil laut Feuerwehr die ganze Aktion nicht darauf abgezielt hatte, Schaden anzurichten. Alles deutete eher auf Panikmache oder eine gezielte Warnung hin.

Frau Dr. Renate Sieber hatte sich entschuldigen lassen. Ein wichtiger Termin im Ministerium hatte Vorrang. Man munkelte, dass die Chemie zwischen der Abteilungsleiterin der Kripo Regensburg und dem neuen Polizeichef Stefan Anhuber nicht stimmte. Was immer das zu bedeuten haben sollte.

Der Anhuber nutzte die Gelegenheit, um beim Köstlbacher seinem Briefing mit dabei zu sein. Wäre die Dr. Sieber anwesend gewesen, hätte er kaum Interesse gezeigt. Aber auch das munkelte man nur.

Die beiden Kommissare Baldauf und Dirmeier hatten die unschöne Aufgabe erledigen müssen, den nächsten Angehörigen der Tran Thi Linh die Nachricht von ihrer Ermordung zu überbringen. Die 28-Jährige hinterließ zwei Kinder, einen Mann, ihre Mutter und weitere sechs nahe Verwandte, die alle im selben Haus in der Ostengasse wohnten. Bei diesem ersten Kontakt zu der vietnamesischen Großfamilie erfuhren die beiden Kriminaler, dass Tran Thi Linh zwar eine private Änderungsschneiderei betrieb, nebenher aber auch noch einige Stunden wöchentlich für die Modedesignerin Astrid Söll gearbeitet hatte.

»Sieh einer an!«, sagte dazu der Köstlbacher. Mehr vorerst nicht, da erst alle bisher gewonnenen Ergebnisse aufgeführt werden sollten. Im Anschluss wollte man versuchen, gemeinsam das Gehörte aufzuarbeiten.

Als die Koch ihren Beitrag eingebracht hatte, pfiff der Köstlbacher erstaunt durch seine Zähne. So ein Pfeifen war quasi ein verstärktes ›*Aha!*‹, das das Berichtete nicht nur bestätigte, sondern es vielmehr spontan in einen Zusammenhang brachte, der große Bedeutung vermuten ließ. Dass er jetzt an gestern und sein Gespräch mit dem Roland denken musste, wo es um den Brand in einem asiatischen Supermarkt vor zwei Jahren in Burgweinting ging, das sagte er nicht. Das heißt, das mit dem Supermarkt, das sagte er schon, aber nicht das mit dem Roland. Nicht alle seiner Mitstreiter mochten den Roland. Und, auch wenn er sich zurzeit in Regensburg aufhielt, er war ihm von keiner Seite bisher offiziell zugeteilt worden. So gesehen war das Gespräch mit ihm inoffiziell und genau genommen eigentlich gar nicht erlaubt.

Weil eines musst du wissen, der Roland zählte nur solange zu seiner Mannschaft, solange irgendeine übergeordnete Dienststelle aus München ihn dazu einteilte. Fast möchte ich sagen, verdonnerte. Weil in Regensburg, da fühlte sich der Roland am wohlsten als Fahrschullehrer oder als Drummer der Gruppe SCHERBENTANZ. Als Undercover-Agent arbeitete er lieber dort, wo ihn niemand kannte und er nicht nebenher ein bürgerliches Leben mimen musste.

»Wer bearbeitet die Brandstiftung bei den Söll-Moden?«, fragte der Köstlbacher, als keine weiteren Berichte kamen. Dass er ›*Astrid Sölls Dirndl Couture*‹ zu ›*Söll-Moden*‹ verkürzte, nahm ihm niemand übel. Alle wussten, wie sehr der Köstlbacher verschnörkelte Namensgebungen hasste.

»Fällt genau genommen nicht in Ihren Zuständigkeitsbereich, Kollege Köstlbacher!«, meldete sich der Polizeichef Anhuber zu Wort. »Frau Kochs Anwesenheit dort war privater Natur, auch wenn sie ihr dienstlicher Eifer übermannte!«

»Mag schon sein. Aber ich habe gute Gründe anzunehmen, dass ein Zusammenhang zwischen dem Brandanschlag bei den Söll-Moden und der

Ermordung der Vietnamesin Tran Thi Linh besteht«, entgegnete der Köstlbacher etwas ruppig.

Nicht genug, dass den Stefan Anhuber alle mit ›*Sie*‹ anreden mussten, obwohl er aus ihren eigenen Reihen zum Polizeichef befördert worden war und zuvor mit fast allen per ›*du*‹ gewesen ist. Der Polizeipsychologe, der Dr. Hartmut Schenker, der hat's auf den Punkt gebracht, als er meinte, ›... *wenn er's für sein Ego braucht ...*‹. Aber dass der Anhuber jetzt bei jeder Gelegenheit den Chef heraushängen ließ, das machte echt böses Blut. Jeder hier riss sich seinen Arsch auf und machte Überstunden, ohne zu murren, war 24 Stunden rund um die Uhr Polizeibeamter. Und wie nannte der Anhuber das jetzt bei der Koch? ›... *wenn Sie ihr dienstlicher Eifer übermannte* ...‹ War es in Regensburg denn nicht möglich, wenigstens einmal einen Polizeichef zu bekommen, mit dem man halbwegs auskommen konnte, der seinen Kollegen den Rücken deckte und selber ohne Tadel war? Fast ohne Tadel würde auch schon reichen!

»Wieder mal Ihr Bauchgefühl, Kollege Köstlbacher?«, fragte der Anhuber und deutete dabei anzüglich auf den Köstlbacher seinen stolzen Körperumfang.

Wenn du jetzt denkst, dass der Köstlbacher explodiert ist und dem Anhuber gewaltig seine Meinung gegeigt hat, dann irrst du dich. Dem Köstlbacher konnte der Anhuber nur noch leidtun. Und dementsprechend unbeeindruckt fiel auch seine Antwort aus: »Am Beginn einer Ermittlung stehen selten mehr als Vermutungen. Sie zu veri- oder zu falsifizieren ist unser Job.«

»Und von welchen ›*Vermutungen*‹ sprechen Sie im konkreten Fall?«, fragte der Anhuber.

Nicht dass er den Schwanz einzog, aber dass sich der Köstlbacher von ihm heute nicht auf die Palme bringen ließ, das war unschwer zu bemerken. Dabei hätte er ihn liebend gern provoziert. Mehr sogar. Er hätte ihn nur zu gerne zu einer beleidigenden Bemerkung gereizt. Irgendwas, womit man den Köstlbacher wegen Missachtung eines Vorgesetzten dran bringen könnte. Der Anhuber mochte den Köstlbacher nicht. Seit dieser Kriminaler von Straubing nach Regensburg gekommen ist, avancierte der mehr und mehr zum Local Hero, zum Regensburger Superstar. Ihn hatte man auf der Reservebank schmoren lassen. Nicht was seine Stellung betraf. Im Gegenteil! Er hatte es jetzt sogar zum Polizeichef geschafft. Aber was ist so ein Posten schon wert, wenn einem ständig das Wasser von einem lausigen Hauptkommissar der Mordkommission abgegraben wird?

Ich muss sagen, nervlich musst du da schon ein unerschütterliches Kostüm haben, wenn du unter so einem Chef, der ständig sein Gift verspritzt, arbeiten sollst. Der Köstlbacher ließ sich äußerlich nichts anmerken. Aber gewurmt hat es ihn schon. So wie viele andere auch. Am wenigsten beeindruckte das Chefgehabe den Liebknecht. Der dachte sich nur einen harten Spruch und ließ den Anhuber auflaufen. Stress mit dem Polizeichef, das war das Letzte, was er sich aufhalsen wollte. Dem Liebknecht reichte schon der Stress, dem ihm die Frauenwelt immer wieder machte, wenn du verstehst, was ich meine.

»Tatsache ist, dass Tran Thi Linh für Frau Söll gearbeitet hat. Tatsache ist auch, dass wir bezüglich eines Täters noch völlig im Dunklen tappen. Und in einem ungeklärten Mordfall, Kollege Polizeichef, ist es üblich, vor allem über ein Motiv nach dem Mörder zu suchen. Motive finden sich im allgemeinen in der Familie, im Freundes- und Bekanntenkreis und – damit zu den Söll-Moden – am Arbeitsplatz«, antwortete der Köstlbacher. »Oder sind Sie da anderer Ansicht?«

»Keineswegs! Aber Sie sprachen von Vermutungen!«, sagte der Anhuber. Das ›*Kollege Polizeichef*‹ überhörte er geflissentlich.

»Der mehr oder minder fingierte Brandanschlag«, begann der Köstlbacher und versuchte, seine Worte mit Bedacht zu wählen.

»Fingiert?«, unterbrach ihn der Anhuber da schon wieder.

»Ich glaube nicht an einen echten Brandanschlag! Zumindest nicht an einen, der Erfolg haben sollte. So wie die vom Feuerteufel, der Autos ausbrennen ließ. Wir hatten diese Art Anschlag vor zwei Jahren schon einmal. Damals in Burgweinting! Und da lief er aus dem Ruder, sorgte für einen größeren Sachschaden«, fuhr der Köstlbacher fort.

»Ich erinnere mich gut! Der Laden gehörte einem Vietnamesen!«, ergänzte der Baldauf. »Kann durchaus sein, dass die Sippschaft aus Burgweinting mit der in Regensburg in Verbindung steht. Vielleicht sogar in familiärer. Und ich kann den Edmund gut verstehen, wenn aus seiner Sicht da Querverbindungen zum Brandanschlag bei den Söll-Moden anklingen.«

»Wir, der Baldauf und ich, wir haben der Familie der Tran Thi Linh die Todesnachricht überbracht«, mischte sich Baldaufs Kollege Dirmeier ein. Ich schlage vor, die ganze Großfamilie genauer unter die Lupe zu nehmen. Die Mutter machte übrigens einen sehr gefassten Eindruck. Eine Idee zu gefasst, wie mir schien. Der Vater war nicht zu Hause. Auch nicht ihr Mann.«

»Dafür mindestens fünf andere Erwachsene und einige Kinder!«, fügte der Baldauf hinzu.«

Der Köstlbacher nickte und machte sich eine Notiz. Genaue Anweisungen, wer was als Nächstes erledigen soll, würde er im Anschluss an das Briefing geben.

Der Anhuber sah einen Moment so aus, als ob er erneut zu einer Bemerkung ansetzen wollte, blieb aber dann doch passiv im Hintergrund. Wenn du mich fragst, dann hatte der sich auch zu wenig vorinformiert, um konstruktiv mitreden zu können. Und dass seine dummen Sprüche nicht besonders ankamen, das war ihm anscheinend doch nicht entgangen.

»Was ist mit der Mordwaffe? Dass es eine Makarow war, wissen wir. Ob eine PB wird sich noch rausstellen. Wenn sie der Mörder nicht entsorgt hat, müsste er sie noch haben?«, fragte der Liebknecht.

»Die Makarow war eine verbreitete Pistole in der NVA. Wisst ihr eigentlich, dass 60.000 Vietnamesen in der damaligen DDR lebten?«, fragte der Köstlbacher, ohne zunächst auf den Liebknecht einzugehen.

»Was wollen Sie damit sagen?«, fragte der Polizeichef ehrlich erstaunt, wie gut der Köstlbacher informiert war, auch wenn ihm seine Schlussfolgerung nicht ganz klar schien.

»Zunächst nichts Konkretes! Aber nach meinen Recherchen haben nach der Wende nicht nur ehemalige Ostdeutsche und Russen NVA-Waffen verscherbelt. Die Vietnamesen sollen da kräftig mitgemischt haben!«, antwortete der Köstlbacher.

»Wenn da was dran ist, wird Ihnen den Fall das LKA bald abnehmen«, meinte der Anhuber.

»Nicht solange er auf Regensburg beschränkt bleibt. Und da spricht momentan nichts dagegen!«, wehrte der Köstlbacher, nun doch etwas aus dem Konzept gebracht, ab. Wenn das mit dem Kompetenzgerangel nun wieder losginge, dann würde er ausrasten! Jetzt nur ja keinen Fehler machen!

Als hätte das mit dem Fehler der Anhuber in Köstlbachers Gedanken gelesen, sagte er: »Wir können uns die Presse nicht länger vom Leib halten. Frau Söll ist eine stadtbekannte Persönlichkeit. Wenn es tatsächlich einen Zusammenhang zwischen dem Brandanschlag bei ihr und dem Mord an der Vietnamesin gibt, werden uns die Journalisten wie Aasgeier belagern.«

»Was schlagen Sie vor?«, fragte der Köstlbacher ganz förmlich, weil er eigene Entscheidungen bezüglich Pressemeldungen hasste. Im Normalfall war dafür die Dr. Sieber zuständig. Aber da die nicht anwesend war, sollte der Anhuber sagen, was Sache ist.

Aber der, du wirst es dir schon gedacht haben, zog sich raffiniert aus der Affäre: »Machen Sie eine Presseerklärung fertig. Ich werde sie mir ansehen und dann darüber befinden!«, entschied er.

Kapitel 7

»Der Bericht von der Feuerwehr ist mir ein bisschen zu unpersönlich. Nur Fakten. Mehr nicht! Wie war dein Eindruck?«, fragte der Köstlbacher die Kommissarin Koch.

Der Polizeichef Anhuber war gegangen und die Atmosphäre im Raum war schlagartig anders geworden. Milder! Durchaus vergleichbar mit Wetterumschwüngen, nach denen man sich frischer und befreiter fühlt.

»Der wird sich hüten, mehr als Fakten in seinen Bericht zu schreiben. Du weißt doch am besten, wie Richter in coram publico die Aussage eines Sachverständigen herunterputzen, wenn da auch nur ein Fünkchen eigene Meinung dabei ist«, antwortete die Koch.

»Schon klar! Aber hier sind wir nicht vor Gericht. Und deine Einschätzung ist mir wichtig, auch wenn du sie nicht hieb- und stichfest mit Beweisen belegen kannst!«, entgegnete der Köstlbacher.

Die Koch schwieg noch ein paar Sekunden und blickte in die Runde. Es war erstaunlich still im Beratungszimmer geworden. Alles wartete interessiert auf ihren Bericht. Sie versuchte, sich so genau wie nur möglich zu erinnern und sich in ihrer Meinung nicht von dem beeinflussen zu lassen, was inzwischen noch geschehen war.

»Ich bin mir anfangs vorgekommen wie in einem Film. Überall beißender Rauch und ein großes Aufgebot an Feuerwehr. Herumliegende Löschschläuche, aber keiner in Benutzung. Ein paar Männer verstauten gerade Schaumlöschgeräte, was mir nach einer Beendigung des Einsatzes aussah. Nachdem ich mich dem Einsatzleiter als Kommissarin von der Kripo vorgestellt hatte, sagte der mir erst einmal das, was er später in seinen Bericht auch geschrieben hat. Aber im Gespräch mit mir hatte er durchaus auch eine eigene Meinung zu diesem Anschlag.«

An dieser Stelle unterbrach die Koch ihren Bericht und nahm kurz Blickkontakt zum Köstlbacher auf, was wohl das unterstreichen sollte, was jetzt käme.

»Zumindest eine Vermutung äußerte der Einsatzleiter der Feuerwehr – seinen Namen habe ich übrigens vergessen – konkret.«

Der Köstlbacher nahm bei diesen Worten den Bericht der Feuerwehr zur Hand und sah nach. Da ihm der Name nichts sagte, mit dem er unterschrieben war, nickte er nur, machte eine Handbewegung, um der Koch anzudeuten weiterzuerzählen.

»Seiner Meinung nach hatte die Aktion eher den Charakter einer Drohung. Der Anschlag war so dimensioniert, dass kein größerer Schaden entstehen konnte und wohl auch sollte. Frau Söll etablierte mit ihrer ganz speziellen Dirndl Couture eine beachtliche Konkurrenz gegenüber den bisher marktführenden Trachtenmoden. Damit machte sie sich nicht nur Freunde. Neider könnten potentiell für den Anschlag verantwortlich zeichnen.«

»Oder das soll nur so aussehen!«, bemerkte dazu der Liebknecht.

»Was willst du damit sagen?«, fragte der Köstlbacher.

»Vielleicht solltest du allen erst einmal ein Detail aus dem Bericht der Feuerwehr vorlesen!«, antwortete der Liebknecht. »Du weißt, worauf ich anspiele?«

Dass der Liebknecht den Bericht kannte und die anderen noch nicht, das lag daran, dass er vor dem Briefing den Köstlbacher von seinem Büro abgeholt hatte und den Bericht, den die Klein kurz zuvor gebracht hatte, zu sehen bekam.

»Hm!«, brummte der Köstlbacher, weil er darüber eigentlich vorab gerne noch mit dem Roland gesprochen hätte. Aber darauf musste er nun wohl verzichten.

»Es geht um die Rauchgranate. Einer von der Feuerwehr hat sie als eine aus den Beständen der ehemaligen NVA identifiziert. Ganz sicher ist er sich allerdings nicht. Darum will ich mir auch noch eine zweite Meinung von einem Experten einholen.«

»Und wenn dieser Feuerwehrmann recht hat? Klingeln dir dann nicht die Ohren?«, fragte der Liebknecht.

»Natürlich tun sie das. Gleich als ich das gelesen habe. Aber wir sollten trotzdem eine fachmännische Bestätigung abwarten, bevor wir voreilige

Schlüsse ziehen. Du hast soeben ja hautnah erlebt, wie unser Polizeichef tickt. Nur Fakten zählen! Und selbst wenn ein Experte die Herkunft bestätigt – ein Zusammenhang mit der Mordwaffe am Emmeramsplatz ist damit nicht automatisch bewiesen«, sagte der Köstlbacher.

»Baldauf und ich, wir hatten schon öfter auf den Vietnamesenmärkten auf der tschechischen Seite der Grenze zu tun. Du erinnerst dich, als du uns zum ersten Mal damals wegen der Dusana, dieser tschechischen Prostituierten, rübergeschickt hast?«, fragte der Dirmeier. »Die Freundin von dem einbeinigen Gruber?«

»Ja! Und was willst du damit sagen?«, entgegnete der Köstlbacher.

»Schick uns erneut los, den Baldauf und mich! Wenn du willst nur einen Tag. Mit einer Übernachtung wär's freilich besser. Was die Mordwaffe betrifft, wie sie nach Regensburg gelangt sein könnte, ist das zwar die berühmte Suche nach einer Nadel im Heuhaufen. Aber wir könnten mit Sicherheit Dinge in Erfahrung bringen, die relevant für die Lösung des Falls sein könnten«, meinte der Dirmeier.

Die Idee an sich gefiel dem Köstlbacher spontan. Aber er wollte sie personell anders angehen. Roland! Roland Zeller müsste mit von der Partie sein. Der würde der Suche zu einem weit höheren Erfolg verhelfen können. Das musste aber noch unbedingt mit der Dr. Sieber abgesprochen werden, eventuell sogar mit dem Anhuber.

»Gute Idee! Ich werde mir dazu Gedanken machen. Vorab brauche ich euch beide noch dringend hier in Regensburg. Tschechien läuft uns nicht davon!«, sagte der Köstlbacher und gewann damit etwas Zeit, diese Aktion besser planen und nach oben absichern zu können.

»War nur ein Vorschlag!«, antwortete der Dirmeier etwas verstimmt, weil er befürchtete, nicht damit angekommen zu sein.

»Kein schlechter Vorschlag! Wäre perfekt, wenn wir die Waffe vorliegen hätten. Solange das nicht der Fall ist, kümmern wir uns vorrangig um jedes Detail, das wir in Regensburg zu dem Fall finden können. Und damit uns nichts durch die Lappen geht, tun wir ganz einfach mal so, als ob die Geschichte in der Mathildenstraße und der Mord auf dem Emmeramsplatz miteinander eng verwoben sind. Täuschen wir uns, ist das kein Beinbruch!«, meinte der Köstlbacher.

»Wie gehen wir's an?«, fragte der Liebknecht.

»Du begleitest mich zur Mathildenstraße. Es müsste mit dem Teufel zugehen, wenn die Frau Söll und ihre Sekretärin uns nicht zumindest Denkanstöße geben könnten!«, begann der Köstlbacher mit seiner Arbeitszuweisung für heute.

»Baldauf und Dirmeier, geht Wort für Wort die Akte zu dem Brandanschlag in Burgweinting vor zwei Jahren durch. Vielleicht findet ihr was. Und wenn's nur Namen sind, die dort wie hier auftauchen!«, fuhr der Köstlbacher fort.

»Pirzer und Koch, ihr habt schon einen ersten Eindruck von dem Familienclan bekommen, dem die Ermordete angehörte. Ich möchte ein umfangreiches Dosier über jede und jeden in dieser Familie haben. Kinder vorläufig ausgenommen. Niemand wird grundlos erschossen. Und oft genug finden sich Gründe im familiären Umfeld.«

»Wär's das?«, fragte die Koch.

»Für den Augenblick, ja! Wenn euch irgendwas von Belang erscheint, dann möchte ich das umgehend erfahren! Nicht erst zwei Tage später schriftlich auf meinem Schreibtisch!«, schloss der Köstlbacher das Briefing ab.

Die Klein, die das Briefing mitprotokolliert hatte – seit der Anhuber Polizeichef geworden ist, war das verpflichtend eingeführt worden – erwähnte noch, bevor sie zurück in ihr Büro ging: »Und wer macht die Pressekonferenz, falls Herr Anhuber eine ansetzt?«

»Mist! Die habe ich ganz vergessen! Ich werd' mir was einfallen lassen!«, antwortete der Köstlbacher.

Kapitel 8

Weder in der Einfahrt noch im Eingangsbereich des Hauses von Frau Astrid Söll in der Mathildenstraße war auch nur der kleinste Hinweis auf den dort stattgefundenen Brandanschlag zu sehen. Die Malerfirma, die nach dem Einsatz einer Reinigungsfirma alle Spuren übertüncht hatte, war gerade im Begriff, nach getaner Arbeit das Feld zu räumen. Ein Ort, an dem Haute Couture kreiert wird, muss alle Sinne positiv ansprechen. Selbst wenn künstlerische Kreativität nicht nur im Schönen fruchtbaren Nährboden findet, die Ergebnisse, zumal wenn es sich um Bekleidung handelt, lassen sich in entsprechend edler Umgebung besser präsentieren. Rußgeschwärzte Räume passen zumindest zu Dirndln der Extraklasse, die außer zu Trachtenevents auch ebenso gut in die Oper getragen werden können, absolut nicht.

Der Köstlbacher hat zwar eine Lederhose zu Hause und seine Anna zwei oder drei Dirndl, aber alles im normalen Bereich. Quasi Stangenproduktionen. Reicht für einen Besuch im Biergarten, die Dult, das Gäuboden- und Oktoberfest und was sonst im Laufe eines Jahres so an bodenständigen Festivitäten anfällt, bei denen Tracht angesagt ist.

Nachdem der Köstlbacher allerdings das Haus der Söll wieder verlassen hat, war er sich nicht mehr so sicher, ob seine Trachtenmoden zu Hause nicht doch etwas zu mickrig wären. Wenn er der Anna von den Söll Moden berichten würde, wüsste er schon jetzt, was sie als Nächstes haben will. – Aber da bin ich jetzt etwas voraus! Zunächst einmal befanden sich der Köstlbacher und der Liebknecht erst im Hof des Hauses in der Mathildenstraße und machten dem Kleintransporter der Malerfirma Platz, der das Anwesen gerade verließ.

Frau Söll, die mit ihrer Unterschrift die erledigte Arbeit soeben bestätigt hatte, wollte sich gerade wieder ins Haus begeben, als sie auf den Köstlbacher und den Liebknecht aufmerksam wurde.

»Sie wünschen?«, fragte sie. Der Anblick der beiden Kriminaler erinnerte sie an Zeugen Jehovas, für die sie jetzt am allerwenigsten ein Ohr hatte.

Schuld war dem Köstlbacher sein schwarzes Outfit. Seine Anna hatte gemeint, bevor ihm dieser Anzug auch noch zu eng würde, sollte er ihn wenigstens im Dienst auftragen. Ohne Krawatte, versteht sich.

Der Liebknecht war zwar erheblich salopper gekleidet, aber insgesamt auch farblich eher seinem Chef angeglichen. Da brauchst du dich nicht wundern, wenn bei der Astrid Söll der Gedanke an Zeugen Jehovas aufkam.

Weil man einem Kriminaler seinen Beruf ebenso wenig anmerkt wie dem Mörder seine Verbrechen, fand der Köstlbacher den etwas unfreundlichen Ton in Frau Sölls Stimme auch nicht überraschend oder gar störend. Wer hat es schon gern, wenn unangemeldet zwei fremde Männer auftauchen und frech die Gelegenheit nutzen, durch das geöffnete Einfahrtstor unaufgefordert hereinzuspazieren?

»Kriminalpolizei! Hauptkommissar Köstlbacher!« Und mit einer Handbewegung zu seiner Begleitung hin fügte er noch hinzu: »Mein Kollege, Kommissar Liebknecht!«

Um der Frage nach einer Legitimation zuvorzukommen, die an dieser Stelle in 90 von 100 Fällen kommt, hielten beide Frau Söll ihren Ausweis hin.

»Aha!«, kommentierte Frau Söll das Auftreten der Polizisten. »Ihre Kollegin Koch hatte mir schon angedeutet, dass ich mich auf einen weiteren Besuch der Kripo einstellen muss. Wollen Sie hereinkommen?«

So wenig wie den Köstlbacher die anfängliche Skepsis der Frau verwundert hatte, so erstaunt war er nun trotzdem, so freundlich ins Haus gebeten zu werden. Ein Kriminaler ist zwar keiner vom Finanzamt oder gar ein Gerichtsvollzieher, aber was die Herzlichkeit betrifft, die diesem Personenkreis entgegengebracht wird, da bestehen durchaus Ähnlichkeiten.

»Gerne!«, antwortete der Köstlbacher nur und folgte Frau Söll über ein paar Stufen im Eingangsbereich ins Innere des Hauses.

Der Liebknecht brachte wieder einmal nichts heraus, wie immer, wenn er es mit einer attraktiven Frau zu tun bekam. Aber da erzähle ich dir ja nichts Neues!

Nachdem Frau Söll die beiden Beamten gebeten hatte, Platz zu nehmen, und ihren erwachsenen Sohn Quirin aufgefordert hatte, für die Herren Kaffee zu machen, meinte sie: »Danke für Ihren Besuch! Frau Würtz, meine Sekretärin, hat mich vor einer Stunde daran erinnert, dass ich Sie unbedingt anrufen muss. Aber dann kam mir der Maler dazwischen, zwei Kundinnen und etliche Anrufe. Tut mir leid, ich hab's einfach vergessen«, sagte Frau Söll.

»Uns anrufen?«, fragte der Köstlbacher erstaunt.

»Ihre Kommissarin Koch hatte mich gebeten, sofort bei ihr anzurufen, falls uns hier noch etwas auffallen würde, was im Zusammenhang mit dem Brand von Bedeutung sein könnte«, antwortete Frau Söll.

»Aha! Ja, ja! Und? Was ist Ihnen aufgefallen?«, fragte der Köstlbacher.

»Mir eigentlich nichts! Aber meine Sekretärin behauptet felsenfest, den Arbeits-PC in ihrem Büro dort um die Ecke am Abend vor dem Brand ordnungsgemäß heruntergefahren zu haben.«

»Sie wollen mir doch noch mehr sagen, oder?«, fragte der Köstlbacher.

»Besser, Sie fragen Frau Würtz gleich selber!«, antwortete Frau Söll und rief nach ihrer Sekretärin. »Frau Würtz versucht nämlich gerade über den ›*Verlauf*‹ herauszubekommen, ob irgendwer an ihrem PC war seit gestern. Ich kann ihr da wenig helfen, da nur sie selbst wissen kann, was sie gestern zuletzt gemacht hat und was nicht.«

Da die Tür zu ihrem Büro offen gestanden hatte, erschien Frau Würtz auch schon Sekunden später. Frau Söll stellte die beiden Kriminaler vor und meinte:

»Magst du gleich selbst mit den beiden Herren reden?«

So wie es aussah, war man hier äußerst taff und wusste sich zu helfen. Die beiden Kriminaler waren jedenfalls gespannt, was sie zu hören bekommen würden.

»Ich bin mir sicher, am Abend vor dem Brandanschlag alle Programme beendet und meinen PC heruntergefahren zu haben. Aber weil jeder Mensch auch mal einen Fehler macht, haben wir uns zuletzt dann alle doch gedacht, ich sehe Gespenster und alles war ein reiner Zufall. Heute – wir haben noch zusammen eine Tasse Kaffee getrunken, bevor ich mit der Arbeit angefangen habe – da beredeten wir das mit dem nicht heruntergefahrenen PC noch einmal. Und da kam der Quirin auf die Idee, ich sollte mir von dem Tag vor dem Brand noch einmal den ›*Verlauf*‹ ansehen. Wenn da in dem Zeitraum, wo ich selber mit Sicherheit nicht dran gewesen sein kann, etwas angezeigt wird, dann wäre das der Beweis dafür, dass ich mich nicht getäuscht habe.«

»Ausgefuchst!«, entfuhr es da dem Liebknecht. »Der Quirin, meine ich!« Das fügte er hinzu, weil ihn die beiden Frauen so spontan auf seine Bemerkung hin anschauten.

Dabei sahen ihn die beiden nicht an, weil er ›*Ausgefuchst!*‹ gesagt hatte. Vielmehr überraschte es sie, dass er überhaupt seinen Mund aufbrachte.

»Jetzt machen Sie mich aber neugierig«, sagte der Köstlbacher. »Was zeigte der ›*Verlauf*‹ an?«

»Genau gesagt, geht es um den ›*Verlauf*‹ und die Anzeige ›*zuletzt verwendete Dokumente*‹. Ich habe am Tag des Brandes bis Mittag am PC gearbeitet, hatte anschließend einen Termin im Finanzamt. Frau Söll war noch auf Geschäftsreise, wenngleich schon auf dem Weg nach Regensburg. Das Haus stand leer, bis ich gegen 16.00 Uhr zurückkam. Da brannte und rauchte es. Ich wagte mich nicht ins Haus und rief sofort die Feuerwehr. – Soweit habe ich Frau Kommissarin Koch das auch schon erzählt«, begann die Sekretärin Sandra Würtz.

»Hm!«, brummte der Köstlbacher. »So steht es auch in ihrem Bericht!«

»Letztendlich kamen wir alle mit dem Schrecken davon. War ja nichts Dramatisches passiert. Trotzdem, nachdem die Kommissarin von der Kripo schon mal da war, gingen wir, Frau Söll, Frau Koch und ich, durchs Haus, um uns einen groben Überblick zu verschaffen, ob was fehlt«, fuhr die Würtz fort.

»Spontan schien alles in Ordnung zu sein, steht im Bericht der Kollegin Koch. Hat sich daran was geändert?«, fragte der Köstlbacher, weil das ohnehin eine der Fragen gewesen war, die er hätte stellen wollen.

»Nein! Außer eben das mit dem PC!«, antwortete die Würtz.

»Genau! Was war nun damit?«, fragte der Köstlbacher, weil dies ihn natürlich am meisten interessierte.

»Da war eindeutig jemand an meinem PC!«, platzte die Würtz heraus.

»Sie haben doch ein Passwort, oder?«, schaltete sich überraschend der Liebknecht ein. Sein Chef hatte es mit Computern nicht so. Auf die Idee wäre der erst gar nicht gekommen. Alles, was mit Computern zu tun hatte, schob der Köstlbacher immer gleich weiter an den Kollegen Jens Spitzer von der Abteilung Technik.

»Selbstverständlich habe ich ein Passwort. Er muss es wohl gekannt haben!«, log die Würtz und schüttelte dabei ihren Kopf, was wohl so viel bedeuten sollte, wie: *›Wer arbeitet heute noch ohne Passwort?‹*

Tatsache war allerdings, dass der PC relativ neu war und sie zum Zeitpunkt des Brandes noch kein Passwort eingerichtet hatte. Aber diesen Fehler wollte sie vertuschen. Wer auch sollte das bemerken? Inzwischen gab es ein Passwort!

Der Liebknecht zog da nur etwas ungläubig seine Augenbrauen hoch. Natürlich gab es genug Leute, für die Passwörter kein unlösbares Problem darstellten. Aber jemand, der in einem PC nach irgendwelchen Dateien sucht, ist nicht zwangsläufig einer von denen.

Der Köstlbacher machte eine ungeduldige Handbewegung. Passwort hin oder her, er wollte wissen, nach was die Festplatte durchforstet worden ist.

»Ums Passwort kümmern wir uns später! Jetzt sagen Sie uns doch endlich, was Sie herausgefunden haben!«, polterte der Köstlbacher los.

Die Würtz wurde schlagartig etwas blass im Gesicht, als der Köstlbacher davon sprach, dass sich die Kripo um das Passwort später kümmern würde. Aber die Angst verflog schnell wieder. Wie sollte das herauskommen, dass sie das Passwort erst heute …? Und außerdem, sie konnte es ja auch heute geändert haben.

»Also zuerst zum *›Verlauf‹*! Ich habe natürlich nicht mehr genau im Detail im Hinterkopf, welche Internetseiten ich der Reihe nach geöffnet hatte. Aber ich bin mir absolut sicher, nie auf der Seite *›Sichel und Hammer‹* gewesen zu sein.«

»›*Sichel und Hammer*‹?«, fragte der Liebknecht.

»›*Sichel und Hammer*‹!«, bestätigte Frau Söll. »Frau Würtz hat's mir auch gezeigt. Können Sie sich da einen Reim drauf machen?«

Dass beim Köstlbacher und bestimmt auch beim Liebknecht die Alarmglocken zu läuten begannen, kannst du dir vorstellen. Aber weder der eine, noch der andere ließen sich das anmerken. In diesem Stadium der Ermittlungen durfte nichts an die Öffentlichkeit gelangen, was auch nur im Entferntesten das Interesse der Klatschpresse auf den Plan rufen könnte.

»Und dass Ihr Quirin …?«, fragte der Köstlbacher, ohne auf die Frage von Frau Söll überhaupt erst einzugehen.

»Quirin? Nein! Der hat seinen eigenen PC! An den im Büro würde sich Quirin nie setzen!«, antwortete Frau Söll entrüstet.

»Zeigte der Verlauf noch andere Seiten an, bei denen Sie ausschließen können, selbst drauf gewesen zu sein?«, fragte der Liebknecht, einerseits aus Interesse, andererseits um von der ›*Sichel und Hammer*‹ Sache abzulenken.

»Ja! Eine war noch. SCHERBENTANZ! Hab mir die Seite genau angesehen. Ist eine Regensburger Band!«

»SCHERBENTANZ?«, fragten der Köstlbacher und der Liebknecht zeitgleich wie aus einem Mund.

»Sie kennen die Band?«, fragte Frau Söll? »Mein Sohn kannte sie nicht!«

»Zufall!«, erwiderte der Köstlbacher, froh, sich so herauswinden zu können. »Der Drummer der Band ist ein guter Bekannter von uns beiden.«

»Wegen dieser Seite bin ich überhaupt erst drauf gekommen, nachzusehen, welche Seite eventuell sonst noch ohne mein Wissen geöffnet wurde«, sagte Frau Würtz.

»Wie sollen wir das verstehen?«, fragte der Köstlbacher.

»Der Bildschirm schaltet ja automatisch ab. Und wenn man eine Taste oder die Maus berührt, ist er wieder aktiv«, erklärte Frau Würtz.

»Schon klar! Heißt das jetzt, Sie haben Ihre Tastatur berührt und die Seite von SCHERBENTANZ war zu sehen?«, fragte der Liebknecht.

Seine Zurückhaltung in Gegenwart der beiden schönen Frauen war völlig verschwunden. Selten dass der Liebknecht so sehr Ermittler war, dass er auch denken konnte, wenn sich attraktive Frauen in seinem Gesichtsfeld aufhielten.

»Nicht die Startseite! Es war der Text zu dem Song ›*AUSGEBRANNT*‹!«, verbesserte die Würtz.

»Makaber im Zusammenhang mit dem Brandanschlag! Finden Sie nicht!«, fragte Frau Söll.

Auch auf diese Frage ging der Köstlbacher nicht ein. Stattdessen meinte er: »Fingerabdrücke werden wir ja keine mehr sicherstellen können.«

»Einen Versuch wär's trotzdem wert!«, sagte der Liebknecht. »Ich nehme an, Sie brauchen den PC dringend! Wenn wir ihn mitnehmen, bekommen Sie ihn nicht vor übermorgen zurück. Wir könnten aber unseren Kollegen von der Spurensicherung herbeordern. Dann ging's in weniger als einer Stunde!«

Ein Blickkontakt mit seinem Chef und sein kurzes Nicken bestärkte den Liebknecht in seinem Vorschlag.

»Wenn's nicht anders geht. Hoffentlich geht das auch wirklich schnell. Ein Termin mit dem Finanzamt steht an. Die Zeit rinnt uns durch die Finger!«, meinte Frau Söll.

Der Liebknecht ging schnell aus dem Raum, um zu telefonieren. Der Köstlbacher deutete ihm beim Verlassen des Zimmers noch mit zwei Fingern an, dass er zwei Telefonate führen sollte.

Das macht ein gut eingespieltes Team aus: Der Liebknecht wusste sofort, was sein Chef wollte. Der Jung von der Spurensicherung musste her. Noch wichtiger, aber davon sollte hier niemand etwas mitbekommen, der Jens Spitzer von der Technik musste auf die Schnelle eine Kopie der Festplatte machen. Ohne Wissen der Frau Söll illegal! Aber mit ihrem Wissen zu riskant, schlafende Hunde zu wecken.

Kaum war der Liebknecht draußen, da brachte die Frau Würtz noch einmal das Gespräch auf den PC.

»Wollen Sie noch wissen, was ich rausbekommen habe, als ich ›*zuletzt verwendete Dokumente*‹ aufrief?«, fragte sie.

»Selbstverständlich!«, antwortete der Köstlbacher. Er war davon ausgegangen, dass diese Frage der Spitzer würde lösen können. Aber dazu müsste der Spitzer auch erst wieder rekonstruieren, wann genau die Würtz vor dem Brand ihre Arbeit beendet und wann nach dem Brand sie die Arbeit wieder aufgenommen hat. Diese Frage würde er ihr fürs Protokoll unbedingt noch stellen müssen. Aber im Augenblick war es besser, der Würtz erst einmal zuzuhören.

»Der Ordner, in dem detaillierte Angaben zur neuesten Kollektion drin sind, inklusive der finanziellen Kalkulation dazu, den hatte ich seit Tagen nicht mehr im Gebrauch. Die Arbeit war abgeschlossen und die Produktion lief bereits. Keine Ahnung was der große Unbekannte da suchte«, sagte die Frau Würtz.

»Ich kann dazu auch nichts sagen. Natürlich denkt man gleich an Betriebsspionage oder so. Aber wer sollte das machen wollen beziehungsweise gemacht haben?«, ergänzte dazu Frau Söll.

»Wir werden sehen! Interessant ist das auf alle Fälle!«, sagte der Köstlbacher und kratzte sich am Kragen, was er immer tat, wenn ihm eine Situation nicht so recht gefallen wollte.

In dem Moment trat der Liebknecht wieder in den Raum.

»Dauert höchstens 20 Minuten! Jung und Spitzer sind schon auf dem Weg.«

Kapitel 9

»Du willst uns verlassen?«, fragte der Köstlbacher den Roland.

Der Roland reagierte nicht gleich. Wie immer, wenn er ein Bier vor sich stehen hatte, nahm er erst einmal einen kräftigen Schluck, bevor er antwortete.

»Warum triffst du dich mit mir hier im Hofbräuhaus und bestellst mich nicht zu dir ins Präsidium? Scheust du dich davor, mit mir zusammen gesehen zu werden?«

»Schmarrn! Du bist nicht offiziell an den Ermittlungen beteiligt. Das ist alles. Und bevor sich wieder lästernde Mäuler den Mund zerreißen, wenn sie dich bei mir sehen, dann lieber hier!«, antwortete der Köstlbacher.

»Dein Scheiß-Team ist vielleicht nachtragend! Ich hab' keinem was getan! Und dass ich damals bei dem Fall mit der Bedienung vom Kneitinger vorne am Arnulfsplatz nicht immer mit Bandagen gearbeitet habe, da kann ich nichts dazu! Beschwert euch beim LKA!«, sagte der Roland.

»Aber meine Kollegen sind doch hoffentlich nicht der Grund. Oder doch?«, fragte der Köstlbacher.

»Nein! Die gehen mir am Arsch vorbei! ›*Verlassen*‹ ist übrigens der falsche Ausdruck! Ich ziehe mich vom Geschäft zurück! Ist nicht dasselbe, oder?«

»Du arbeitest doch sowieso schon lange nicht mehr für uns!«, entgegnete der Köstlbacher.

»Du verstehst nicht: Ich ziehe mich allgemein vom Geschäft zurück! Auch kein München mehr oder sonst was! Nur noch Fahrschule! Der Rest Freizeit! Musik! Motorrad! Frauen! Einfach leben! Verstehst du?«, sagte der Roland und leerte, als ob er damit seine Aussage bekräftigen wollte, das noch halb volle Glas in einem Zug.

Der Köstlbacher sah den Roland etwas verwundert an, weil so energisch hatte er ihn noch selten erlebt, eigentlich sogar noch nie.

»Du hast dafür doch einen Grund?«, fragte er ihn.

Der Roland ignorierte den Köstlbacher und bestellte stattdessen bei der gerade vorbeieilenden Bedienung noch eine frische Halbe.

Natürlich merkte der Köstlbacher, dass ihm der Roland da etwas ganz bewusst verschwieg. Aber wenn er ihm jetzt keine Antwort geben wollte, würde er das auch nicht tun, wenn er ihn weiter bedrängte.

»Lassen wir das Thema! Geht mich auch nichts an! Ich brauch' deinen Rat! Es geht um die Mordwaffe.«

»Habt ihr sie schon gefunden?«, fragte der Roland.

»Nein!«, antwortete der Köstlbacher und schaute nicht gerade glücklich dabei drein. »Aber der Baldauf und der Dirmeier haben vorgeschlagen, dass ich sie ein bisschen auf einigen in Frage kommenden tschechischen Vietnamesenmärkten ihr Glück versuchen lassen soll.«

»Gute Idee! Ich begleite die beiden!«, sagte der Roland.

»Du?«, fragte der Köstlbacher ungläubig und überrascht in einem.

»Klar ich! Was dagegen? Impf' deine beiden Revolverhelden! Ich hab' nichts gegen sie. Und sie auch nichts gegen mich, soweit ich das beurteilen kann.«

»Aber warum willst du das machen?«, fragte der Köstlbacher.

»Weil ich da auch schon dran gedacht habe. Aber allein wirst du da schneller in einem Loch verscharrt, als dir lieb ist. Zu dritt hätten wir eine reale Chance, was in Erfahrung zu bringen und heil wieder zurückzukommen.«

»Du weißt aber schon, dass jede Aktion über der Grenze illegal wäre?«, stellte der Köstlbacher mit einem fragenden Unterton in seiner Stimme fest.

»Logo! Anders würd' mich die Sache auch gar nicht reizen!«

Da atmete der Köstlbacher tief durch und trank jetzt seinerseits einen großen Schluck von seinem Bier.

»Ich spreche mit der Dr. Sieber drüber. Müsste die beiden unter irgendeinem Vorwand nach Bayerisch Eisenstein schicken.«

»Zum Beispiel! Oder sie nehmen gleich drei Tage Urlaub, und wir machen das auf unsere Weise!«, meinte der Roland.

»Ganz inoffiziell? Und auf eigene Kosten?«, fragte der Köstlbacher etwas zweifelnd.

»Warum nicht! Einen einzelnen Ort anzupeilen, wäre ohnehin nicht erfolgversprechend. Ich habe da so einiges im Hinterkopf. Bayerisch Eisenstein beziehungsweise Železná Ruda auf der tschechischen Seite ist dabei, aber nicht ausschließlich. Und was das Geld betrifft, richte deinen beiden Sheriffs aus, ich übernehme das!«, meinte der Roland und prostete dem Köstlbacher zu. Quasi Vertragsbesiegelung mit Bier.

Ich muss schon sagen, alles hatte der Köstlbacher vom Roland erwartet, nur nicht das. Aber weil er über die Köpfe vom Baldauf und dem Dirmeier hinweg nichts entscheiden konnte, vertröstete er den Roland: »Ich ruf dich morgen an! Muss mit den beiden erst reden!«

»Musst du nicht!«, antwortete der Roland. »Gib mir ihre Nummern! Ich erledige das!«

Erst hat der Köstlbacher gezögert, aber dann rückte er die Nummern der beiden Kollegen doch heraus. Sie würden spontan und unbürokratisch ein paar Tage Urlaub brauchen. Aber das konnte er auf dem kleinen Dienstweg hinbekommen.

»Da wäre noch etwas, worüber ich mit dir reden möchte«, sagte der Köstlbacher. Das Bier hatte seine Hemmschwelle, offen mit Roland über laufende Ermittlungen zu reden, gegen Null heruntergeschraubt.

Der Roland sagte nichts und schaute den Edmund nur erwartungsvoll an.

»Was fällt dir zu ›*AUSGEBRANNT*‹ ein?«

»Worauf willst du hinaus?«, fragte der Roland und hatte plötzlich einen lauernden Blick, den der Köstlbacher an ihm noch nie gesehen hatte.

Aber wie das eben mit der Wirkung vom Bier so ist. Einerseits wirst du empfindlich. Andererseits macht es dich beim Denken träge. So fällt dir vielleicht spontan durchaus mehr auf, als in nüchternem Zustand. Weil durch den Alkohol sensibilisiert. Aber du kannst nicht einordnen, was dir aufgefallen ist, kannst es mit nichts verknüpfen und weg ist es auch schnell wieder.

Jetzt wirst du mir dagegenhalten, dass der Roland ja auch Bier getrunken hat. Und damit würde sich letztendlich alles wieder ausgleichen. Dabei vergisst du aber, dass im Gegensatz zum Köstlbacher der Roland wesentlich häufiger Bier trank und sein Gehirn erst in seiner Leistung ab einer konsumierten Menge negativ beeinträchtigt wurde, bei der der Köstlbacher längst völlig außer Gefecht gesetzt gewesen wäre. Insofern war bei diesem Gespräch im Hofbräuhaus der Roland klar im Vorteil.

»Bist du nicht mehr Drummer bei SCHERBENTANZ?«, fragte der Köstlbacher.

»Was sollten die ohne mich machen? Logisch mische ich dort immer noch mit. Einmal die Woche mindestens! Kann die Jungs doch nicht ohne Rhythmus lassen!«, antwortete der Roland. »Warum fragst du?«

Der Köstlbacher hat's so hingenommen, wie's der Roland gesagt hat. Dabei hat sich der Roland aber ganz eindeutig um die Antwort herumgewunden, die der Köstlbacher eigentlich hatte hören wollen. Und wenn der Roland dann nicht nachgefragt hätte, warum ihn der Köstlbacher denn nach SCHERBENTANZ gefragt hätte, dann wäre dieses Gespräch vermutlich im Sande verlaufen, weil das Bier bereits begonnen hatte, dem Köstlbacher seinen sonst so scharfen Verstand zu vernebeln.

»Wegen des Songs *›AUSGEBRANNT‹*. Hat der irgendeine Symbolik?«, fragte der Köstlbacher. »Ich meine, will die Band damit mehr zum Ausdruck bringen, als der Song schon aussagt?«

»Da musst du den Floh fragen! Ich hab' den Song nicht getextet! Keine Ahnung!«

Mit der Antwort hatte der Köstlbacher nicht gerechnet. Entweder ein perfekter Schachzug oder sein schwammiger Verdacht, der Roland könnte was mit der Sache bei der Astrid Söll zu tun haben, war tatsächlich absurd.

Kapitel 10

Die folgenden Tage musste der Köstlbacher mit verringertem Personal weiter ermitteln. Die Dr. Sieber hatte sich in ihrer Funktion als Abteilungsleiterin stark gemacht und dem Baldauf und dem Dirmeier unbürokratisch eine Woche Urlaub genehmigt. Die Tatsache, dass beide tschechisch sprachen, weil sie mit tschechischen Frauen verheiratet waren, gab den Ausschlag. In alles, was während dieses Urlaubs erledigt werden sollte, hat sie der Köstlbacher nicht eingeweiht. Und ganz ehrlich, wie sie gemerkt hat, dass da etwas Illegales über die Bühne gehen würde, da wollte sie auch gar nicht mehr wissen, um was es genau ging.

»Die beiden können eine Woche in Urlaub gehen. Aber sorge du mir ja dafür, dass sie ihre Dienstwaffen und ihre Dienstausweise hierlassen! Als Privatleute können sie uns nicht in Kalamitäten bringen!«, sagte die Dr. Sieber nur.

Das mit den Dienstwaffen war klar! Die Ausweise würde ihnen der Köstlbacher nicht abverlangen. Das nahm er auf seine eigene Kappe. Dass sonst alles gut über die Bühne gehen würde, dafür sollte der Roland gut sein. Ein Restrisiko freilich bestand immer.

Wenn du jetzt glaubst, viel würde in Regensburg das verbleibende Rest-Team nicht ausrichten können, dann hast du sogar mehr als recht. In Sachen Mord am Emmeramsplatz und Brandanschlag bei der Astrid Söll ging in der Tat nicht viel voran. Einzige Ausnahme die Ermittlungen vom Kommissar Jung von der Spusi, was Fingerabdrücke auf der PC-Tastatur und am Touchscreen-Bildschirm betraf, und die Durchforstung der Blitzkopie der Festplatte in der Mathildenstraße, der sich der Jens Spitzer von der Technik widmete.

Dazu aber später mehr!

Kapitel 11

Ein brutaler Zwischenfall in Regensburg, der auf das Konto ultra-rechts gesinnter Gruppen ging, hielt letztendlich den Köstlbacher sogar mehr von weiteren Ermittlungen bezüglich seiner laufenden Arbeit ab, als das Fehlen von zwei wichtigen Teammitgliedern.

Wieder einmal war der Vorplatz vom Bahnhof der Schauplatz einiger unschöner Szenen. Nicht dass wegen Pöbeleien und der einen oder anderen Schlägerei gleich der Köstlbacher auf den Plan gerufen würde. In aller Regel erledigen derartige Ereignisse normale Streifenpolizisten vor Ort. Schlägereien, bei denen der eine oder andere ein blaues Auge abbekommt, einen Zahn verliert oder aus einer Platzwunde am Kopf blutet, so etwas gab es in der Vergangenheit immer wieder. Dass gerade Köpfe dabei die meisten Verletzungen erlitten, lag an der neumodischen, vermutlich gewaltverherrlichenden Filmszenen abgekupferten Art und Weise, wie Kontrahenten sich neuerdings zu schlagen pflegten. Man kam sich einander näher, holte kurz aus und schlug mit seinem Kopf zu. Möglichst auf das Nasenbein des Gegenüber, das dabei gerne zersplitterte, wenn es exakt getroffen wurde.

Für den, der diese Schlagtechnik noch nicht beherrschte, brachte die Tageszeitung einen ausführlichen Artikel. War natürlich nicht als Anleitung gedacht, aber gut als solche zu verwenden.

Interessant bei diesen Auseinandersetzungen war, dass so gut wie nie ein einzelner Rechtsradikaler aggressiv unterwegs war. Einzeln zeigten sie sich oft sogar als durchaus freundliche und verträgliche Zeitgenossen. Auch wenn sie optisch furchteinflößend wirkten. Aber kaum trafen sich zwei oder gar mehrere, dann wurden Parolen gegrölt und wurde auf sich aufmerksam gemacht. Glatzköpfe, erschreckende Anabolika-Zuchtmuskeln und eindeutige Zugehörigkeits-Tätowierungen haben Signalwirkung! Man erkennt einander und wird erkannt. Sozusagen der Ersatz für eine braune Uniform.

Und wehe, du sagst laut, was du bei diesem Anblick denkst! Die Dumpfbacken walzen dich nieder, bis du nur noch ein Fall für die Notaufnahme im nächstgelegenen Unfallkrankenhaus bist.

Mit genau diesem Klientel musste sich der Köstlbacher jetzt auseinandersetzen. Und nicht, weil es eine der üblichen Schlägereien gegeben hatte, wo ahnungslosen Leuten, meist solchen mit Migrationshintergrund, übel mitgespielt wurde. Diesmal hatte es einen Glatzkopf derart heftig erwischt, dass er seinen Verletzungen noch am Tatort erlegen ist. Passiert ist das nicht vor dem Bahnhof. Dort ist alles viel zu öffentlich. Selbst in der Gruppe reicht der Mut dieser Leute nicht aus, angesichts patrouillierender Bahnpolizei ihre Gesinnung brutal durchzusetzen.

Da sind Außenbezirke Regensburgs ein wesentlich gefährlicheres Pflaster. Wenn du da als Migrant unterwegs bist und auf so eine Gruppe triffst, dann machst du besser eine Fliege, wenn du das noch kannst. Außer dein Migrationshintergrund ist russisch und du lebst in einem der Ballungszentren dieser Volksgruppe. In dem Fall sind es vielleicht sogar die braunen Schläger, die einen Bogen um dich machen.

Was aber diesmal passiert ist, das ging über den üblichen Rahmen meist nächtlicher Schlägereien erheblich hinaus. Und mitten in der Stadt ist es passiert, nahe dem Haidplatz in der Baumhackergasse, einer der dunklen und schmalen Gassen, die vom Haidplatz hinunter zur Keplerstraße führen. Natürlich wieder einmal mitten in der Nacht!

Einziger Vorteil, der Köstlbacher hatte Nachtdienst und musste nicht extra geweckt werden. Weil wenn so etwas passiert, dann war es egal, ob er Dienst hatte oder nicht. Da würde er als Leiter des Teams der Mordkommission auf alle Fälle geholt werden.

Wenn die Nacht schon fortgeschritten ist und es quasi schon bald aufs Morgengrauen zugeht, sind die sonst belebten Straßen in Regensburg nur noch von vereinzelten Spätheimkehrern bevölkert, die Seitengassen der Altstadt so gut wie leer gefegt. Woher dann trotzdem noch eine beachtliche Anzahl an Schaulustigen quasi aus dem Nichts aufgetaucht war, um von den Absperrbändern aus wenigstens einen schnellen Blick auf die überall herumwuselnden Polizeibeamten, die abgestellten Dienstwägen mit laufendem Blaulicht oder mit etwas Glück sogar auf die blutverschmierte Leiche zu erhaschen, das ist eines der Rätsel, das uns immer wieder verwundert. Auch einige Fenster von Anwohnern hatten sich inzwischen geöffnet. Viele von denen hatten unbezahlbare Logenplätze, wie viele Neider hinter der Absperrung dachten.

Auch die Feuerwehr war mit einem Einsatzwagen vor Ort. Darauf montierte Scheinwerfer tauchten die Umgebung der Leiche in grelles Licht, gleißender, als es die Sonne tagsüber vermag, die selten hoch genug steht, um in diese Gasse überhaupt einige ihrer Strahlen senden zu können.

»Schusswechsel! Anwohner meldeten über den Notruf lautes, aggressives Gebrüll. Anschließend seien drei Schüsse gefallen. Das Ergebnis liegt vor Ihnen«, sagte der Polizist Bäumel, der seinen Chef Kommissar Jung vertrat, weil der nicht erreichbar gewesen ist.

›*Das Ergebnis*‹! Ob er sich jemals an den Anblick eines Menschen würde gewöhnen können, der der Hand eines Mörders zum Opfer gefallen war?

In zwei vergitterten Einsatzfahrzeugen der Polizei befanden sich fünf festgenommene Personen. Männer! Ihrem Äußeren nach zu urteilen der rechten Szene zuzuordnen.

»Ihr habt alle erwischt? Auch den, der geschossen hat?«, fragte der Köstlbacher den Einsatzleiter von vier angerückten Streifenfahrzeugen.

»Der, der hörbar geschossen hat, der liegt hier. Seine Kumpel sind zu dicht, um die Situation überhaupt wirklich realisiert zu haben.«

Ganz verstand der Köstlbacher nicht, was ihm hier gesagt wurde. Dementsprechend verwirrt muss er wohl geschaut haben, weshalb der Bäumel sich einmischte und erklärte:

»Der, der hörbar geschossen hat, der liegt hier! Albin Uhl. Einschlägig bekannt. Hat schon mehrere Strafen wegen Körperverletzung und Verstoß gegen das Waffengesetz erhalten. Jetzt hat's ihn selbst erwischt.«

»Was heißt hier ›*der, der hörbar geschossen hat*‹?«, fragte der Köstlbacher.

»Er hat dreimal mit einer Schreckschusswaffe abgedrückt. 9 mm! Macht einen schönen Knall! Vermutlich ist er an den Falschen geraten. Die anderen dort drüben haben angegeben, es würde sich um ein ›*Schlitzauge*‹ handeln. Also einen Asiaten«, berichtete der Einsatzleiter.

»Langsam! Habe ich das jetzt richtig verstanden, was Sie mir sagen wollten: Ein Asiate wurde von einer Gruppe pöbelnder Rechter belästigt. Einer von denen schoss mit einer Schreckschusswaffe auf ihn. Überraschend schoss der Asiate scharf zurück und tötete den mit der Schreckschusswaffe?«, fragte der Köstlbacher, und versuchte dabei, das ihm wirr Erzählte in eine chronologische Reihenfolge zu bringen.

»Richtig!«, antwortete der Bäumel und der Einsatzleiter nickte ebenfalls zustimmend.

»Und was ist mit dem Schuss auf den da? War der nicht zu hören?«, fragte der Köstlbacher, weil ihm das mit den drei hörbaren Schüssen immer noch nicht klar war.

»Viel ist aus denen da hinten«, und dabei deutete er zu den vergitterten Polizeifahrzeugen in einiger Entfernung, »nicht herauszubekommen, so hackedicht, wie die sind. Aber trotzdem erklärten alle fünf übereinstimmend, dass der Asiate plötzlich eine Pistole gezogen und geschossen hätte.«

»Ohne dass diesen Schuss jemand gehört hat?«, fragte der Köstlbacher.

Aber eine Antwort bekam er keine. Nur ein Schulterzucken seiner beiden Kollegen war zu sehen.

Erst jetzt wandte sich der Köstlbacher dem Opfer zu, das noch immer so am Boden lag, wie es die Polizei nach ihrem Eintreffen vorgefunden hatte. Eine männliche Leiche. Gut, dass er diesmal alleine war. Der Liebknecht hätte sich 100-prozentig übergeben müssen. Der Bäumel war ja früher auch so einer, der kein Blut sehen konnte. Aber anscheinend war das inzwischen besser geworden. Zumindest stand er noch immer neben ihm und blickte auf die Leiche hinunter.

»Der Schuss hat seinen Hals getroffen und den durchschlagen. Muss ein größeres Kaliber gewesen sein. Ich bin zwar nicht der langjährig erfahrene Experte wie mein Chef, der Kommissar Jung, aber ich habe da so meine Vermutungen. Sie sollten auf alle Fälle in der Gerichtsmedizin untersuchen lassen, ob diese Schusswunde mit der bei dem Opfer am Emmeramsplatz vergleichbar ist«, meinte der Kollege Bäumel.

»Wie kommen Sie darauf?«, fragte der Köstlbacher.

»Ehrlich gesagt nicht wegen der Wunde allein. Aber erstens war dieser Schuss nicht zu hören. Wir haben aber vier Patronenhülsen sichergestellt. Drei in der Trommel des Schreckschussrevolvers und diese hier!« Dabei zog der Bäumel eine in einer kleinen Plastiktüte aufbewahrte Patronenhülse aus seiner Jackentasche.

»Auch 9 mm! Aber nicht identisch mit den Revolverpatronen! Könnte somit aus einer Makarow stammen. Da nur drei Schüsse zu hören waren, vermutlich die aus dem Schreckschussrevolver, könnte die Waffe eine Makarow PB gewesen sein. Die Mordwaffe vom Emmeramsplatz!«

»Dass Sie immer noch nicht Kommissar sind?«, sagte da erstaunt der Köstlbacher, weil er so viel Scharfsinn bei einem Kollegen der Spurensicherung noch selten erlebt hatte.

»Gute Frage!«, antwortete der Bäumel und zwinkerte mit einem Auge. »Ist aber nur eine Vermutung! Die Gerichtsmedizin und die Ballistiker haben das letzte Wort.«

»Gibt es auch eine Kugel?«, fragte der Köstlbacher. Er konnte sich inzwischen sogar vorstellen, dass der Kollege Bäumel auch danach bereits erfolgreich gesucht hatte.

»Sie steckt in der Tat dort gegenüber in einer Mauerfuge. Sehen Sie, die Kollegen bemühen sich gerade darum. Wir wollen sie nicht beim Entfernen verformen. War allerdings schon ein großer Zufall, dass sie sich in dem alten Gemäuer gerade in eine Fuge verirrte, wo sie nicht abprallen konnte und stecken blieb.«

Der Köstlbacher strahlte den Kollegen Bäumel geradezu an vor Begeisterung.

»Gut gemacht!«, sagte er nur, dachte sich aber insgeheim, den Bäumel bei der nächsten sich ergebenden Möglichkeit lobend zu erwähnen. Solche Männer brauchte die Polizei in Führungspositionen!

»Was soll mit den Braunen da hinten geschehen?«, fragte der Leiter des Einsatzkommandos, der das nicht entscheiden wollte, ohne den Köstlbacher zu fragen.

»Eine Nacht zum Ausnüchtern. Ich nehme sie mir dann gleich morgen vor. Beziehungsweise macht das einer meiner Kollegen. Muss mich nach der Nachtschicht erst ein paar Stunden aufs Ohr legen.«

Bevor er den Tatort wieder verließ, ordnete der Köstlbacher noch an, die Leiche in die Gerichtsmedizin zu bringen. Natürlich würden die umliegenden Bewohner noch auf eventuell gemachte Beobachtungen hin befragt werden müssen. Aber das zu tun, dürfte auch am nächsten Tag noch früh genug sein.

Wenn sich tatsächlich das mit der Makarow bestätigen würde …

Kapitel 12

Nach ein paar Stunden Schlaf fuhr der Köstlbacher sofort wieder in die Bajuwarenstraße. Er sollte heute mit der Presseerklärung beim Anhuber vorstellig werden. Da sich durch den Mord in der vergangenen Nacht die Sachlage geändert hatte, wollte er um eine Verschiebung der Presseerklärung bitten. ›*Man könne wegen laufender Ermittlungen …*‹ Die übliche Begründung.

Überraschend war der Anhuber ohne Murren einverstanden. Seit die Dr. Sieber wieder von München zurück war, kam er nur mehr selten aus seinem Büro heraus. Und wenn doch, dann zumindest nicht, um dem Team vom Köstlbacher das Leben schwer zu machen. Aufgefallen ist das irgendwann zwar allen, aber es war im Moment so viel zu tun, dass kaum Zeit blieb, darüber in Gesprächen Mutmaßungen anzustellen. Letztendlich konnte man auf den Anhuber ohnehin gut verzichten. Was es zu regeln gab, das wurde, wie vor seiner Beförderung auch schon, überwiegend mit der Dr. Renate Sieber geregelt. Die Abteilungsleiterin der Mordkommission hatte etwas Mütterliches, zumindest im Umgang mit den ihr untergeordneten Beamten.

***

»Herr Jung und Herr Spitzer fragen an, ob es Ihnen passt, dass sie auf einen Sprung vorbeikommen. Sie haben zwar einen Bericht geschrieben, aber den würden sie gerne mit Ihnen persönlich durchgehen!«, sagte die Edith Klein nach einer Begrüßung zum Köstlbacher, als der vom Anhuber kommend sein Büro ansteuerte.

»Passt momentan wunderbar!«, antwortete der Köstlbacher unerwartet gut gelaunt. Für die Klein verwunderlich. Sie wusste ja noch nichts davon, dass die Pressekonferenz abgesagt und auf einen späteren Zeitpunkt verschoben worden ist.

Da der Kommissar Jakob Jung von der Spurensicherung und der Jens Spitzer von der Technik ihre Büros im Haus hatten, dauerte es nur ein paar Minuten, bis sie eintrafen. Gleichzeitig, weil sie sich schon draußen auf dem Gang über den Weg gelaufen sind.

Der Köstlbacher ließ sie an seinem Besuchertisch Platz nehmen, orderte bei der Klein noch schnell Kaffee und setzte sich dann auch zu den beiden.

»Danke für eure Berichte!«, sagte der Köstlbacher.

»Deshalb wollten wir dich persönlich sprechen. Was in den Berichten steht, ist korrekt. Zufällig haben wir uns vor einer Stunde auf einen Espresso in der Kantine getroffen«, sagte der Spitzer von der Technik. »Da ist mir im Gespräch klar geworden, dass meine Ergebnisse viel mehr zu bedeuten haben, als ich das zunächst geglaubt habe.«

Der Kommissar Jung nickte.

»Trotzdem möchte jetzt ich zuerst reden! Dann verstehst du's besser«, begann der Leiter der Spurensicherung Jung. »Ich habe noch vor Ort in der Mathildenstraße Fingerabdrücke abgenommen. Auf der Tastatur, das wirst du dir schon gedacht haben, keine Chance! Sollte da wirklich was gewesen sein, dann wurde das von Frau Würtz gründlich vermasselt, als sie am Tag nach dem Brand darauf gearbeitet hat. Der Bildschirm hat Touchscreen-Funktion. Würde im Normalfall auch nicht viel bringen, wenn nachher wieder wer anderes darauf herumtappt. Dieser Normalfall ist auch eingetreten. Aber …!«

»Was *›Aber …!‹*«, fragte der Köstlbacher, weil der Jung eine Pause einlegte, um die Spannung zu erhöhen und die ungebrochene Aufmerksamkeit seines Zuhörers zu genießen.

»Aber der unbekannte User muss vermutlich deutlich größer gewesen sein, als unsere Sandra Würtz. Sonst hätte er nicht den Bildschirm nach hinten gekippt. Beide Daumen vorne links und rechts. Die Finger als Gegendruck entsprechend hinten!«, fuhr der Jung fort.

»Sicher, dass es unser Mann gewesen ist?«, fragte der Köstlbacher. »Falls es überhaupt ein Mann war!«

»Sicher! Ich habe mir nachträglich noch von allen möglicherweise in Betracht kommenden Personen Vergleichsabdrücke eingeholt. Die Dr. Sieber gab mir dazu Rückendeckung. Wir haben seine Fingerabdrücke. Definitiv!«

»Seine? Sicher, dass es ein Mann ist?«, fragte der Köstlbacher erneut nach.

»Wenn's keine weibliche Kugelstoßerin oder Gewichtsheberin ist! Es sind keine musischen Hände! Von der Größe her gesehen zu 99 % männlich!«, meinte der Jung.

»Und? Abgleich? Haben die Datenbanken was gebracht?«, fragte der Köstlbacher.

»Hasib Bakhtari. Alter 36! Afghanischer Staatsbürger. Wohnhaft in Kabul. Es ist nichts bekannt, dass er sein Land verlassen hätte«, antwortete der Jung.

Mit dieser Antwort hatte der Köstlbacher absolut nicht gerechnet. Was sollte er damit anfangen? Ein sich in Afghanistan befindlicher Afghane. Wie kam der an den PC von der Sekretärin der Astrid Söll in Regensburg? Spontan begann sein Hals zu jucken. Auch das Wetzen am Hemdkragen brachte keine wirkliche Erleichterung. Ein unlogischeres Ergebnis ging ja wohl nicht!

»Ich habe das Netz ein wenig nach diesem Hasib Bakhtari durchstöbert!«, schaltete sich der Jens Spitzer ein. »Nichts! Der taucht nirgendwo auf! Heutzutage schon fast verdächtig! Ein Name mit registrierten Fingerabdrücken, einer Nationalität und einer nachvollziehbaren Adresse. Und dann nichts weiter! Seltsam! Sehr seltsam!«

»Hm!«, brummte der Köstlbacher. »Interpol? Soll ich Interpol einschalten? Nein! Die halten mich für verrückt! Wenn's um Fingerabdrücke an einer Tatwaffe ginge. Aber Fingerabdrücke an einem PC? Noch dazu, wenn völlig unklar ist, was der PC-User im Schilde geführt hat«, lamentierte der Köstlbacher.

»Nicht mehr ganz unklar!«, ergänzte der Spitzer. »Im Gegensatz zum Kommissar Jung hatte ich ja Zeit, das vor Ort gezogene Duplikat der PC-Daten hier im Präsidium in aller Ruhe auszuwerten.«

»Und? Was kam dabei heraus?«, fragte der Köstlbacher.

»Zunächst einmal etwas zu der ›*Hammer und Sichel*‹ Seite, die von unbekannter Hand aufgerufen worden ist. Das übliche Blabla über die DDR. Eigentlich nichts, womit ich etwas anfangen konnte. Von der Ausgangsseite abgehend wurde ein Link aufgerufen. Auch an dem fand ich nichts aufschlussreich. Bis mir heute in der Kantine Jakob das mit Afghanistan erzählte. Der Link führt zu einer Seite, auf der ein langer Bericht über Soldaten der NVA nachzulesen ist. Wusstest du, dass im sowjetisch-afghanischen Krieg im Zeitraum von 1979 bis 1985 Soldaten und Offiziere der damaligen DDR, Fallschirmjäger, Aufklärungsoffiziere, die gefürchtete Spezialeinheit K9 und Elitebereiche der Staatssicherheit den sowjetischen Streitkräften in Afghanistan zur Seite standen?«, fragte der Spitzer.

»Was willst du mir damit sagen?«, entgegnete der Köstlbacher, dem der mögliche Zusammenhang zu dämmern begann.

»Der Kriminaler bist du!«, meinte dazu nur lapidar der Spitzer. »Ich bin nur für die Technik zuständig. Aber wenn du mich fragst, eine Angestellte von der Söll wird mit einer Waffe aus ehemaligen Beständen der NVA ermordet, am PC der Sekretärin von der Söll wird auf eine NVA-Kampfstory in Afghanistan hingewiesen, der unbekannte User ist ein afghanischer Staatsangehöriger. Alles nur Zufälle?«

»Hm!«, brummte dazu der Köstlbacher nur seine in solchen Fällen übliche, einsilbige Antwort.

»Wenn du mich fragst, wollte da einer eine deutliche Spur legen. Einer, der wusste, dass wir uns den PC ansehen würden!«, mutmaßte der Spitzer.

»Die Idee hat was!«, pflichtete der Kommissar Jung dem Kollegen von der Technik bei.

Wobei ich schon sagen muss, dass der Spitzer sich da mit seinen Vermutungen schon sehr weit aus dem Fenster gelehnt hat. Eigentlich ist er ja nur Techniker mit ausgezeichneten Informatikerkenntnissen. Dass er vor ein paar Jahren diesen Job bei der Kripo angenommen hat, das lag natürlich vor allem auch daran, das muss ich ganz ehrlich zugeben, dass er schon auch selber gerne immer von einer großen Karriere als Ermittler geträumt hat.

»Leider passen meine weiteren Erkenntnisse nicht zu diesem Konstrukt. Zumindest fehlt mir dazu ein passendes Bindeglied«, fuhr der Spitzer mit weitaus weniger Enthusiasmus in seiner Stimme fort.

Der Köstlbacher hob nur erwartungsvoll seinen Kopf und zog die Augenbrauen nach oben.

Im Augenblick der höchsten Spannung betrat die Klein den Raum und servierte den gewünschten Kaffee. Jeweils mit einem frischen Hörnchen, das sie unten in der Kantine besorgt hatte.

Jeder dankte ihr und lobte sie für ihre Aufmerksamkeit. Die Klein bekam dabei einen roten Kopf. Nicht nur wegen der Komplimente. Es entging ihr natürlich nicht, dass sowohl Jung als auch Spitzer den Blick nicht von ihrem Dekolleté lassen konnten und ihr beim Umdrehen ungeniert auf den Po blickten. Als Frau konnte sie diese Blicke förmlich spüren.

Kaum hatte die Klein den Raum wieder verlassen, da fuhr der Jens Spitzer – er hatte sich schnell wieder gefangen – mit seinen Ausführungen fort.

»Der unbekannte User hatte tatsächlich, wie Frau Würtz bereits erwähnte, auch die Homepage der Regensburger Band SCHERBENTANZ aufgerufen, sich den Text zum Song *›AUSGEBRANNT‹* heruntergeladen und den Text geöffnet stehen lassen. Das zu überprüfen, dass dieser Text länger geöffnet zu sehen gewesen sein musste, war nicht ganz einfach, aber machbar. Zuvor hatte sich der User, auch das ist ja schon bekannt, detaillierte Angaben zur aktuellen Kollektion angesehen. Nicht bekannt war bisher, dass er sich diese Datei auch auf einen externen Datenträger abgespeichert und mitgenommen hat.«

Zum dritten Mal kommentierte der Köstlbacher nur mit einem »Hm!«. In seinem Kopf ratterte es allerdings beträchtlich. Nur wollte er darüber jetzt nicht sprechen. Nicht mit dem Leiter der Spurensicherung und erst recht nicht mit dem Techniker Jens Spitzer. Beide leisteten wertvolle Dienste. Aber beide hatten auch mit jedem der anderen Beamten hier im Präsidium engen Kontakt. Sie arbeiteten schließlich nicht nur für die Mordkommission! Und in der augenblicklichen Ermittlungsphase war es angebracht, Insiderwissen und Insidervermutungen auch nur den Insidern, also seinem Team, vorzubehalten.

Anstatt diese Ergebnisse also nun noch in einer Diskussion zu hinterfragen, nahm sie der Köstlbacher vorläufig einfach so hin und bedankte sich ohne großen Kommentar.

Um von der etwas unbefriedigenden Situation abzulenken, wechselte er das Thema.

»Übrigens, Jakob, ist dir eigentlich bewusst, dass du einen hochqualifizierten Mitarbeiter hast?«

»Du sprichst vom Bäumel?«, fragte der Jung. Seine Miene hellte sich dabei deutlich auf. Welcher Chef hört nicht gern ein Lob, das einem seiner Mitarbeiter ausgesprochen wird.

»Genau den meine ich! Hat dich in der Zandtengasse vorbildlich vertreten. Solltest ihm eine entsprechende Beurteilung schreiben. Einem Beamten mit seinen Fähigkeiten sollte auch die entsprechende Karriere ermöglicht werden.«

»Werd' ich! Hat sich übrigens seine Vermutung mit der Makarow bestätigt?«, fragte der Jung.

Jens Spitzer, der von dem Mord zwar gehört hatte, aber keine Details wusste, blickte erstaunt auf, als der Name ›*Makarow*‹ fiel, äußerte sich aber nicht dazu.

»Die Ergebnisse der Ballistiker liegen noch nicht vor. Falls es stimmt, wird's spannend! So viele Makarows wird's in Regensburg kaum geben!«, sagte der Köstlbacher.

Mehr wurde dazu aber dann nicht mehr gesprochen. Warum auch? Mutmaßungen auszutauschen, ist nicht viel anders, als Gerüchte in die Welt setzen. Und alles konnte der Köstlbacher brauchen, nur keine brodelnde Gerüchteküche.

Kapitel 13

Die Gerichtsmedizin hatte Albin Uhl freigegeben. Der Köstlbacher hatte den abschließenden Bericht vor sich auf dem Schreibtisch liegen.

Was ihm Kopfzerbrechen bereitete, war im Moment aber nicht dieser Bericht. Die ganze Republik stand seit Tagen Kopf. Fast wie in früheren Zeiten, als es noch den einen oder anderen Taximord gab. Alle Medien heizten mit Sonderberichten die Emotionen an. Bei einem Taximord ja noch irgendwie nachvollziehbar. Aber bei der Ermordung eines Rechtsradikalen? Natürlich wussten einige Oberschlaue sofort, dass der Mord ein Racheakt auf die NSU-Morde gewesen sein musste. Und je weiter weg von Regensburg vermutet wurde und je weniger gut diese Leute über die vergleichsweise kleine Gruppe von Rechtsradikalen in Regensburg Bescheid wussten, desto heftiger fielen die Fantasie-Artikel aus, mit denen die Presse bundesweit ihre Auflagen zu steigern versuchte.

Natürlich stand es außer Frage, dass bei gelegentlichen Demonstrationszügen rechter Gruppierungen in Regensburg mehrere Hundert dieser Gesinnungsgenossen wie die Hunnen in die Stadt einfielen. Aber das spiegelte nicht die übliche Szene in Regensburg wider, deren Umtriebe eher vom Alkohol als von politischen Parolen genährt wurden.

Zweifelsohne waren auch in Regensburg vereinzelte Bürger der radikalen Meinung, dass Leute ohnehin besser weg gehören, die dem ›*Nationalsozialistischen Untergrund*‹ zugeschrieben werden, und dass es deswegen um den ›*toten Nazi*‹ nicht schade war. Aber sei einmal ehrlich, wer so denkt, denkt der nicht eigentlich selbst schon ein wenig in den Strukturen dieser gewaltbereiten Faschisten?

Vielleicht verstehst du jetzt, dass diese Politisierung des Mordes in der Zandtengasse dem Köstlbacher Sodbrennen, Halsjucken und wer weiß was sonst noch alles verursacht hat. Am liebsten hätte er alles hingeworfen und Urlaub genommen. Am besten weit weg. Mindestens Italien. Für den Köstlbacher, der seinen Urlaub meistens zu Hause auf dem Sofa verbringt, ist Italien ein wirklich fernes Land!

***

»Was hältst du von der ganzen Sache? Deine ganz persönliche Einschätzung bitte, auch wenn die mit der öffentlichen Meinung nicht konform geht!«, fragte den Köstlbacher seine direkte Vorgesetzte, die Abteilungsleiterin Dr. Renate Sieber.

»Der Fall treibt mich in den Wahnsinn! Nichts passt so wirklich zusammen, auch wenn sich bei einigen Details wiederum eine Verbindung geradezu aufdrängt. Absoluter Schwachsinn die Presse! Aber die Sensationslust unserer Journalisten stand einer gediegenen Berichterstattung immer schon im Wege!«, antwortete der Köstlbacher.

»Ich verstehe dich gut! Trotzdem weichst du mir mit deiner Antwort etwas aus. Deine Pinnwand ist diesmal erschreckend leer! Was hat das zu bedeuten?« Die Dr. Sieber nickte zur großen Pinnwand, an die nur ein großer Stadtplan geheftet war mit drei Fähnchen, eines in der Mathildenstraße, eines am Emmeramsplatz und eines in der Zandtengasse. Dazu einige wenige laminierte Kärtchen. Lächerlich wenig im Vergleich zu Mordfällen vergangener Jahre!

»Ich weiß auch nicht! Irgendwie spiegelt diese Pinnwand meinen Kopf wider. Ich fühle mich ausgepowert. Vielleicht hätten wir Baldauf und Dirmeier doch nicht in Urlaub schicken sollen. Hier gehen sie mir ab, und wer weiß, was sie in Tschechien anstellen, wofür man mich hinterher lynchen wird.«

»Vielleicht. Aber da steckt doch noch mehr dahinter! Was bedrückt dich?«, fragte die Dr. Sieber. Ihr gutes, fast freundschaftliches Verhältnis zum Köstlbacher ließ es nicht zu, oberflächlich zu sein.

»Ich will dir mal was sagen: Der ganze Scheiß hier hängt zusammen. Ich fühle das. Trotzdem spricht vieles dagegen!«, antwortete der Köstlbacher.

»Was ›*fühlst*‹ du? Sag's mir doch einfach! Egal, wie die Faktenlage ist!«, bat die Dr. Sieber. Dinge mussten ausgesprochen werden, bevor man über sie reden konnte.

»Nimm doch nur einmal diesen Hasib Bakhtari!«, begann der Köstlbacher. Völlig unstrukturiert, wie es den Anschein hatte.

Die Dr. Sieber wollte ihn nicht unterbrechen, blickte nur gespannt zu ihm hin. Fast möchte ich sagen, sie hing an seinen Lippen.

»Ein afghanischer Staatsbürger, der Afghanistan laut unseren Recherchen nie verlassen hat, in der Mathildenstraße am PC der Sekretärin von Astrid Söll. Mir kommen da immer wieder die Witze in den Sinn, die Witze über Radio Erivan: *›Ist sich möglich, dass deutsche Frau bekommt Kind, wenn Mann lebt in Russland?‹* Antwort: *›Ist sich möglich, wenn …!‹* Was wäre, wenn dieser afghanische Staatsbürger gar kein afghanischer Staatsbürger wäre?«

»Wie? Was?«, kam es da spontan und völlig unbeabsichtigt über die Lippen der Abteilungsleiterin.

»Nun, wie kann einer aus Afghanistan hier bei uns fingerabdrucktechnisch identifiziert werden, wenn er sich nicht hier befindet?«, fragte der Köstlbacher.

»Gar nicht!«, antwortete die Dr. Sieber.

»Gar nicht geht aber nicht! Die Identifizierung war eindeutig! Alle zehn Finger! Ergo: Es muss eine andere Lösung geben!«

»Fragt sich nur welche?«, warf die Dr. Sieber ein.

»Eine absurde! Eine verrückte! Eine *›Radio Erivan Lösung‹*!«

»Und? Hast du so eine *›Radio Erivan Lösung‹*?«, fragte die Dr. Sieber ungeduldig.

»Eine total abgefahrene. Weiß nicht, ob du die wirklich hören willst!«

»Würde ich dich dann darum bitten? Jetzt mach's doch nicht so spannend! Erzähl's mir als Renate und vergiss für ein paar Minuten, dass ich deine Chefin bin!«

Eines musst du wissen, zwischen dem Köstlbacher und der Dr. Renate Sieber hatte sich in den vergangenen Monaten ein fast freundschaftliches Verhältnis entwickelt. Begonnen hat das, als er die Dr. Sieber zufällig getroffen hat, als er gerade mit seiner Anna im DEZ beim Einkaufen gewesen ist. Die Anna hat die Dr. Sieber spontan nach Hause zum Kaffee eingeladen. Überraschend hat die Dr. Sieber zugesagt. Na ja, so ein Nachmittag mit Kaffee und Kuchen bricht ein dienstliches Verhältnis ganz schön schnell auf. Jedenfalls war seitdem die Zusammenarbeit mit ihr noch mehr als schon zuvor von persönlicher Hochschätzung geprägt.

»Du wirst mich für verrückt halten, aber mich lässt da eine Idee nicht mehr los. Je mehr ich sie als völlig absurd einstufen will, umso mehr vernebelt sie mein Hirn.«

»Jetzt erzähl schon! Oder willst du mich mit Andeutungen abspeisen?«, forderte die Dr. Sieber den Köstlbacher erneut auf.

»Ich muss immer an den Roland denken. Der war längere Zeit als Soldat der BRD im Afghanistan-Einsatz.«

Hier legte der Köstlbacher schon wieder eine kleine Pause ein. Die Dr. Sieber schwieg, starrte ihn an und riss ihre Augen auf, als ob sie dadurch ihr Bewusstsein würde erweitern können.

»Was, wenn der Roland unser ›*Mann aus Afghanistan*‹ ist?«

Wieder eine kleine Pause. Wieder keine Reaktion. Auch kein ›*Jetzt bist du aber übergeschnappt!*‹ oder so. Den Fall einer Büroklammer hätte man als Lärm in dieser kurzen Stille empfunden.

»Seit wann arbeitet der Roland schon beim LKA als Undercover-Agent? War nicht auch mal von Spionageabwehr die Rede? Womit war er in den Jahren betraut, die er im Kriegseinsatz in Afghanistan verbrachte? Fragen über Fragen! Dazu seine Fachkenntnisse über die Auflösung der NVA und die danach einsetzenden Waffenschiebereien.«

»Sicher brennende Fragen, auf die es spannende und unerwartete Antworten geben könnte. Aber ich kann den Zusammenhang nicht erkennen!«, schob die Dr. Sieber dazwischen.

»Vielleicht hat der Roland damals schon erkannt, dass er eines Tages Schluss mit allem machen möchte, und sich eine zweite Identität zugelegt«, meinte der Köstlbacher und versuchte, seine Gedanken so vorsichtig wie nur möglich, aber dennoch nicht anders als gedacht zu formulieren.

Anscheinend musste die Dr. Sieber das Gehörte erst einmal sortieren. Zumindest reagierte sie mit keinem Wort. Weder einem der Zustimmung noch der Skepsis.

»Übrigens, er will sich tatsächlich ›*vom Geschäft zurückziehen*‹. Zumindest der Teil meiner Geschichte ist nicht frei erfunden! Das mit der zweiten Identität allerdings ist kaum mehr als eine vage Vermutung! Möglich wär's! Zumal für den Roland. Hätte ihn kaum mehr als ein paar Euro gekostet. Behaupte ich jetzt mal lapidar! Die deutschen Truppen standen immer in engstem Kontakt zu den Behörden vor Ort. Hasib Bakhtari! Würde zu Roland passen!«

Der Dr. Sieber blieb vor Staunen der Mund offen stehen. Eine Revolvergeschichte! Und wenn sie wahr wäre?

Was ihr der Köstlbacher dann noch alles aufgetischt hat, wie er sich weitere Zusammenhänge vorstellen könnte, das hat seine Geschichte auch nicht glaubwürdiger gemacht und logischer schon dreimal nicht. Aber das Korn des Misstrauens hat er damit dennoch ins Herz der Dr. Sieber gesät.

Kapitel 14

Ich weiß, dass es ungünstig ist, dir jetzt zu erzählen, was der Baldauf, der Dirmeier und vor allem der Roland in Tschechien erlebt haben. Aber da komme ich nicht drum herum. Nur wenn du darüber wenigstens in groben Zügen Bescheid weißt, bekommst du eine Idee von der Komplexität des Geschehens, das die Ereignisse in Regensburg wie eine Lawine losgetreten hat.

Folgende Liste an Grenzübergängen zog der Roland auf seiner Fahrt zur Grenze aus der Tasche, um sie seinen beiden Mitfahrern in die Hand zu drücken:

Grenzübergänge von Bayern in die Tschechische Republik:

Philippsreut - Strážný
Bayerisch Eisenstein - Železná Ruda
Furth im Wald - Česká Kubice
Waidhaus - Rozvadov
Schirnding - Pomezí nad Ohří
Waldsassen - Svatý Kříž
Mähring - Broumov
Bärnau - Pavlův Studenec
Eslarn - Železná
Waldmünchen - Lísková
Eschlkam - Všeruby
Neukirchen Hl. Blut - Svatá Kateřina
Breitenau - Krásný Les

»Du spinnst! Da sollen wir überall hin?«, fragte der Baldauf, dem beim Anblick der Liste nur noch der Vergleich mit der berühmten Nadel im Heuhaufen einfiel.

»Ist nicht dein Ernst?«, fügte dem der Dirmeier hinzu.

Dass die kommende Woche kein Urlaub auf Staatskosten werden sollte, das war beiden von Anfang an klar gewesen. Aber bei so einem Programm würde ja kaum an Schlaf zu denken sein.

»Keine Bange! Ist nur eine Liste aus dem Internet. Wir müssen zwei, höchstens drei Grenzübergänge ansteuern. Die Liste ist nur gedacht, falls wir Alternativen brauchen!«, beruhigte der Roland die Kriminaler.

»Wie werden wir vorgehen?«, fragte der Baldauf.

»Ihr sprecht beide tschechisch?«, fragte der Roland.

Ein fast synchrones Nicken bejahte die Frage. Der Dirmeier fügte erklärend noch hinzu: »Wir sind mit zwei Schwestern verheiratet. Keine Zwillinge, aber Schwestern. Tschechinnen! Als wir sie kennen lernten, gingen wir beide noch auf die Polizeischule in München. Die beiden Schwestern aus Prag waren unterwegs zu einer Sightseeingtour in Bayern.«

»Prima! Vietnamesisch wäre zwar noch besser, aber tschechisch erfüllt auch seinen Zweck. Die Typen auf den Vietnamesenmärkten über der tschechischen Grenze verstehen ganz gut tschechisch. Oft sogar deutsch! Vor allem, wenn sie in der ehemaligen DDR aufgewachsen sind«, kommentierte der Roland. »Wir suchen nach einem Vietnamesen, einem Vu Phuc Nam. Geboren 1969 in Hanoi. Seine Eltern verschlug es als kommunistische Flüchtlinge seinerzeit in die DDR. Er spricht vietnamesisch, deutsch und inzwischen auch hervorragend tschechisch«, fügte er noch hinzu.

»Und was wollen wir von dem?«, fragte der Dirmeier, auch wenn er sich die Antwort schon denken konnte.

Da genug Zeit war, bestimmt noch mindestens eine Stunde bis zur Grenze, setzte der Roland zu einer längeren Erklärung an: »Vu Phuc Nam war zur Wende gerade mal 20 Jahre alt. Aber er hat trotz seiner Jugend die Zeichen der Zeit erkannt und einen größeren Posten Waffen aus den Arsenalen der NVA zur Seite geschafft. Wie genau, das entzieht sich meiner Kenntnis. Ohne Helfer wird's nicht gegangen sein. Allerdings gab es zu der Zeit genügend Leute, die Waffen und Munition der Nationalen Volksarmee wegorganisierten, um sie mit erheblichem Gewinn an den Mann zu bringen. Auch die abziehenden russischen Soldaten, denen es in der damaligen

DDR verhältnismäßig gut ging, verkauften gerne mal Wehrmaterial, um sich für ihre künftige Stationierung in Russland finanziell etwas auszupolstern. Als das Wehrmaterial der NVA übernommen wurde, konnte dies nicht auf der Grundlage von Material- und Bestandslisten durchgeführt werden, da solche zum Teil vernichtet oder zumindest manipuliert wurden.«

»Und dieser Vu Phuc Nam übernahm den ›*Vertrieb*‹ über die Vietnammärkte in Tschechien?«, fragte der Dirmeier.

»Nicht der allein, aber er war einer der Bosse. Trotz seines Alters! Ein harter Brocken. Tae-Kwon-Do, wenn du verstehst, was ich meine«, antwortete der Roland.

»Und woher kennst du den?«, fragte der Baldauf.

»Das wirst du nicht wirklich wissen wollen!«, sagte der Roland nur und gab dazu auch keine weitere Auskunft.

»Falls wir ihn finden, diesen Vu Phuc Nam? Wie geht's dann weiter?«, fragte der Dirmeier.

»Ich habe noch etwas gut bei ihm. Er wird uns die Auskunft geben, die wir haben wollen«, erwiderte der Roland.

»Du meinst tatsächlich, er wird was über die Mordwaffe wissen?«, fragte der Baldauf.

»In gewissen Kreisen ist man über vieles informiert, was du dir, obwohl du vom Fach bist, nicht einmal vorstellen kannst! Vu Phuc Nam wird dir die Seriennummer der Makarow sagen können, falls sie durch seine Hände gegangen ist. Und falls nicht, wird er immerhin wissen, wo wir weiter suchen können!«, sagte der Roland.

Er klang dabei sehr überzeugend. Die beiden Kriminaler erwarteten die kommenden Ereignisse nun auch wesentlich zuversichtlicher. Was hätten sie nur ohne den Roland anfangen sollen? Es wäre wohl doch nur bei der berüchtigten Suche nach der Nadel im Heuhaufen geblieben.

»Und warum fangen wir gerade am Grenzübergang Bayerisch Eisenstein – Železná Ruda an? Von den Oberpfälzer Grenzübergängen wären einige doch viel näher, zum Beispiel Furth im Wald – Česká Kubice oder Neukirchen Hl. Blut – Svatá Kateřina?«, fragte der Baldauf.

»Weil wir da anfangen, wo die Aussichten auf Erfolg am größten sind!«, sagte der Roland. »Ich habe ab und zu immer noch Kontakt zu Vu Phuc Nam. Und da ist er in neun von zehn Fällen in Železná Ruda.«

»Warum rufst du ihn nicht einfach an? Dann wissen wir, wo er ist und müssen erst gar nicht nach ihm suchen. Du hast doch sicher seine Nummer?«, meinte der Baldauf und sah den Roland dabei erwartungsvoll an.

»Hatte! Seit er immer wieder abgehört worden ist, wechselt er seine Nummern wie andere das Hemd. Von wem er sich finden lässt, der findet ihn. Wer ihn nicht finden soll, der findet ihn auch nicht. Und ansonsten kontaktiert er seine Kunden«, meinte der Roland.

»Das klingt ja nun nicht gerade gut! Von uns wird er vermutlich nicht gefunden werden wollen. Wie steht's mit dir?«, fragte der Dirmeier.

»Wie gesagt, er schuldet mir einen Gefallen. Er wird sich von mir finden lassen!«

»Und was sollen wir dabei? So wie du daherredest, taugen wir in dem Zusammenhang doch höchstens als deine Bodyguards!«, lamentierte der Baldauf.

Wenn der Baldauf geahnt hätte, wie sehr er mit dieser Aussage den Nagel auf den Kopf getroffen hatte. Aber noch ahnte weder er noch der Dirmeier etwas davon. Der Roland Zeller schwieg sich wieder einmal aus, was die Laune der beiden Kriminaler im uralten silbergrauen BMW 320 vom Roland nicht gerade hob.

Weil der Roland eine alte Kassette mit grässlicher Musik einlegte – zumindest klang sie in den Ohren der Kriminaler grässlich, so ein arabisches Gedudel – gab es fast eine halbe Stunde lang, bis die Kassette erbarmungslos durchgelaufen war, keine Unterhaltung mehr. Auch der Baldauf und der Dirmeier redeten nicht miteinander. Jeder hing seinen Gedanken nach. Bis dann der Roland die Funkstille unterbrach und fragte: »Habt ihr eure Dienstwaffen dabei?«

»Bist du verrückt?«, empörte sich der Baldauf.

»Mit denen hätten wir dich erst gar nicht begleiten dürfen!«, setzte der Dirmeier hinzu.

Der Roland sagte nichts. Er klopfte nur verärgert aufs Lenkrad.

»Und eure Dienstausweise? Habt ihr die dann auch abgeben müssen?«, fragte er dann doch noch nach.

»Hätten wir! Die Dr. Sieber hat es zumindest so angeordnet. Aber der Edmund sah da keinen Sinn drin«, meinte der Baldauf.

»Ihr werdet eine Knarre brauchen!«, zischte der Roland!

»Tickst du noch richtig? Wir sollen ermitteln und nicht rumballern!« Der Dirmeier schrie fast vor Entrüstung.

»Wie ihr wollt! Dann wartet auf mich in Bayerisch Eisenstein und ich zieh die Sache in Železná Ruda allein durch!«, grantelte der Roland.

Die beiden Kriminaler wussten nicht, was sie vom Roland halten sollten. Aber dass es ihm ernst war, das konnte man deutlich sehen. Verkrampft hielt er das Lenkrad fest und schob sein Unterkiefer entschlossen vor.

»So eine Waffe kostet doch auf dem Schwarzmarkt mindestens einen Tausender. Das hättest du uns vorher sagen sollen!«, sagte der Dirmeier. Nicht weil er mit einem Waffenkauf einverstanden gewesen wäre. Nein! Gott bewahre! Aber er suchte krampfhaft nach Gründen, dass das nicht passieren könnte.

»Gar nichts wird sie euch kosten. Wofür habt ihr Dienstausweise!« Und schon huschte wieder dieses für den Roland so übliche Grinsen über sein Gesicht.

»Jetzt drehst du aber völlig durch!« Der Baldauf schüttelte den Kopf, der Dirmeier fasste sich an sein Hirn. Zumindest dorthin, wo selbst bei Polizisten eines sein sollte.

»Dann eben nicht! Dann legt eure Dienstausweise in Bayerisch Eisenstein auf dem Polizeirevier vor. Bestimmt lassen die euch unentgeltlich in einem Ausnüchterungszimmer die paar Tage übernachten, bis ich fertig bin.« Fast lachte der Roland bei dieser Vorstellung.

»Idiot!«, kommentierte der Baldauf diese Worte.

»Immer wieder gerne!«, sagte dazu der Roland nur, immer noch amüsiert über seine, wie er selbst fand, überaus witzige Bemerkung.

»Warum brauchen wir Waffen?«, fragte der Dirmeier, der langsam zu begreifen begann, dass bei aller Komik durchaus Ernst hinter der Sache stand.

»Da fallen mir spontan mindestens drei Gründe ein! Erstens zum Selbstschutz! Zweitens, um deinen Wünschen mehr Nachdruck zu verleihen. Und drittens, weil ich euch beide brauche!«, begründete der Roland.

»Brauche? Mit Knarren im Hosenbund? Wozu?«, fragte der Baldauf.

»Jetzt hört mir einmal gut zu, ihr beiden Provinzkriminaler!«, knurrte da der Roland.

Der gefährliche Ton in seiner Stimme hinderte sowohl den Baldauf als auch den Dirmeier daran aufzubegehren. Über den Roland erzählte man sich Geschichten, die, auch wenn nur ein Teil davon wahr sein sollte, besagten, dass es manchmal nicht ratsam war, sich ihm gegenüber widerspenstig zu verhalten. Sich mit Leuten, die fürs LKA, fürs BKA und womöglich sogar für den Geheimdienst arbeiteten, anzulegen, hatte noch nie zu einem guten Ende geführt.

»Man liebt mich nicht in den Kreisen vom Vu Phuc Nam. Einzig und allein er selbst ist mir wohlgesonnen. Er ist zwar keine kleine Nummer, aber im großen Getriebe dennoch nur ein Rädchen, wenn auch nicht das unbedeutendste. Es kann durchaus sein, dass es einigen Leuten gar nicht in den Kram passt, wenn ich mit ihm spreche«, fuhr der Roland fort.

»Ich verstehe aber immer noch nicht, was das mit …!«, wollte der Dirmeier einwerfen.

»Dann frag deinen Kollegen Baldauf! Der hat es vor wenigen Minuten schon erwähnt! Ich brauche euch als Bodyguards. Die Typen sind nur tapfer, wenn sie sich in der Übermacht fühlen. Drei Männer mit Knarren, da ist ihnen das Risiko zu groß, einen Streit vom Zaun zu brechen. Verstanden?«, fragte der Roland.

So richtig hatten das die beiden nicht verstanden. Aber erneut nachgefragt hat auch keiner. Das Schimpfwort ›*Provinzkriminaler*‹ lag ihnen schwer im Magen. Einerseits eine Beleidigung. Andererseits wollten sie's dem Roland beweisen, dass sie genau das nicht sind, nämlich ›*Provinzkriminaler*‹.

Die nächsten paar Minuten verlor keiner ein weiteres Wort im Wagen. Erst als Bayerisch Eisenstein in Sichtweite kam, meldete sich der Baldauf wieder zu Wort: »Wir haben so etwas« – damit meinte er, sich mit einer Waffe vom Schwarzmarkt einzudecken – »noch nie gemacht. Ich nehme an, du nimmst das in die Hand?«

»Ich setze euch über der Grenze in Železná Ruda in einem Gasthof ab. Da könnt ihr in Ruhe ein Bier zwitschern. Ich mach mich mit euren Dienstausweisen auf den Weg«, sagte der Roland.

Widerspruch wollte sich regen, aber entweder zogen sie das jetzt mit dem Roland durch oder sie zogen etwas anderes, nämlich ihren Schwanz ein und stiegen aus dem Unterfangen aus. Ein Blickwechsel genügte und zwei Dienstausweise der Kripo Regensburg wechselten aus den Taschen der beiden Beamten zum Roland. Der nahm sie kommentarlos entgegen, steckte sie ein und fuhr weiter.

Grenzkontrolle gab es erwartungsgemäß keine. Und hätte es eine gegeben, auch kein Problem. Die drei waren als normale Grenzgänger, Touristen, wenn du so willst, unterwegs.

Der Roland setzte den Baldauf und den Dirmeier in einem einladenden Wirtshaus ab. Das Bier dort war nicht nur hervorragend. Es war zudem für deutsche Verhältnisse spottbillig. Und unerlaubt war's auch nicht, weil die Beamten ja offiziell Urlaub hatten.

Was der Roland nun genau anstellte: Eigentlich wollten sie das gar nicht wissen. Jedenfalls waren sie mehr als nur erstaunt, als er nach zwei Stunden wieder aufkreuzte und jedem eine in Zeitungspapier eingewickelte Makarow zusteckte.

»Magazin ist voll!«, meinte er nur.

»Und damit ihr euch nicht in die Hosen scheißt!« Mit diesen Worten gab er den überraschten Kriminalern auch ihre Dienstausweise wieder zurück.

Auf die fragenden Blicke antwortete er nur mit einem knappen: »Kein Kommentar!«

Zum Verstauen der Pistolen suchten die Beamten kurz die Toiletten auf. So vor den Augen aller Leute wollten sie die Waffen nicht auspacken und sich in den Hosenbund schieben. Zum Glück trugen beide salopp geschnittene Sweatshirts, die die Waffen bestens verbargen.

Weder der Baldauf noch der Dirmeier hatten bislang eine Makarow in Händen gehalten. Sie kannten diese Waffe nur von Abbildungen her. Das Gefühl, jetzt eine Waffe zu führen, die ein Zwilling der Mordwaffe in Regensburg darstellte, war schon irgendwie beklemmend.

Ich verstehe gut, dass du brennend daran interessiert bist, was nun folgen wird. Versprochen, du musst nicht lange darauf warten. Bald erzähle ich es weiter. Aber momentan muss ich unbedingt unterbrechen, weil in Regensburg schon wieder was passiert ist, was ich wegen der Aktualität vorziehen möchte.

Kapitel 15

Die Museumsdirektorin Dr. Agnes Tieze war ganz schön erschrocken, als sie am Morgen vor der Eröffnung einer publikumsträchtigen Ausstellung im Kunstforum Ostdeutsche Galerie die Folgen eines schweren Brandanschlags auf die Kunstinstallation vor dem Gebäude in Augenschein nehmen musste. Sofort ging ihr durch den Kopf, dass der Anschlag politisch oder ideologisch motiviert sein könnte. »Da ist jemand gezielt gegen uns vorgegangen!«, mutmaßte sie bei einem Interview mit einer Journalistin der Mittelbayerischen Zeitung.

Eines musst du wissen, so abwegig war ihre Vermutung nicht, auch wenn es keinerlei beweiskräftige Anhaltspunkte dafür gab. Erst vor ein paar Monaten war ein Anschlag auf die Installation an den Säulen vor dem Gebäude verübt worden. Auch wenn es diesmal die Stoffverkleidung war, ein Werk der tschechischen Künstlerin Magdalena Jetelová. Zusammenhänge wurden da schnell gesehen oder zumindest gedanklich konstruiert.

Möchte man meinen, Installation und Kunstwerk, das kommt irgendwie nicht zusammen, weil jeder bei Installation zuerst an Rohre denkt. Dabei muss das nicht einmal zwangsläufig falsch sein, weil manche Künstler auch aus Rohren Kunstwerke schaffen.

Auch wenn der Dr. Wolfgang Schörnig, der Vorstandsvorsitzende des Kunstforums, sich dahingehend geäußert hat, dass er von einem politisch motivierten Anschlag ausgehe, möchte ich doch zu bedenken geben, dass eine Installation, ob nun mit Rohren oder nicht, wenig politisches Potential darstellt.

Da kann ich noch eher dem neuen Oberbürgermeister Joachim Wolbergs beipflichten, der unter anderem zumindest schnöden Vandalismus auch für möglich hielt.

Natürlich hat der Köstlbacher ebenfalls von dieser Sauerei erfahren, weil eine solche war es auf alle Fälle, ob nun politisch motiviert, quasi gegen die Völkerverständigung gerichtet – eines der Ziele der Ostdeutschen Galerie, sozusagen auf kultureller Ebene – oder durch stumpfen Vandalismus geschehen. Aber recht gegeben hat der Köstlbacher weniger dem Dr. Schörnig. Die Version vom OB Wolbergs hingegen, da musste er sofort an die neuen Nazis denken, die zurzeit in Regensburg auf sich aufmerksam zu machen versuchten. Und dann, einen Schritt weiter, natürlich auch an den Mord an dem Rechtsradikalen in der Zandtengasse. Natürlich hat der Köstlbacher seine Mutmaßungen nicht gleich rumposaunt. Weil, wenn's falsch kombiniert war, dann hätte man ihm nur wieder einen Strick draus gedreht.

Außerdem, das war dem Köstlbacher sehr wohl bewusst, wenn die rechte Szene für diesen Brandanschlag verantwortlich zeichnete, dann war's sowohl politisch als auch Vandalismus. Obwohl das diesen gehirnlosen Glatzköpfen vermutlich gar nicht bewusst war.

Und noch eine Vermutung drängte sich langsam, aber immer stärker werdend ins Bewusstsein vom Köstlbacher: Was, wenn dieser Brandanschlag und der bei der Astrid Söll irgendwie zusammengehörten? Das Muster ist durchaus ähnlich: Es wurde weit weniger Schaden angerichtet, als das Ganze an Aufmerksamkeit erregt hat. Wurden da gleiche oder zumindest ähnliche Ziele verfolgt?

Kapitel 16

Der erste Rundgang mit dem Roland durch die nahen Vietnamesenmärkte in Železná Ruda und Umgebung erweckte nicht den Eindruck, dass es nötig gewesen wäre, sich zuvor zu bewaffnen.

Alles schien ruhig zu sein. Nicht überlaufen. Die Märkte hatten nicht mehr den Zulauf und die Anziehungskraft vergangener Jahre. Hierher kam, wer zufällig auf der Durchfahrt war, in der Gegend Urlaub machte oder nach etwas ganz Speziellem suchte. Der Strom an Besuchern, der zumindest Neugierige auch aus weiter weg gelegenen Regionen eigens zu den Märkten anreisen ließ, war längst zu einem Rinnsal geworden.

Kein Wunder, dass die Betreiber nach neuer Kundschaft Ausschau hielten beziehungsweise ihr Angebot in eine Richtung ausdehnten, die mit Schuhen, Bekleidung und derartigem Kram nichts mehr zu tun hat. Der Rubel sollte weiter rollen. Und dafür sorgte nicht zuletzt seit einiger Zeit der blühende Handel mit Drogen, hauptsächlich mit Crystal Speed.

Auch der Handel mit Waffen hatte einen Einbruch erlitten. Allerdings nicht wirklich dramatisch, weil die Geschichte mit den Drogen auch die Nachfrage mit den Waffen wieder angekurbelt hat. Gehört einfach immer alles zusammen. Alles, was so richtig illegal ist und saftig unter Strafe steht, das muss zu gegebener Zeit auch verteidigt werden. Kung Fu reicht da nicht. Eine 9 mm hat da doch eine überzeugendere Wirkung!

Wie überzeugend so eine 9 mm tatsächlich sein kann, das versuchte der Roland nach einem fast akrobatischen Sprung über die Auslagen eines vietnamesischen Händlers hinweg, als der weglaufen wollte. Der Roland hatte ihn nach Vu Phuc Nam gefragt, worauf sich das schmächtige Schlitzauge spontan umdrehte und Fersengeld gab. Der Grund dafür war nicht ersichtlich, zumindest nicht für den Baldauf und den Dirmeier. Da beide weitaus weniger durchtrainiert waren als der Roland, versuchten sie erst gar nicht, es ihm nachzumachen und auch über die Auslagen zu springen. Mit Sicherheit wäre zumindest der Baldauf in den Auslagen hängen geblieben und schmerzhaft auf die Nase gefallen.

Wenn sie auch nicht die Sprungkraft vom Roland hatten, reaktionsschnell waren sie immerhin. Und zwar überraschend schnell. Einer hechtete links an den aufgebauten Schuhen vorbei, der andere rechts. Und weil der Roland den Flüchtenden schon nach ein paar Metern am Kragen gefasst hatte, dauerte es auch nur Sekunden, bis sie zu ihm vollends aufgeschlossen hatten.

Fast gleichzeitig tauchten quasi aus dem Nichts vier/fünf Vietnamesen auf. Jeder von denen hatte eine Hand verdächtig nach hinten verdreht, so als ob sie im Falle eines Falles schnellen Zugriff zur Pistole haben wollten, die vermutlich hinten in der Hose steckte. Die Szene hatte was von einem Duell im Wilden Westen. In Anbetracht der beteiligten Asiaten auch etwas von einem Jackie Chan Film.

Aber soweit kam es nicht, weder zu dem Duell noch zu Jackie Chan Aktivitäten. Es stellte sich nämlich schnell heraus, dass der Vietnamese, den der Roland am Kragen hielt, davongelaufen ist, weil er mit Crystal Speed was am Hut hatte. Den Namen Vu Phuc Nam hatte er gar nicht verstanden. Er hatte nur die drei Bullen gesehen, diese instinktiv als solche erkannt und war in Panik geraten.

»Dein Scheiß interessiert mich nicht!«, schrie ihn der Roland an, wie der Asiate ihm mit zwei Fingern ein paar Gramm eingeschweißtes Speed aus seiner Hosentasche zog und lamentierte, dass ihm das nicht gehöre und so.

Wie der Typ gemerkt hat, dass die drei Männer ganz etwas anderes von ihm wollten und keiner von der Drogenfahndung war, da wurde die Situation mit einem Schlag entspannter. Der Roland wiederholte noch einmal seine Frage von vorhin. Einmal auf deutsch, einmal auf tschechisch und einmal in gebrochenem vietnamesisch, was der Baldauf und der Dirmeier aber nur am Klang der Wörter vermuteten.

Jedenfalls kam jetzt endlich eine Antwort:

»Vu Phuc Nam in Česká Kubice! Aber gefährlich, Kontakt mit ihm. Er viele Feinde und deswegen immer bewacht!«

»Richte ihm aus, Oskar kommt. Oskar! Verstanden? Und ich habe zwei Männer dabei!«, antwortete der Roland.

Der Dirmeier und der Baldauf blickten sich fragend an. ›*Oskar?*‹

»Den Weg nach Železná Ruda hätten wir uns sparen können. Hab's befürchtet. Aber jetzt wissen wir wenigstens, wo er sich aufhält. Auf nach Česká Kubice! Liegt gegenüber von Furth im Wald. Sicherheitshalber fahren wir auf der deutschen Seite dorthin. Glaube zwar nicht, dass wir hier in eine Kontrolle geraten, aber eure Dienstausweise haben in Deutschland jedenfalls mehr Gültigkeit als hier!« Dabei zwinkerte der Roland mit einem Auge.

»Wieso ›*Oskar*‹?«, fragte der Baldauf. »Ist das so etwas wie ein Codename?«

»Nein! Wusstet ihr nicht, dass ich früher mal Oskar Lischka geheißen habe? Dem Köstlbacher ist das jedenfalls bekannt!«, antwortete der Roland, ging aber in diesem Zusammenhang nicht näher auf seine Vergangenheit in der ehemaligen DDR ein.

Der Dirmeier erinnerte sich schwach, bei irgendeinem Briefing damals, als sie den Biergartenmörder jagten, davon gehört zu haben. Die im Westen hatten dem Oskar Lischka nach der Wende eine neue Identität verpasst und ihn dann als Agent für weiß Gott was eingesetzt.

Auf dem Weg zum Auto verschwand der Roland nochmal kurz. Er hätte noch schnell was zu erledigen, hieß es nur. Dauerte auch wirklich nur ein paar Minuten. Der Dirmeier nutzte die Zeit, dem Baldauf die Geschichte mit dem Identitätswechsel zu erzählen. Wobei, viel erzählen musste er nicht, weil der Baldauf sich inzwischen dieses besagte Briefing auch wieder vergegenwärtigt hatte.

Die Fahrt nach Furth im Wald zog sich. Das Bier, das die beiden Kriminaler heute schon getrunken hatten, machte sie schläfrig. Dem Roland war das nur recht. Er hatte keine gesteigerte Lust, unterwegs die Zeit mit Smalltalk zu überbrücken. Lieber hing er seinen eigenen Gedanken nach. Warum ihn die heute etwas herunterzogen, wusste er nicht. Vielleicht, weil er mehr der Einzelgänger war und Teamarbeit eher hasste? Oder gab es da irgendeine Vorahnung?

Kapitel 17

Auf einmal war sie da! Praktisch genau zu der Zeit, als die in Tschechien noch mit Hochdruck versuchten herauszubekommen, wie die Makarow nach Regensburg gekommen war und damit vielleicht auch, wer aus ihr in Regensburg die tödlichen Schüsse abgefeuert hat.

Aber nicht dass du glaubst, sie wurde in Regensburg gefunden, irgendwo in einem Gebüsch entsorgt oder in einer Mülltonne, vielleicht gar, so wie damals die Armbrust des Todesschützen von der Metgebergasse, in einem Sandkasten verbuddelt!

Der Anruf kam vom Suat, dem Betreiber der Beachbar am Sarchinger Weiher. Ein Junge hatte die Pistole in seiner Hand gehalten, als er vom See herauf zu seiner Mutter gelaufen ist, die sich von der Anna gerade einen Cappuccino servieren ließ. Die Anna hat vor Schreck beinahe der jungen Mama im Bikini den heißen Kaffee über ihren gebräunten Bauch geschüttet. Weil die Frau unvermittelt mit einem Schrei aufgesprungen ist, um ihrem Sohn entgegenzulaufen, landete der Kaffe nur auf dem Liegestuhl und richtete außer einem Kaffeeflecken keinen weiteren Schaden an.

Ich weiß nicht, ob es Mut war, weil der Suat eigentlich ein extrem sanftmütiger Mensch ist, aber auf alle Fälle hat er beherzt gehandelt und nicht erst lange überlegt, ob er vielleicht dabei draufgehen könnte oder nicht.

Der Junge wollte partout seiner Mutter die Pistole nicht geben. Bisher hatte er mit so einem Teil nur in Videospielen seines Cousins, der schon 17 war, herumballern dürfen. Verkrampft hielt er die Makarow mit seinen kleinen Händchen fest und hob sie breitbeinig dastehend in Richtung der wie paralysiert auf ihn starrenden Badegäste. Seine Mutter wollte ihm die Waffe mit Daumen und Zeigefinger abnehmen. Ihre Angst war fast noch größer als die Abscheu, die Pistole überhaupt zu berühren.

In dem Augenblick war Suat schon hinter dem Jungen, redete beruhigend auf ihn ein, fuhr mit einer Hand an seinem rechten Arm entlang und hob die tödliche Waffe mitsamt den Kinderhänden nach oben, bis der Lauf in Richtung Himmel zeigte. Dann nahm er seine zweite Hand zu Hilfe und entwand dem Jungen sanft die Pistole.

Heulend lief der Junge auf seine Mutter zu, die ihn erleichtert in ihre Arme schloss. Suat, dem großen, kräftigen Türken, der die Sarchinger Beachbar betreibt, zitterten plötzlich die Knie. Seine Tochter Anna, die ihn heute schon seit dem Vormittag tatkräftig beim Getränkeverkauf unterstützt hatte, eilte die paar Schritte herbei, um ihren Papa zu stützen. In seiner Hand hielt er immer noch die Makarow.

Erst jetzt sah er, dass das Magazin fehlte und die Pistole gesichert war. Suat ist kein Waffenexperte. Aber so viel wusste er, dass in der Patronenkammer durchaus noch eine Patrone stecken konnte. Er hätte, um sicher zu gehen, den Schlitten zurückziehen können, wagte aber keinen weiteren Handgriff. Zitternd legte er die Pistole in den Kühlschrank, den einzigen Ort, der sich im Kiosk gesondert abschließen ließ, und rief die Polizei an.

Kapitel 18

In Furth im Wald überquerten sie erneut die tschechische Grenze hinüber nach Česká Kubice. Inzwischen war die Sonne schon hinterm Horizont verschwunden und die Lampen beleuchteten nicht nur Straßen, viele Fenster in den Häusern, sondern auch den ausgedehnten Vietnamesenmarkt vor Ort. Da laue und regenfreie Abende zu einem Bummel über den Markt besonders verlockten, waren heute weit mehr Touristen unterwegs, als an wetterbedingt vergleichsweise weniger einladenden Tagen.

Roland und seinen beiden Begleitern kam dieser Umstand durchaus gelegen. Möchte man meinen. Weil böse Buben treiben ihr Unwesen nicht unter den Augen vieler. Möchte man meinen. Genau das Gegenteil war aber der Fall! Je voller so ein Markt ist, desto mehr zwielichtige Gestalten treiben sich herum. Allen voran ein Heer von Taschendieben. Vor denen mussten sich unsere drei Männer weniger in acht nehmen. Taschendiebe sind nicht nur trickreich, sie haben auch Adleraugen und sehen sofort, wo was zu holen ist. Aber eine Geldbörse klauen ist eine Sache. Eine Pistole jemandem aus dem Hosenbund ziehen, eine andere. Und wenn einer eine Pistole trägt, dann wagt man sich besser auch nicht an sein Geld. Wer kann schon mit Sicherheit sagen, wie gut und wie schnell so einer mit seiner Knarre reagiert?

Eine andere Abteilung waren die Drogenhändler. Die kleinen Dealer waren ungefährlich. Aber ihre Bosse? Die liefen selten unbewaffnet rum. Und taten sie's denn mal doch, weil sie die örtliche Polizei im Visier hatte, dann übernahmen ihren ›*Schutz*‹ Bodyguards, die gefährlicher waren, als die Bosse selbst, weil sie dumpfbackig wie Roboter ihre Waffen gebrauchten und einen Fluchtweg ohne Rücksicht auf Verluste frei schossen.

Und dann waren da noch die Waffenhändler. Ein Klientel, dem alle Achtung zollten. Natürlich in erster Linie, weil sie selbst in aller Regel bis an die Zähne bewaffnet waren, was nicht gerade dafür sprach, dass sie Probleme friedlich zu lösen bereit waren. Zumindest hatten sie eine überaus geringe Hemmschwelle, wenn's um den Einsatz von Waffengewalt ging.

Aber dann war da noch eine ganz andere Seite. Ab und zu war eine gewisse Zusammenarbeit mit diesen Waffenschiebern nötig, um von einer Tatwaffe auf den Benutzer Rückschlüsse ziehen zu können. So wie jetzt! Wobei die Situation jetzt doppelt knifflig war. Die Mordwaffe war zwar als eine Makarow PB Kal. 9 mm identifiziert, aber derer gibt es Hunderte, wenn nicht sogar weitaus mehr. Eine konkrete Waffe war also nicht vorhanden. Und vom Täter fehlte auch jede Spur. Dass es zumindest in einem Fall ein Asiate gewesen sein muss, konnte hilfreich werden. Momentan stand aber dagegen, dass weltweit jeder vierte Mensch ein Asiate ist.

Vielleicht kannst du jetzt verstehen, wie wenig glücklich der Köstlbacher in Anbetracht dieser Gesamtsituation gewesen ist. Dabei habe ich jetzt noch nicht einmal erwähnt, dass auch jede Art von Motiv fehlt und die rechte Szene ein zusätzliches Problem aufwarf, das selbst einen groben Zusammenhang nicht erkennen ließ. Außer Mutmaßungen, die zu nichts führten.

So grau in grau sich alles auch abzeichnete, Roland war zumindest dran, noch in dieser Nacht Vu Phuc Nam zu treffen. Nach ihm zu fragen, erwies sich als die einzige Möglichkeit. Aber mit seinen beiden Bewachern im Kreuz ging das unter bösen Blicken ab, bei denen es auch blieb. Die drei zogen sich in ein Hotel zurück. Einerseits, weil in dieser Nacht mit Sicherheit an keine Rückfahrt mehr zu denken war. Andererseits, weil sie ja irgendwo warten mussten.

Eine Nachricht kam dann schneller als erwartet. Allerdings nicht die gewünschte. Über den Hotelportier ließ man ausrichten, dass Vu Phuc Nam heute keine Zeit hätte, ihn Roland aber morgen alleine gegen 18.00 Uhr auf dem Markt vor dem Camel-Boots-Stand treffen könne.

Du kannst dir vorstellen, dass weder der Roland noch die beiden Regensburger Kripobeamten mit dieser Lösung glücklich waren. Aber da Vu Phuc Nam zumindest für den nächsten Tag ein Treffen in Aussicht stellte, machte es jetzt auch wenig Sinn, die Stunden bis dahin mit Jammern zu verbringen.

Im Grunde genommen waren sie, Baldauf und Dirmeier, im Urlaub. So sahen sie es zumindest momentan, ließen den Vietnamesen einen Vietnamesen sein und bestellten sich an der Hotelbar erst einmal ein Bier als Aperitif, bevor sie in einem Gasthaus Abendessen wollten.

Der Roland sonderte sich wieder einmal ab. Wenn du glaubst, dass er gesagt hat, wohin er zu gehen dachte, dann bist du auf dem Holzweg. Aber weil es in Česká Kubice nicht nur einen großen Vietnamesenmarkt, sondern auch diverse Bordelle gab, konnte es gut sein …

Dem Baldauf und dem Dirmeier fehlte der Roland nicht wirklich. Die beiden waren seit Jahren mehr als Kollegen. Die Heirat von zwei Schwestern hatte sie auch familiär verbunden. Und da gab es immer was zu reden. Gemeinsame Sorgen hatten sie genug.

Was soll ich sagen? Das tschechische Bier schmeckte. Es blieb nicht bei einem. Nach dem Essen gingen sie zwar bald zurück ins Hotel, blieben aber noch bis spät in der Nacht an der Hotelbar hängen. Keinem fiel auf, dass der Roland noch immer nicht wieder aufgekreuzt war.

Kapitel 19

Blaulicht ist am Sarchinger Weiher zwar nicht gerade etwas absolut Exotisches, weil ab und zu Notarzt und Einsatzwägen der Rettung anrücken, wenn es einen Badeunfall gegeben hat oder wenn ein Badegast sich zu lange in der prallen Sonne aufgehalten hat und dann blitzartig kollabiert ist. Manchmal ist aber auch das Bier schuld und es sieht nur nach einem Hitzschlag aus. Und noch öfter kommt beides zusammen.

Nicht so an diesem heißen Sommertag, zumindest nicht, als der Köstlbacher und der Liebknecht angerauscht kamen. Mit Blaulicht und Martinshorn. Nicht nur deswegen, weil es ein eiliger Polizeieinsatz war. Aber mit dem schwarzen Dienstaudi ohne optische und akustische Kennzeichnung, da wären sie 100-pro oben bei der Einfahrt zur Zufahrtsstraße zum Weiher aufgehalten worden und hätten ihre Ausweise vorzeigen müssen, um die Parkgebühr nicht bezahlen zu müssen.

Zum Glück wohne ich nicht weit vom Sarchinger Weiher weg und kann mit dem Fahrrad hinfahren. Damit kannst du ohne Blaulicht, Martinshorn oder ohne einen Dienstausweis von der Kripo vorzeigen zu müssen, gratis bis ans Wasser gelangen. Ein seltener Luxus!

Der Köstlbacher und der Liebknecht waren nicht die ersten, die sich auf den Notruf hin in Richtung Sarching aufmachten. Das Wort ›*Waffe*‹ noch dazu in Verbindung mit einem Kind, das ruft quasi alles auf den Plan, was eine Stadt oder ein Landkreis an Katastropheneinsatzpersonal zur Verfügung stellen kann. So war auch schon die Berufsfeuerwehr Regensburg, die Freiwillige Feuerwehr Sarching und mehrere Polizeifahrzeuge, die gerade in der näheren Umgebung auf Streife gewesen sind, vor Ort. Ein Fahrzeug vom Katastrophenschutz kam zeitgleich mit dem schwarzen Dienstaudi an. Und ein Hubschrauber der Rettung war im Anflug!

Trotz der sengenden Hitze war zumindest in der näheren und weiteren Umgebung der Beachbar vom Suat kein Badegast mehr im Wasser. Zum einen hatte die Polizei das Ufer mit einem weiß-rot gestreiften Band abgesperrt. Wo eine Pistole gefunden worden war, wer konnte da sagen, ob da nicht noch mehrere zu finden waren. Womöglich auch noch eine Leiche! Zum anderen drängten sich alle in Richtung Beachbar, die ebenfalls abgesperrt worden war, um möglichst viel mitzubekommen.

Irgendwer – vielleicht war's ein Badegast – hatte die TVA informiert. Dort wurde der Anrufer bestimmt missverstanden. Weil dass die gleich mit einem Übertragungswagen angedüst kamen, da bin ich mir sicher, dass die geglaubt hatten, ein Junge läuft am Sarchinger Amok und hat schon einige Sonnenhungrige abgeknallt.

Zu guter Letzt rückten dann nach 20 Minuten auch noch zwei Hundertschaften von der Einsatzpolizei an, die mit Stöcken ausgerüstet das Ufer absuchten. Im Wasser übernahm das vorab die hiesige Wasserwacht. Die wurde aber bald von der Wasserpolizei, die als letzte am See eintraf, mit Tauchern unterstützt.

Ach ja, die Presse habe ich ganz vergessen zu erwähnen. Die Leute von der TVA waren natürlich nicht die einzigen Pressefuzzis, die ihre Kameras und Mikrophone in Stellung brachten.

Ist ja schon erstaunlich, wie schnell alle da waren. Möchte man meinen, so rasant wäre das gar nicht möglich. Aber bis auf Vertreter von der Regierung oder dem Klerus waren sie wirklich alle da. Die vielleicht auch, aber in der Badehose hat sie niemand als solche wahrgenommen. Einen Politiker kennt man mit Anzug und Krawatte. Und einen Pfarrer? Na ja, jedenfalls in der Badehose eher selten. Womit ich jetzt nicht darauf anspielen möchte, dass so einer gar nicht am Sarchinger zum Baden geht, weil der den Almer bevorzugt, wo er ganz ohne Klamotten baden kann.

Möchte man meinen, irgendwer musste die Organisation von dem ganzen Auflauf übergehabt haben. Möchte man meinen! War aber nicht so. Solche Ereignisse haben ihre Eigendynamik. Da muss man keine Einladungen verschicken, Termine notieren lassen, wieder und wieder erinnern! So ein Ereignis findet statt und alle sind da! Wahnsinn!

Der Köstlbacher fand das auch ›*Wahnsinn*‹. Nur hat er das anders gemeint.

»Wer zum Teufel hat das alles zu verantworten?«, fragte der Köstlbacher den ersten Uniformierten, der ihm auf dem Weg vom Auto hin zur Beachbar über den Weg lief.

Der zuckte natürlich nur mit seinen Schultern. Woher hätte gerade er das wissen sollen, wo's genau genommen doch keiner hier im Umkreis von einem Kilometer wusste. Jeder spulte das Programm ab, das er auf der Polizeischule oder sonst wo innerhalb seiner Organisation für derartig außergewöhnliche Situationen eingetrichtert bekommen hat.

Zur Beachbar geht es gute 50 m von der Straße in Richtung Seeufer bergab. Nicht steil! Vom Gefälle her genau passend für den Köstlbacher, um nicht außer Atem zu kommen.

»Der Türke mit dem Glatzkopf dort ist Suat! Der betreibt den Laden hier!«, sagte der Liebknecht zum Köstlbacher.

»Woher kennst du den?«, fragte der Köstlbacher.

»Ich bin nicht zum ersten Mal hier! Ist normalerweise ein lauschiges Plätzchen!«, meinte der Liebknecht.

In Suat, der verzweifelt dreinschaute, weil er sich von all dem hier total überfordert gefühlt hat, kam schlagartig Leben. Mit aufgehellter Miene ging er auf den Kommissar Liebknecht zu, reichte ihm freundschaftlich seine Hand und sagte: »Hallo Norbert! Du bist meine Rettung!«

Der Norbert Liebknecht erwiderte dazu erst einmal nichts. Weil, ob seine und die Ankunft seines Chefs für den Suat eine ›*Rettung*‹ welcher Art auch immer sein würde, das sollte sich erst raus stellen. Heute zumindest würde er hier kein Badegast sein. Und als Kriminaler, da ist der Ton ruppiger, was glaubst du!

»Darf ich vorstellen: mein Chef! Kriminalhauptkommissar Köstlbacher!«, übernahm der Liebknecht vorab das Wort.

»Wer hat die Pistole? Wem haben Sie das Teil übergeben?«, fragte der Köstlbacher in seiner unfreundlichen Art ohne Begrüßung. Nicht, dass er immer so grantig wäre, zumindest nicht so grantig! Aber der ganze Rummel hier ging ihm gewaltig auf den Geist.

Und so zog der Suat seine Hand, die er ihm freundlich hinhielt, auch gleich wieder zurück. Aufdrängen würde er sich dem Köstlbacher nicht.

›*Etwas mehr Manieren könnten die von der Kripo schon an den Tag legen!*‹, dachte der Suat und antwortete laut: »Sie liegt immer noch da, wo ich sie hingelegt habe: im Kühlschrank!«

Und weil jetzt auch der Liebknecht fragend seine Augenbrauen nach oben zog, ergänzte der Suat noch: »Der einzige Ort, den ich hier getrennt absperren kann. Außer meiner Kasse! Aber da wollte ich das Teil nicht drin haben!«

»Und keiner wollte die Waffe bisher sehen?«, fragte der Köstlbacher ungläubig.

»Wer hätte sie sehen wollen? Sie sind doch von der Kripo! Oder?«

Grundsätzlich hatte der Suat da natürlich recht. Aber da war immerhin noch die Spurensicherung. Die gefundene Waffe in eine Folientüte einzusacken, das machten eigentlich immer diese Kollegen.

»Spurensicherung?«, fragte der Köstlbacher nur und blickte dabei den Liebknecht an.

»Man möcht's ja nicht glauben, aber soweit ich das hier überblicke,« – und von hier aus konnte man das ganze Areal bestens überblicken – »ist Gott und die Welt hier vertreten, nur keiner von der Spurensicherung! Ich kümmere mich drum!«, sagte der Liebknecht und verschwand mit seinem Handy außer Hörweite.

Es musste ja nicht jeder mitbekommen, dass hier etwas verbockt worden war. Schon dreimal keiner von der Presse. Und von denen hatten sich schon viel zu viele unter die Beamten und die Gaffer gemischt.

»Jetzt erzählen Sie einmal der Reihe nach, was hier passiert ist!«, bat der Köstlbacher den Suat in einem erheblich freundlicheren Tonfall als noch kurz zuvor. So wie es aussah, hatte dieser Mann nichts falsch gemacht.

Was soll ich sagen, der Suat berichtete knapp, aber dennoch im Detail, was sich zugetragen hatte, bis hin zu seinem Telefonat mit der Notrufzentrale. Wie der Liebknecht wieder zu den beiden hinzugetreten kam, begann er sogar, auch wenn das dem Köstlbacher nicht so sehr passen wollte, noch einmal von vorne. Und wie er dann erneut bei seinem Anruf in der Notrufzentrale angekommen ist, hat der Liebknecht seinen Chef zur Seite gewunken und zu ihm gesagt: »Die in der Zentrale haben's verbockt. Erst zwei Stunden, nachdem sie alle Welt rebellisch gemacht hatten, erinnerten sie sich daran, dass sie uns vergessen haben. Und die von der Spusi auch. Darum ist hier schon so viel los, obwohl wir gleich nach der Meldung bei uns zum See rausgefahren sind. Die Spusi muss jeden Moment da sein!«

Der Köstlbacher kochte innerlich vor Wut! Aber was geschehen ist, das ließ sich nun nicht mehr ändern. Seit der Kraus nicht mehr im Dienst war, konnte man sich auf die Einsatzzentrale nicht mehr verlassen. Der junge Spund, der jetzt statt seiner am Telefon saß, war vermutlich heillos überfordert, vor allem, wenn es mal richtig rund ging!

In dem Augenblick tauchte auch schon der Kommissar Jung von der Spurensicherung mit drei Männern im Schlepptau auf.

»Was willst du mit deiner Maximalbesetzung? Kein Mord, kein Raub, nur eine aufgefundene Pistole! Und die liegt hier beim Kioskinhaber im Kühlschrank!«, begrüßte der Köstlbacher seinen Kollegen Jakob Jung.

»Hallo Edmund! Wie man mir sagte, sei hier die Hölle los. Kommt auch schon überall am Radio! Woher sollte ich wissen, wie groß meine Besetzung da sein muss? Und was meinst du mit *›Kühlschrank‹?*«, fragte der Kommissar Jung.

»Kommen Sie!«, schaltete sich in dem Moment der Suat ein, der immer noch beim Köstlbacher gestanden hatte und fühlte, wie sehr es dem Kommissar widerstrebte, die Sache mit dem Kühlschrank dem Chef der Spurensicherung erklären zu müssen.

Mit *›Sie‹* hatte der Suat alle gemeint. Hat auch jeder so verstanden, weil ihn nun alle zum Kühlschrank nachgingen, der Jung, der Köstlbacher, der Liebknecht und die drei Begleiter vom Jung mit ihren Köfferchen.

»Wow!«, entfuhr es da dem Jung. »Ich bin zwar kein ausgesprochener Waffenexperte, aber wenn mich nicht alles täuscht, ist das eine Makarow PB!«

»Unsere Makarow?«, fragte der Köstlbacher und riss seine Augen dabei so weit auf, wie das bisher bei ihm noch niemand gesehen hatte.

»Keine Ahnung! Das muss die Ballistik entscheiden!« Mit diesen Worten nahm der Jung die Waffe mit Gummihandschuhen entgegen, steckte sie in eine Plastiktüte und übergab sie einem seiner Mitarbeiter.

»Ihr beide«, und dabei deutete er auf zwei seiner drei Begleiter, »bringt das Teil gleich jetzt zurück ins Präsidium! Erst Fingerabdrücke abnehmen, dann sofort in die Ballistik! Ihr braucht nicht mehr zurückzukommen! Wir schaffen das hier zu zweit! Und Blaulicht! Sonst kommt ihr da draußen nicht durch!«

An Köstlbacher gerichtet, fuhr er fort: »Mein Kollege und ich, wir können mit dir zurückfahren, wenn der Spuk hier vorbei ist?«

Der Köstlbacher nickte nur bejahend und meinte: »Ich muss mich hier noch mit ein paar Leuten unterhalten. Macht ihr einstweilen eure Arbeit. Und vergesst nicht, wir brauchen die Fingerabdrücke von allen hier, die die Waffe berührt haben. Vorerst vermutlich die vom Suat und die von dem Jungen! Ich erkläre das aber vorher noch der Mutter!«

Der Kommissar Jung nickte und machte sich mit seinem Kollegen an die Arbeit. Viel gab es allerdings in der Tat nicht zu tun. Wo sollte man bei diesem Herumgewusel nach Spuren suchen? Und überhaupt: nach welchen Spuren? So blieb es vorläufig dabei, Fotos zu machen.

Der Suat führte den Köstlbacher und den Liebknecht auf deren Ersuchen hin zu dem Jungen und seiner Mutter, die beide etwas abseits im Schatten saßen. Anna, die Bedienung und gleichzeitig Tochter vom Suat, hatte es sich nicht nehmen lassen, den beiden Gesellschaft zu leisten, nicht zuletzt auch, um neugieriges Publikum fern zu halten.

Der Junge machte einen sehr verschüchterten Eindruck. Der ganze Rummel hier – er war nicht mehr so jung, dass er es übersehen hätte, wem der galt. Und der Mutter stand der Schock immer noch ins Gesicht geschrieben.

Der Köstlbacher wusste zuerst nicht so recht, wie er sich verhalten sollte. Spontan stieg in seiner Erinnerung die Szene in dem Hinterhof von der

Metgebergasse hoch, wo er auch ein paar Fragen an einen Jungen – einem fast im selben Alter – richten wollte, und die Mutter des Jungen deswegen erst einmal hysterisch reagiert hatte. Darum vermied es der Köstlbacher, durch diese Erfahrung klüger geworden, nun zuerst mit dem Jungen zu reden.

»Köstlbacher! Kripo Regensburg! Mein Kollege Kommissar Liebknecht! Dürfte ich Ihnen bitte ein paar Fragen stellen?«

Da gehört schon etwas dazu, dass dem Köstlbacher das Wörtchen ›*bitte*‹ über seine Lippen kommt. Aber ganz ehrlich, auch ein Köstlbacher lernt dazu! Und bisweilen, das hat ihm nicht nur die Klein bestätigt, öffnet so ein ›*bitte*‹ tatsächlich Tore, die sonst verschlossen geblieben wären.

»Selbstverständlich! Das war alles so schrecklich!«, antwortete die junge Frau, eine Frau Tanja Schreiner, wie sich noch herausstellen sollte.

Zunächst, quasi um der Situation die Anspannung zu nehmen, nahm der Liebknecht die Personalien auf. Die Frau hatte keinen Ausweis dabei, war zusammen mit ihrem Sohn mit dem Fahrrad hier. Aber das sollte im Moment nicht wichtig sein.

»Keine Ahnung, warum der Benjamin so etwas gemacht hat. Er hätte nicht abgedrückt! Bestimmt nicht, Herr Kommissar!«, begann die junge Frau zu jammern. Offensichtlich dachte sie, die Kripo wäre hier, weil ihr Benjamin mit der Pistole herumgefuchtelt hatte.

»Bestimmt hätte er das nicht!«, beruhigte der Köstlbacher Frau Schreiner. »Wir sind auch nicht hier, um Ihren Sohn oder Sie wegen irgendwas zu belangen! Wir sind nur an der Waffe interessiert und wo genau er sie gefunden hat.«

»Das habe ich Ihren Kollegen schon mehrfach gezeigt. Ungefähr dort vorne bei dem Busch! Sehen Sie, Ihre Kollegen suchen dort schon seit einer halben Stunde jeden Quadratzentimeter ab!«

»Meinen Sie, Ihr Sohn könnte uns die Stelle einmal genau zeigen?«, fragte der Köstlbacher.

Aber aus mindestens zwei Gründen konnte das der Benjamin nicht. Erstens hätte er sich nie und nimmer erneut zu der Stelle hingetraut. Und zweitens schrie gerade einer vom Katastrophenschutz, der sich mit einer Stange am Absuchen des Seegrundes in Ufernähe beteiligt hatte, laut und deutlich:

»Da ist was!«

Sofort eilten andere hinzu, die auch am Suchen waren. Auch der Köstlbacher und der Liebknecht ließen die Frau samt ihrem Benjamin mit einem »Entschuldigung!« stehen und eilten vor zum Ufer.

Die Aufregung war groß. Alle Blicke hingen plötzlich an dem einen Mann, der, unweit vom Ufer im seichten Wasser stehend, jetzt beherzt mit seiner Hand in den See tauchte und nach dem griff, was er zuvor über seinen Stock entdeckt zu haben glaubte.

Bestimmt hat der eine oder andere jetzt eine Gänsehaut bekommen und geglaubt, eine Leiche würde zum Vorschein kommen. Aber so war's nicht! Eine leichte Sommerjacke. Dunkelgrau mit einem doppelt genähten Kragen. Nichts Außergewöhnliches! Und zudem zerrissen!

Der Kommissar Jung nahm das Ding in Empfang und legte es erst einmal ins Gras, um das Wasser ablaufen zu lassen. Beim Berühren der Jacke stieß er mit seiner Hand an etwas Hartes. Fühlte sich nach Handy oder so an. Vorsichtig drehte er die Jacke, um an die aufgenähte Tasche zu kommen, in der sich der harte Gegenstand befand, und zog ihn heraus.

Mit allem hatten er und die ihn umringenden Kollegen gerechnet. Nur damit nicht! Der harte Gegenstand entpuppte sich als das in der Pistole fehlende Magazin. Wie viele Patronen sich noch darin befanden, würde man überprüfen. Ganz voll schien es nicht zu sein.

»Makarow?«, fragte der Köstlbacher.

»Könnte ich mir gut vorstellen! Alles andere würde auch keinen Sinn machen! Du bekommst noch heute einen Bericht!«, antwortete der Kommissar Jung von der Spurensicherung.

»Und vergiss die Fingerabdrücke nicht! Die Pistole hatte nicht im Wasser gelegen. Vielleicht gibt sie noch was her!«, erinnerte der Köstlbacher den Kommissar Jung.

Und an die Helfer im Wasser gewandt meinte er noch: »Die Jacke bedeutet nicht, dass sonst nichts mehr im Wasser gefunden werden kann. Ich wäre euch dankbar, wenn die Suche noch so lange weitergehen könnte, bis absolut sicher ist, dass nichts mehr zu finden ist!«

Ohne zu murren, machten sich die Kollegen erneut an die Arbeit.

Leider musste es sein! Der Köstlbacher konnte es dem kleinen Benjamin nicht ersparen, sich den genauen Fundort der Pistole zeigen zu lassen. Gott sei Dank war die Mutter kooperativ und überredete den verschreckten Jungen dazu. Fest seine Mutter an der Hand haltend, ging er vor zum Ufer und deutete wortlos auf ein Gebüsch, unter dem er die Waffe hatte liegen sehen, bevor er sie an sich nahm und spontan auf die Idee kam, Gangster zu spielen.

Der Köstlbacher fuhr dem Jungen dankend über den Kopf und sagte: »Wenn er auch ein Schlawiner ist, der Benjamin, Hauptsache, wir haben die Waffe jetzt!«

Und dann hat der Köstlbacher noch in seine Hosentasche gelangt, seine Geldbörse herausgezogen, zwei Euro herausgefischt und sie dem Jungen mit den Worten gegeben: »Kauf' dir beim Suat ein Eis! Du hast es dir verdient!«

Und zu der Mutter gewandt, fügte er noch hinzu: »Mein Kollege Kommissar Jung bräuchte noch die Fingerabdrücke von ihrem Sohn, damit wir wissen, welche Abdrücke auf der Pistole wir ausschließen können. Vielleicht könnten Sie das noch vor dem Eis erledigen?«

Verständnisvoll nickte die Frau. Der Köstlbacher winkte den Jung heran, damit der seine Arbeit machte. Als er sich dann gerade umdrehte, um weitere Anweisungen zu geben, rief ihm der Benjamin noch zu: »Danke, Herr Kommissar!«

Da hat der Köstlbacher geschmunzelt. Bestimmt hatte die Mutter den Kleinen an das ›*Zauberwort*‹ erinnert.

»Bitte! Gern geschehen!«, antwortete der Köstlbacher vorbildlich.

Unter dem Gebüsch, wo die Makarow gelegen hatte, konnte nichts weiter Auffälliges entdeckt werden. Im Sand war noch der Abdruck der Pistole zu sehen. Und so eine kleine Schleifspur. Könnte ein Hinweis sein, dass die Pistole dort hingeworfen worden und erst noch zwei/drei Zentimeter am

Boden entlanggeschlittert ist. Aber ob hingelegt oder hingeworfen, das würde für die momentanen Ermittlungen noch keinen Unterschied machen. Vielleicht später, wenn man versuchen würde, die Szene zu rekonstruieren, die sich hier abgespielt hatte.

Der Köstlbacher ließ sich in aller Ruhe nochmal alles vom Suat und der Anna erzählen. Nur für den Fall, dass irgendwelche zusätzlichen Beobachtungen gemacht worden wären, die wichtig sein könnten. Aber da kam nichts dabei heraus. Auch beim Eröffnen der Beachbar am Vormittag war dem Suat nichts aufgefallen, was vielleicht ein Hinweis darauf hätte sein können, dass zuvor oder in der Nacht irgendwer hier gewesen wäre, der nichts hier verloren gehabt hätte.

Aber sei einmal ehrlich, welcher Hinweis sollte das sein? Natürlich gehen auch zu Zeiten, wo die Beachbar geschlossen ist, Spaziergänger oder Angler hier ans Wasser. Die hinterlassen auch Spuren. Aber was sollen Fußspuren an einem öffentlichen Badesee für eine ›*besondere*‹ Bedeutung haben? Du siehst es ein! Keine!

Im Wasser wurde nichts mehr gefunden und nach und nach verzogen sich alle Einsatzkräfte mit dem Problem wieder, niemandem für ihre Arbeit eine Rechnung schreiben zu können. Auch der Köstlbacher und der Liebknecht fuhren zurück nach Regensburg. Den Jung und seinen Kollegen nahmen sie, wie verabredet, mit!

Kapitel 20

Möchte man meinen, der Vorschlag von ganz oben, befördert zu werden, müsste Freude aufkommen lassen. Möchte man meinen! Der Köstlbacher hat das aber nicht so gesehen. Sein erster Gedanke war: ›*Aha! Die wollen mich wegloben. Alles nur, weil ich diesmal am Rudern bin und nicht vorwärts komme! Am liebsten würde ich alles hinwerfen!*‹

Gedacht hat er das. Nicht laut artikuliert. Seiner Anna gegenüber hat er dieses Ansinnen von ganz oben nur erwähnt, nicht kommentiert!

»Ich hab's immer gewusst! Du machst Karriere! Toll! Was sagen deine Kollegen dazu?« Das war die erste Reaktion von der Anna. Und das schon am Frühstückstisch, wo sie sonst ihren Mund nicht aufbrachte, weil sie da angeblich erst in die Gänge kommen musste. Was immer das zu bedeuten hatte.

Gut, ganz ehrlich, er selber war auch ein ausgesprochener Morgenmuffel und verkoch sich jeden Tag beim Frühstück hinter seiner MZ. Wenn er dann doch einmal etwas sagte, dann war das in aller Regel nur ein brummiger Kommentar zu einem Artikel, dessen Inhalt ihm missfiel.

»Warum Kollegen? Meinst du, ich binde das gleich jedem auf die Nase?«, grantelte der Köstlbacher.

Da hat die Anna zum ersten Mal gemerkt, dass die Freude bei ihrem Mann nicht groß sein konnte. Nur das ›*Warum*‹ verstand sie nicht. Und darum fragte sie auch gleich nach: »Ist was mit dir?«

»Was soll schon sein! Mich nervt das einfach alles!«, grummelte der Köstlbacher und gab damit eine, zumindest was seine Frau Anna betraf, sehr unbefriedigende Antwort.

»Was nervt dich?«, fragte die Anna, weil als Frau, da denkst du beim Frühstück nun nicht gleich, dass den Mann etwas in der Arbeit nervt. Könnte ja gerade so gut sein, zu Hause ›*nervt alles*‹! Und dann möchte man schon genauer wissen, was das ›*alles*‹ zu bedeuten hätte.

»Ich habe einfach keine Lust mehr!«, antwortete der Köstlbacher immer noch bei weitem nicht präzise genug, dass sich seine Anna damit zufrieden gegeben hätte.

»»*Keine Lust mehr*«, äffte sie den Edmund nach. »Auf was? Auf wen? Auf mich? Auf die Kinder?«

Hätte er sich doch denken können, der Köstlbacher. Warum sollte seine Frau anders ticken als andere Frauen? Wenn es ihm schlecht geht, dann sieht so eine Frau erst einmal den Grund dafür bei sich selbst, den Kindern, der Ehe ganz allgemein, eben weil ihm die Familie nicht mehr taugte. So ein Krampf! Hatte er ein Wort gegen die Familie gesagt?

»Du verstehst das nicht! Ich will das nicht! Abteilungsleiter! Und die Dr. Sieber verschwindet in ihre alte Heimat nach München. Kein Puffer mehr zwischen mir und dem Arsch von Anhuber. Der Stefan Anhuber ist so ein Idiot! Ich wäre dann nur noch der Befehlsüberträger vom Anhuber! Würdest du das machen wollen?«, polterte der Köstlbacher.

»Ja! Würd' ich schon!«, platzte es da spontan aus der Anna heraus. »Ich würde den Anhuber richtig abhängig von mir machen. Ohne mich würde nichts laufen! Und das würde den Anhuber verrückt machen!«

Da hob der Köstlbacher erstaunt seinen Kopf. So hatte er das noch gar nicht gesehen. Klar! In gewisser Weise wäre der Anhuber dann total auf ihn angewiesen. Und bei Bedarf würde er ihn so richtig auflaufen lassen.

»Hm!«, brummte er trotzdem nur.

Der Anna reichte das aber schon als Zustimmung! Dass sie bei der ganzen Beförderungsgeschichte schon auch im Hinterkopf hatte, dass der Edmund dann mehr Geld nach Hause bringen würde, das behielt sie aber lieber für sich. Stattdessen überlegte sie schon, wie man dieses Mehr an Geld sinnvoll ausgeben könnte.

Kapitel 21

»Und was, wenn das alles nur ein Ablenkungsmanöver gewesen ist?«, fragte der Köstlbacher die Dr. Renate Sieber, die, wie in letzter Zeit viel öfter als je zuvor, in seinem Büro saß und gemeinsam mit dem Köstlbacher den Stand der Ermittlungen an seiner Pinnwand durchging.

»Wie meinst du das?«, fragte die Dr. Sieber.

»Wenn ich das nur selbst wüsste! Da ist so ein schwammiges Gefühl, das mir Glauben macht, ich sei ganz nah an was dran und seh' es nur nicht, weil Unwichtiges aufgebauscht den Blick aufs Wesentliche hemmt.«

»Du redest jetzt von der Mathildenstraße?«, fragte die Dr. Sieber.

»Genau! Und ich glaube immer noch, dass die mit den beiden Morden zusammenhängt. Vielleicht nicht ursächlich, aber irgendwie trotzdem!«

»Haben wir etwas übersehen?«, fragte die Dr. Sieber. Es wäre nicht das erste Mal, dass Vordergründiges etwas nicht in den Fokus gelangen ließ, weil der Schatten, den es warf, alles verschluckte.

»Das glaube ich nicht einmal. Wir sehen nur die Zusammenhänge nicht. Vielleicht, weil sie zu absurd sind. Vielleicht sollten wir unsere Denkweise umstellen!», meinte der Köstlbacher.

»Vorschlag?«, fragte die Dr. Sieber.

»Ich ziehe Zusammenhänge in Erwägung, die es eigentlich nicht geben kann. Und dann versuche ich zu beweisen, dass ich mich irre!«, sinnierte der Köstlbacher.

»Interessanter Ansatz!«, stellte die Dr. Sieber fest, äußerte sich aber nicht weiter dazu, weil sie vom Köstlbacher erst einmal so ein Konstrukt erläutert haben wollte. Vielleicht war das tatsächlich ein Weg, die Ermittlungen endlich so voranzutreiben, dass konkreter gefahndet werden konnte.

»Nehmen wir einmal an, unser Roland Zeller ist tatsächlich in die ganze Sache verwickelt!«

Die Dr. Renate Sieber wollte spontan Einspruch erheben. Aber der Köstlbacher winkte ab und fuhr fort: »Er ist einer von uns! Er ist ein verdienter Agent beim LKA und er hat schon die Kastanien für die eine oder andere bundesdeutsche Organisation aus dem Feuer geholt. Das wolltest du doch sagen, oder? Nun, es müsste ja nicht einmal sein, dass er gegen uns spielt. Es könnte doch genauso gut sein, dass es um ihn selber geht, dass er zum Beispiel unter Druck steht?«

Der Köstlbacher ließ seine letzte Bemerkung wie eine Frage ausklingen, wollte aber noch immer keine Reaktion von der Dr. Sieber hören.

Aber weil er nicht gleich weitersprach, quasi eine Denkpause einlegte, schoss die Dr. Sieber doch einen Satz dazwischen: »Okay! Konkretisier's!«

»Mir gehen diese Fingerabdrücke von dem Hasib Bakhtari nicht aus dem Kopf. Dazu der Text zu ›*AUSGEBRANNT*‹ von der Gruppe SCHERBENTANZ. Was, wenn es diesen Bakhtari zweimal gibt? Einmal in Kabul und einmal bei uns? Was, wenn der Roland tatsächlich dieser Bakhtari ist?«

»Abgefahren!«, rutschte es da der Dr. Sieber heraus. „Ich hatte das nicht wirklich in Erwägung gezogen.«

»SCHERBENTANZ! Roland ist der Drummer dieser Band! Und ›*AUSGEBRANNT*‹ ist ein Song von denen.«

»Ja! Darüber sprachen wir bereits!« Die Dr. Sieber schüttelte etwas verständnislos ihren Kopf.

»Jetzt wird's schwierig! Muss meine Gedanken ordnen! Bleiben wir noch ganz kurz bei SCHERBENTANZ! Aus meiner Sicht bieten sich bezüglich meiner Roland-Theorie zwei Möglichkeiten an, warum diese Seite aufgerufen worden ist und der Songtext zu ›*AUSGEBRANNT*‹ am Bildschirm stehen gelassen worden ist.«

»Nämlich?«

»Erste Möglichkeit: Jemand wollte auf Roland aufmerksam machen!«

»Hätte dieser Jemand mit dieser Aktion nicht auch auf jedes andere Bandmitglied aufmerksam machen können?«, fragte die Dr. Sieber.

»Zweifelsohne! Aber ich schränke jetzt die Möglichkeiten auf Roland ein!«, erwiderte der Köstlbacher.

»Zweite Möglichkeit«, fuhr er fort, »Roland wollte auf sich aufmerksam machen. Quasi indirekt! Damit das sonst niemand mitbekommt. In dem Fall wäre er in Gefahr und die Aktion mehr oder weniger ein Hilferuf!«

»Klingt plausibel! Natürlich nur im Zusammenhang mit deinen Einschränkungen und deiner Theorie!«, meinte die Dr. Sieber.

»Meine erste Möglichkeit führt vorläufig in eine Sackgasse. Darum lass mich meine zweite Möglichkeit weiterspinnen!«, begann der Köstlbacher erneut und hantierte dabei in der gewohnten Art und Weise an seiner Pinnwand.

»Die Seite mit ›*Hammer und Sichel*‹! Roland stammt aus Thüringen, kam erst als fast Erwachsener nach Bayern, wuchs somit in der ehemaligen DDR auf. Ein weiterer Hinweis auf seine Identität! – Der Link zu dem Bericht über die NVA und deren Aktivitäten in Afghanistan! Wieder ein Hinweis!«

»Hinweis auf was?«, fragte die Dr. Sieber.

»Auf alle Fälle auf den Roland selbst. Er war auch in Afghanistan. Später! Als Bundeswehrangehöriger! Vielleicht auch ein Hinweis anderer Art, den ich jetzt noch nicht erkennen kann!«

»Könnte sein, ja!«, sinnierte die Dr. Sieber.

»Dann der Datenklau! Roland hat definitiv nichts mit Dirndln am Hut, egal ob Haute Couture oder nicht! Der Datenklau passt mir am allerwenigsten in mein Konstrukt!«

»Und wenn der nur als Metapher zu sehen ist? Daten sind geklaut worden? Daten ganz anderer Art?«, warf die Dr. Sieber ein.

»Möglich! Durchaus möglich! Gute Idee! Lassen wir das einstweilen noch offen!«, meinte der Köstlbacher und fuhr fort: »Die Fingerabdrücke! Das ist der Hauptpunkt, warum ich meine Theorie gar nicht so abwegig finde. Wir kommen nicht an die Fingerabdrücke vom Roland Zeller ran. Wir haben sogar über AFIS nachgefragt. Keine Chance!«

Da muss ich jetzt den Köstlbacher kurz unterbrechen, weil du vermutlich keine Ahnung hast, was dieses AFIS ist. Ich hab's ehrlich gesagt auch nicht gewusst und hab' mich erst im Internet schlau machen müssen, als mir viel später der Edmund den ganzen Fall ausführlich geschildert hat. Dem Edmund gegenüber habe ich allerdings nie zugegeben, dass ich diesbezüglich eine Bildungslücke hatte. Am Ende wäre ich seinen ganzen Respekt mir gegenüber noch verlustig gegangen.

AFIS bedeutet: ›*Automatisiertes Fingerabdruck-Identifizierungssystem*‹.

»Wenn er nichts angestellt hat, und davon gehe ich bei seinem Job aus, sonst wäre er längstens raus aus dem Verein, also wenn er sauber ist, dann ist er auch bei AFIS nicht gelistet!«, stellte die Dr. Sieber klar.

»So ist es! Wer sagt denn, dass sich der Roland nicht während seines Militär-Einsatzes in Afghanistan eine zweite Identität zugelegt hat? Vielleicht war's auch schon seine dritte oder vierte! Ein Afghane, dem Roland zu irgendwas verpflichtet, tritt ihm seine Papiere ab, meldet sie als verloren und bekommt neue. Und zwar mit den von Roland abgegebenen Fingerabdrücken. So werden zwei Fliegen mit einer Klappe geschlagen: Roland hat für den Fall der Fälle ›*gültige*‹ afghanische Papiere, der Afghane kann nie wegen seiner Fingerabdrücke irgendeiner ihm zur Last gelegten Tat überführt werden, weil die abgespeicherten nicht seine sind.«

»Und das Bild?«, fragte die Dr. Sieber fast naiv, wie es dem Köstlbacher schien.

»Als ob das für Ganoven dieses Kalibers ein Problem darstellen sollte!«, antwortete der Köstlbacher.

»Klingt zwar durchaus plausibel, aber dann doch wieder wie ein Revolvermärchen!«, meinte die Dr. Sieber.

»Muss ja auch nicht stimmen! Nur so ein Gedankenkonstrukt!«, sagte der Köstlbacher.

»Vermutlich meinst du, die Fingerabdrücke am Bildschirm wurden bewusst hinterlassen?«, fragte die Dr. Sieber.

»Vielleicht! Vielleicht ein zweiter Hinweis auf Afghanistan! Vielleicht auch nicht! Vielleicht war sich der Roland einfach nur sicher, dass wir mit diesen Fingerabdrücken nichts anfangen können!«

»Gut! Gehen wir einmal davon aus, diese Theorie stimmt! Warum hat Roland all das gerade an einem PC in der Mathildenstraße bei Frau Astrid Söll abgezogen? Jetzt sag' bloß, du hast darauf auch eine Antwort parat?«, fragte die Dr. Sieber. »Und was in aller Welt hat diese Show mit den Morden zu tun? Von dem Brandanschlag auf die Ostdeutsche Galerie ganz zu schweigen?«

Die Fragen aller Fragen, da wirst du mir recht geben.

Natürlich hatte der Köstlbacher auch darauf eine Antwort parat. Aber die möchte ich dir jetzt noch nicht verraten. Nicht, weil er richtig lag, der Köstlbacher. Auch nicht, weil er falsch gelegen hat. Einfach nur deswegen, weil ich den noch folgenden Ereignissen nicht vorgreifen möchte!

Kapitel 22

Kommissar Jung ließ es sich nicht nehmen, auch diesmal seinen Bericht persönlich beim Köstlbacher vorbeizubringen.

»Ich habe die Makarow sofort nach meinen Untersuchungen nach unten in den Keller zum Ballistiker gebracht. Der Kollege Härtl wird dir sein Ergebnis durchgeben, sobald er fertig ist. Kann schon in den nächsten Minuten sein!«, begann der Kommissar Jakob Jung und nahm gegenüber vom Köstlbacher seinem Schreibtisch Platz.

»Hast was Interessantes rausgefunden?«, fragte der Köstlbacher. Insgeheim hoffte er sehr, dass der Jung nicht nur auf ein Schwätzchen zu ihm gekommen war.

»Kann man so sagen! Das Magazin passte in die Makarow. Mehr oder weniger ein Beweis, dass die beiden Teile zusammengehören. Da das Magazin in der Jacke steckte, gehört auch die dazu. Wie die Jacke ins Wasser gekommen ist, darüber wirst du dir Gedanken machen müssen. Ist nicht unbedingt mein Job. Vielleicht hilft es dir, dass die Jacke auf eine Art und Weise zerrissen ist, wie es passieren kann, wenn einer an einer Jacke festgehalten wird und sich losreißt. An der Jacke befinden sich auch Blutspritzer. Blut vom wem, da arbeiten wir noch dran. Wenn sich allerdings herausstellt, dass die DNA nirgends gespeichert ist, dann ist das vorläufig zumindest wenig hilfreich. – Doch nun zur Makarow: Nicht am Magazin – das hatte ja im Wasser gelegen – aber an der Pistole konnten wir Fingerabdrücke finden. Natürlich erwartungsgemäß die von dem Jungen und die vom Suat. Aber dann noch die einer dritten Person!«

Der Köstlbacher hing dem Kollegen Jung an den Lippen. Er unterbrach ihn nicht. Und er musste sich schon sehr zusammenreißen, um ihm nicht ein ›*Jetzt mach's doch nicht gar so spannend!*‹ hinzuwerfen.

»Ich hab' das Ergebnis mehrfach überprüft, weil es mir unglaublich vorkam. Die Fingerabdrücke sind identisch mit denen auf dem PC-Bildschirm im Büro der Astrid Söll. Du erinnerst dich? Die Abdrücke, die einem gewissen Hasib Bakhtari gehören, der de facto eigentlich in Afghanistan lebt und angeblich sein Land auch nicht verlassen hat!«

»Wahnsinn!«, presste da der Köstlbacher heraus. »Jetzt sag bloß, im Magazin fehlen zwei Patronen!«

»Ich weiß, worauf du hinauswillst. Aber nein! Es fehlten mehrere Patronen! Fünf um genau zu sein. Was natürlich ohnehin nur von Bedeutung wäre, falls es sich bei der Pistole tatsächlich um die Mordwaffe handelt.«

Als hätte der Kollege Härtl von der Ballistik auf dieses Stichwort gewartet, blinkte es in dem Moment am Köstlbacher seinem Telefonapparat grün. Zeichen für einen hausinternen Anruf.

»Bestimmt der Härtl! Hoffe ich zumindest!«, sagte der Köstlbacher und nahm den Hörer ab.

Du wirst es dir schon denken, der Anruf kam wirklich vom Ballistiker Härtl.

»Hallo Edmund, ich mach gerade den Bericht für dich fertig. Möchtest du die Ergebnisse vorab wissen?«, fragte der Härtl.

»Blöde Frage! Natürlich möchte ich sie wissen! Sie war's, oder?«, antwortete der Köstlbacher.

»Ja! Eindeutig! Beide Kugeln, die, die in der Vietnamesin am Emmeramsplatz steckte und die von der Zandtengasse. Beide stammen definitiv aus dieser Waffe!«, berichtete der Härtl.

»Danke! Lass dir mit dem schriftlichen Bericht bis morgen Zeit! Hauptsache, ich bin voran schon mal informiert! Nochmals vielen Dank!«, sagte der Köstlbacher in einem bei ihm ganz ungewöhnlich freundlichem Ton. Endlich ging etwas voran!

»Gerne! Freut mich ja selbst, dass die Untersuchung ein vorzeigbares Ergebnis gebracht hat! Dann bis morgen!«, antwortete der Härtl und legte auf.

»Was sagst du jetzt?«, fragte der Köstlbacher den Kommissar Jung, der das Telefonat zwar nicht mitgehört hatte, aber dennoch wusste, worüber gesprochen worden ist, weil der Köstlbacher dem Härtl seine Worte regelmäßig wiederholt hat, wie das Telefonierende oft machen, wenn sie wissen, dass jemand im Raum auch informiert sein möchte.

»Wir haben's alle gehofft, oder? Gratulation! Der Fall ist zwar nicht gelöst, aber immerhin hast du jetzt die Mordwaffe! Und nicht zu vergessen, eine Jacke voller Spuren, die zumindest Vermutungen zulassen. Vielleicht findest du ja auch noch des Rätsels Lösung, was diese afghanischen Fingerabdrücke bedeuten könnten?«, kommentierte der Kommissar Jung.

Vielleicht geht es dir auch so wie dem Köstlbacher? Nach so einem Tag, da muss er erst einmal eine Nacht drüber schlafen. Dann ein neuer Sonnenaufgang und Kaffee! Nicht, dass Sonnenaufgänge und Kaffee je irgendwelche Kriminalfälle gelöst hätten! Das wäre ja auch zu einfach. Aber der Kopf ist nach einer durchschlafenen Nacht wieder frei und erkennt Zusammenhänge, die vorher einfach nicht greifbar waren.

Kapitel 23

Der Morgen brach an. Baldauf und Dirmeier trafen sich so gegen 8.00 Uhr im Frühstücksraum des Hotels. Dass der Roland nicht auftauchte, verwunderte zunächst niemanden. Vielleicht hatte er schon gefrühstückt, oder er würde noch kommen. Erst als er gegen 9.00 Uhr immer noch nicht in Erscheinung trat, löste das erste Bedenken aus, wo er denn abgeblieben sein könnte.

Der Baldauf wollte im Frühstücksraum warten, während der Dirmeier hoch zu Rolands Zimmer ging, um an der Tür zu klopfen.

»Entweder, er schläft tief wie ein Murmeltier, oder er ist nicht auf seinem Zimmer! Reaktion gab es jedenfalls keine, obwohl ich laut vernehmbar geklopft und auch nach ihm gerufen habe!«, berichtete der Dirmeier, als er unverrichteter Dinge wieder zum Kollegen Baldauf zurückkam.

»Was machen wir jetzt?«, fragte der Baldauf.

»Handy? Ruf ihn an!«, antwortete der Dirmeier.

»Hab ich schon versucht, wie du oben warst. Teilnehmer meldet sich nicht. Ausgeschaltet, Akku leer, Funkloch? Such' dir was aus!«, meinte der Baldauf.

»Bleib du noch hier! Ich gehe vor zur Rezeption. Vielleicht hat er dort ja eine Nachricht für uns hinterlassen«, meinte der Dirmeier.

Hatte er aber auch nicht, eine Nachricht hinterlassen! Und er war auch definitiv nicht im Hotel, weil sein Zimmerschlüssel an der Rezeption abgegeben worden war. Und zwar schon gestern!

Jetzt war guter Rat teuer. Ohne den Roland konnten sie die Aktion gleich heute abblasen. An den Vu Phuc Nam würden sie alleine nie ran kommen. Und ohne Vu Phuc Nam keine Infos über Waffen aus der ehemaligen DDR.

Der Baldauf wollte gerade den Köstlbacher anrufen und ihm Bericht erstatten. Unter diesen Umständen fand er jeden weiteren Tag hier in Tschechien vergeudete Zeit. Bestimmt würden sie zu Hause dringender gebraucht. Und wenn sie sich beeilten, konnten sie locker bis gegen Mittag in Regensburg zurück sein.

Aber dann hat sich das Telefonat erübrigt. Zumindest in der Form, wie es der Baldauf sich gedacht hatte. Der Roland betrat in aller Ruhe den Frühstücksraum. Gerade noch rechtzeitig, um noch einen Kaffee und ein paar Brötchen serviert zu bekommen. Auf die Fragen, mit denen die beiden Kriminaler den Roland bestürmten, reagierte der vorerst nicht, winkte nur ab und meinte: »Jetzt lasst mich doch erst einmal in Ruhe frühstücken. So viel Zeit wird schon noch sein!«

»Du hast vielleicht die Ruhe weg!«, grantelte der Baldauf. Es ärgerte ihn gewaltig, so sehr von diesem Roland und seinen Launen abhängig zu sein.

Natürlich hat es der Roland gemerkt, dass seine beiden Begleiter auf 150 waren und ihm am liebsten an die Gurgel gegangen wären. Aber so war er eben, der Roland. Genau so! Ohne Stress trank er seinen Kaffee und schmierte sich dazwischen zwei Buttersemmeln mit Marmelade. Rote Marmelade! Die mochte er am liebsten.

Dass er sich dabei seelenruhig zuschauen ließ, ohne dass ein weiteres Wort gesprochen worden ist, heizte die Emotionen der Kriminaler weiter an. Bis sich der Roland dann mit der roten Marmelade bekleckert hat.

Wenn so etwas passiert, dann schaust du automatisch auf den Fleck. Weil Naturgesetz: Marmelade gehört aufs Brot, wenn möglich mit Butter drunter. Aber nicht auf ein Bekleidungsstück.

Die beiden Kriminaler schauten zuerst aus Schadenfreude hin. Aber dann, beim genauen Fokussieren der Marmeladenspuren, fielen ihnen fast zeitgleich die Flecken auf dem T-Shirt vom Roland auf. Wenn er sich nicht mit der roten Marmelade bekleckert hätte, vermutlich wären die Flecken dann keinem aufgefallen.

Das war der einzige Nachteil des Männerteams Baldauf/Dirmeier. Das Team Pirzer/Koch war da besser aufgestellt, weil die Koch als Frau automatisch Dinge sah, die einem Mann einfach nicht, oder zumindest nicht sofort, auffallen.

»Was hast'n da?«, fragte der Baldauf und durchbrach damit das Schweigen.

»Marmelade! Siehst du doch! Ich bin eben kein so feiner Pinkel wie du!«, antwortete der Roland.

Mit Sicherheit hatte der Roland bemerkt, dass die Frage nicht der Marmelade galt, die ihm vom Brötchen getropft war. Es war ziemlich eindeutig, dass er zu den anderen Flecken keine Stellung nehmen wollte. Obgleich – je mehr der Dirmeier diese Flecken betrachtete, desto überzeugter wurde er – diese Flecken von Blut herrühren mussten. Vermutlich fremdes Blut, da der Roland selbst nicht verletzt schien.

Langsam verschwand auch der letzte Bissen des späten Frühstücks in Rolands Mund. Ein letzter Schluck Kaffee! Endlich begann er zu erzählen.

Hör' es dir an, was er den beiden Beamten aus Regensburg in knappen Worten auftischte, und mach' dir selber einen Reim drauf. Mehr möchte ich an dieser Stelle zu der Geschichte vom Roland nicht sagen.

»Ich habe die Gelegenheit gestern Abend noch genutzt und einen alten Freund hier in der Nähe besucht. Dass der gerade eine Grillparty gab, davon hatte ich natürlich keine Ahnung. Aber ihr wisst ja, wie das beim Grillen so zugeht. Man trinkt einfach zu viel. Wollte dann kein Risiko eingehen. Hier in Tschechien bist du ja nicht nur den Führerschein los. Da sitzt du schneller hinter Gittern, als dir lieb ist. Jedenfalls habe ich bei meinem alten Bekannten übernachtet. – Okay ich hätte euch anrufen sollen. Entschuldigung! Ich dachte, bis zum Frühstück bin ich locker wieder hier!«

Da du ja schon die Geschichte vom Sarchinger Weiher kennst, ziehst du vielleicht Schlüsse. Die bieten sich natürlich an, keine Frage. Aber ob sie stimmen?

Seltsam erscheint zumindest mir auf alle Fälle, dass der Roland sich entschuldigt hat. So etwas ist mir fremd an ihm. Ganz grundlos kam dieses Wort sicher nicht über seine Lippen.

Ich möchte wetten, dich würde auch interessieren, ob der Roland seine Jacke, die er gestern Abend auf dem Vietnamesenmarkt noch anhatte, immer noch trug. Nun, es war ein relativ warmer Morgen. Selbst wenn er sie nicht getragen hätte, wäre das niemandem aufgefallen. Er hätte sie im Auto liegen lassen können.

Aber da sind wir wieder beim Geschlecht der beiden Kriminaler angelangt: Männern fällt nicht auf, was andere Männer am Leib tragen, ob das was anderes ist als am Tag zuvor, oder so. Wenn es sich um eine Frau handeln würde! Die Sachlage wäre komplett anders. Eine Frau, die hätte man vielleicht in Gedanken tags zuvor schon ausgezogen und damit jedes einzelne Kleidungsstück in der Hand gehalten. Geistig, versteht sich! Auf alle Fälle wäre das eine Gedächtnisstütze gewesen. Aber so?

Selbst später, als der Baldauf und der Dirmeier die Ereignisse in Tschechien im Beisein vom Köstlbacher und der Dr. Sieber noch einmal Revue passieren lassen mussten, konnte sich an dieses Detail keiner erinnern.

Nur das mit den Flecken, das deckte die Erklärung vom Roland nicht ab. Und da hat der Baldauf auch nachgefragt: »Habt ihr die Viecher erst geschlachtet, bevor sie gegrillt wurden?«, und deutete dabei auf das verschmutzte T-Shirt vom Roland. Die Spritzer sahen wirklich nach Blutflecken aus. Zumindest für einen, der so etwas schon öfter gesehen hat.

Für einen Moment hätte ein guter Beobachter in den Augen vom Roland ein kurzes Aufblitzen wahrnehmen können. Der Baldauf und der Dirmeier sind bei Gott keine schlechten Beobachter. Aber gegenüber dem Roland waren sie ohne Argwohn. Nicht so, wie bei Vernehmungen, wo es auf diese Dinge explizit zu achten galt.

»Du hast aber eine scharfe Beobachtungsgabe! Das sind tatsächlich Blutspritzer! Ist ein altes Leiden von mir. Nasenbluten! Eine Spätfolge vom vielen Koksen im Afghanistaneinsatz!«, sagte der Roland und setzte zu seinem Nachsatz ein schelmisches Lächeln auf.

Jetzt sag bloß, du hättest dem Roland diese Räuberpistole nicht abgekauft? Und ob du das hättest! Sie kam so spontan, überzeugend und mit der Begründung im Nachsatz auch noch mit einem Schuss Komik versetzt, dass man ihm das einfach abnehmen musste.

»Was machen wir bis zum Abend? Das Treffen mit Vu Phuc Nam ist erst um 18.00 Uhr!«, stellte der Roland fest und gab dem Gespräch damit eine neue Richtung.

»Wir hätten Verwandte unserer Frauen hier in Česká Kubice. Wenn du keine andere Planung hast, könnten wir …!«, meinte der Baldauf.

»Gute Idee!«, kam es da überraschend schnell vom Roland.

War da wieder dieses Blitzen in seinen Augen? Könnte durchaus sein, auch wenn's keinem aufgefallen ist …

Kapitel 24

Es war noch keine Woche her, seit dieser Brandanschlag auf die Ostdeutsche Galerie in der MZ für Schlagzeilen gesorgt hat. Kollegen einer Streife von der Polizeiinspektion Süd griffen eine 29-Jährige auf, als die gerade versuchte, auf einem Spielplatz ein Klettergerüst abzufackeln. Sie hatte es noch nicht in Brand gesetzt, aber bereits einen Kanister Benzin darüber geschüttet. Bei der Festnahme benahm sie sich aggressiv und in jeder Beziehung auffällig.

Der Köstlbacher erfuhr von der Sache erst, als die Brandstifterin von sich aus bei ihrer Vernehmung stolz zu Protokoll gab, dass sie auch für den Brandanschlag auf die Ostdeutsche Galerie verantwortlich sei. Wie sich weiter herausstellte, war die junge Frau extern Langzeitpatientin der psychiatrischen Abteilung vom Uniklinikum. Der eingeschaltete Polizeipsychologe Dr. Hartmut Schenker hatte dies vermutet und sich mit Dr. Rolf Hagner von der Psychiatrie am Uniklinikum kurzgeschlossen.

Da die Brandstifterin mit ihren Taten Aufmerksamkeit erregen wollte und eher stolz als reumütig über sie redete, konnte ausgeschlossen werden, dass sie etwas mit dem Brandanschlag bei der Astrid Söll in der Mathildenstraße zu tun haben könnte. Nie und nimmer hätte sie das verschwiegen!

Und wenn ich ganz ehrlich bin, glücklich hätte das den Köstlbacher eh nicht gemacht, wenn er nun auch noch eine Psychopatin in seinen Fall hätte einbeziehen müssen. Manchmal ist es besser, eine tatverdächtige Person ausschließen zu können, zumal wenn es sich um eine psychisch erkrankte Person handelt. So eine darf dann nur mit Samthandschuhen angefasst werden und schuldfähig ist sie auch nicht. Im Gegenteil: Die Schuld haben dann schnell die, die gar nichts ausgefressen haben, weil irgendwen muss man ja schließlich zum Sündenbock machen!

Kapitel 25

Die Entscheidung, die beiden Kollegen in Česká Kubice allein zu lassen und durch eine achtlos dahingeworfene Bemerkung den Eindruck zu erwecken, er würde ins Bordell gehen, traf der Roland sehr spontan. Von Česká Kubice nach Regensburg, keine wirklich nennenswerte Entfernung. Locker hin und zurück in einer Nacht zu machen. Und Zeit genug würde auch noch bleiben, Dinge in Ordnung zu bringen, die aus der Entfernung nicht in Ordnung gebracht werden können.

Bestimmt bist du jetzt neugierig, welche ›*Dinge*‹ denn das sein könnten. Wie mir der Köstlbacher das während eines meiner immer seltener gewordenen Aufenthalte zu Hause in Regensburg erzählt hat – zum Zeitpunkt des Geschehens selbst war ich ja wieder einmal in der Toskana – da hat er mich genau in diesem Punkt zunächst einmal nur mit ein paar nichtssagenden Andeutungen abgespeist. Er wolle mir die Spannung nicht nehmen, hat er dazu gesagt.

***

Gedanken gemacht habe ich mir zu diesem Zeitpunkt natürlich schon welche. Viele sogar! Und sehr detaillierte. Was wäre zum Beispiel, wenn der Köstlbacher mit all seinen Mutmaßungen, die er der Dr. Sieber unterbreitet hat, richtig liegen würde?

Pass auf! Könnte sich nicht alles so abgespielt haben?

Der Roland observiert schon länger die Vietnamesin Tran Thi Linh. Tran Thi Linh hat keinen außergewöhnlichen Beruf, arbeitet für Astrid Söll, betreibt auch noch eine kleine Änderungsschneiderei und scheint auf den ersten Blick unauffällig. Aber genau dieses Unauffällige könnte ja der Deckmantel sein, unter dem sie eine völlig andere Identität verbirgt. Würde so zum Roland und seinen Undercover-Aktionen passen. Denkst du nicht auch? Und kurz bevor er bekommt, nach was er sucht, was er zu beweisen versucht, wird ihm die Tran Thi Linh quasi weggemordet. Nun legt er das Ablenkungsfeuer bei der Astrid Söll. Das heißt, es ist gar kein Ablenkungsfeuer. Eher ein Spiel, um seine Kollegen bei der Kripo zu verwirren. Wer könnte das besser als der Roland? Wer kennt die Gedankengänge vom Köstlbacher besser als der Roland? Roland geht es um den PC im Büro in der Mathildenstraße. Seine Ermittlungen haben ergeben, dass die Tran Thi Linh ihren Arbeitsplatz bei Astrid Söll regelmäßig dazu benutzt, Nachrichten über den PC in Astrids Büro abzusetzen. Die beste Deckadresse, an die sie herankam. Zu Zeiten, wo Astrids Sekretärin, Frau Würtz, nicht da war und Tran Thi Linh alleine im Showroom arbeitete, war der Zugang zum PC unproblematisch.

Bis hierher gestaltete sich in meiner Fantasie das Geschehen übersichtlich und durchaus logisch nachvollziehbar. Gut, ich bin nur ein Schriftsteller! Formuliere dem Köstlbacher seine Erzählungen in Krimis um. Aber letztendlich fehlt mir das kriminalistische Gespür meines Freundes Edmund. Und so kann ich jetzt nur notdürftig zu erklären versuchen, wie diese restlichen Geschehnisse zusammenhängen könnten.

All diese Spuren, die der Roland am PC der Astrid Söll nun legt. Was bedeuten sie? Hinweise auf die ehemalige DDR und die Waffen der NVA, die nach dem Zusammenbruch des Systems in alle Welt verscherbelt wurden. Völlig unzusammenhängend, wie es scheint, die Hinweise auf die Musikgruppe SCHERBENTANZ. Daraus einen Zusammenhang zu konstruieren, fiel mir ganz besonders schwer. Edmund hatte mir einen Ausdruck des Songtextes zu ›*AUSGEBRANNT*‹ als Mailanhang in die Toscana geschickt. Er wusste, dass ich literarische Ergüsse besser interpretieren kann. So ohne Hintergrundwissen konnte ich aber trotzdem nichts mit dem Text anfangen. Nichts, womit ich meinem Freund Köstlbacher einen Denkanstoß hätte liefern können. Aber jetzt? Jetzt sah einiges anders aus.

Nachdenklich blickte ich zum gefühlten 100sten Male auf den Text, den ich mir inzwischen ausgedruckt hatte.

Ausgebrannt

Jeden Tag das selbe Spiel,
kommst so schnell noch nicht ans Ziel.
Immer weiter Schritt für Schritt
reißen dich deine Pflichten mit.

Jeden Tag das selbe Leid,
hast dich so schnell noch nicht befreit.
Willst weiter, doch es geht nicht mehr
und jeder Schritt, der fällt dir schwer.

Ausgebrannt
du weißt nicht, wann's zu Ende ist,
Ausgebrannt
wenn jeder Tag ein Stück deiner Seele frisst,
Ausgebrannt
wenn dir deine Kraft entflieht,
Ausgebrannt
Ausweg Suizid!

Jeden Tag das selbe Spiel,
zu leisten gibt es doch so viel.
Und du willst immer oben stehen,
das Ergebnis kannst du sehen.

Jeden Tag das selbe Leid,
stehst für deine Pflicht bereit.
Keine Sekunde arbeitslos,
bist du nun deine Kräfte los.

Jeden Tag das neue Glück,
heute blickst du neu zurück.
Ein zweites Leben wünschst du dir,
zu spät kam die Erkenntnis dir.

Jeden Tag das selbe Spiel,
du kommst auch anders an dein Ziel.
Hast leider viel zu spät erkannt,
dein Leben ist längst ausgebrannt.

Ausgebrannt
du weißt nicht, wann's zu Ende ist,
Ausgebrannt
wenn jeder Tag ein Stück deiner Seele frisst,
Ausgebrannt
wenn dir deine Kraft entflieht,
Ausgebrannt
Ausweg Suizid!

© Scherbentanz

Die große Erleuchtung blieb immer noch aus. Aber immerhin stellte sich ein interessanter Gedanke ein. Immer wieder blieb ich beim Durchlesen an demselben Zweizeiler hängen:

Ein zweites Leben wünschst du dir,
zu spät kam die Erkenntnis dir.

Was, wenn der Roland damit auf seine zweite Identität angespielt hatte, auf die vermeintlich afghanische? – Womöglich war es sogar beabsichtigt gewesen vom Roland, auf seine Aktivitäten am PC aufmerksam zu machen? Sollte Tran Thi Linh davon erfahren? Wäre gut möglich. Ihre Ermordung war zeitlich gesehen später. Oder Sandra Würtz? Auch Astrid Söll selbst kam in Frage.

Der Kopf begann mir zu rauchen. Um nichts auf der Welt hätte ich mit dem Köstlbacher tauschen wollen. Ich konnte beim Schreiben meiner Krimis die verrücktesten Zusammenhänge konstruieren. Aber der Edmund? Konstruieren half da wenig weiter. Er musste sie auch beweisen können.

Kapitel 26

»Wenn wir nicht bald was Griffiges vorweisen können, haben wir ein Problem! Die Presse vergleicht unsere Beamten schon mit den Arbeitern im Parkhaus am Bismarckplatz. Ich zitiere: ›*Einer hat eine Schaufel in der Hand und zwei weitere sorgen dafür, dass dem die Schaufel nicht aus der Hand fällt!*‹ Abgedruckt in der heutigen Ausgabe der MZ!«

Mit diesen Worten knallte der Polizeichef Stefan Anhuber dem Köstlbacher ein Exemplar der Tageszeitung auf seinen Tisch.

Du kannst dir denken, wie sehr der Köstlbacher so einen aggressiven und Macht demonstrierenden Auftritt hasste. War ihm doch scheißegal, was die in der Zeitung schrieben. War doch eh alles nur Effekthascherei, um die Verkaufszahlen zu steigern. Bald würde die Fußball-WM beginnen. Dann würde sich ohnehin kein Schwein mehr dafür interessieren, wer den Nazi umgenietet hat.

»Meine Leute verfolgen jede noch so kleine Spur! Aber so, wie's momentan aussieht, geschah die Tat ungeplant. Der immer noch unauffindbare Asiate wurde attackiert und hat sich mit einer Makarow PB zur Wehr gesetzt.«

»Die illegal von ihm besessen und getragen wurde!«, betonte der Anhuber mit schulmeisterlich erhobenem Zeigefinger.

»Es erschießt selten jemand einen anderen mit einer legalen Waffe, die er auch noch legal führen darf! Und selbst dann ist der Ärger groß, auch wenn's in Notwehr passiert!«, antwortete der Köstlbacher, weil es ihn wurmte, dass auf dieser illegal erworbenen und illegal mitgeführten Waffe so sehr herumgeritten wurde.

»Und außerdem haben wir die Waffe inzwischen. Ist doch schon ein Erfolg? Auch wenn's nur ein kleiner Erfolg ist!«

»Ergebnisse! Ergebnisse! Wir verstehen uns? Ich dulde keinen weiteren Diletantismus hier im Haus!«, brüllte der Anhuber mit einer fast sich überschlagenden Stimme, machte eine Kehrtwende und stampfte durchs Zimmer der Klein hinaus, ohne ein weiteres Wort zu verlieren.

Die Klein, die das selbstverständlich alles mitbekommen hatte, hatte einen roten Kopf bekommen und zu atmen vergessen. Mit einem tiefen Seufzen zog sie nun die Luft ein, hob beide Hände, schüttelte ihren Kopf und fragte: »Mit welchem Fuß ist der heute zuerst aufgestanden?«

»Bei dem ist das egal! Seit seine minderjährige Tochter mit ihrem Freund bei einer Drogenrazzia vollgekifft den Kollegen in die Arme gelaufen ist, hat er seinen eigenen Leuten den Krieg erklärt. Als ob einer von uns Schuld am Drogenkonsum seiner Tochter hätte!«, antwortete der Köstlbacher.

»Was sagen Sie zu dem Artikel in der MZ?«, fragte die Klein, bewusst jeder weiteren Konversation zum Thema Drogen aus dem Weg gehend. Seit auch in ihrer Verwandtschaft jemand mit Drogen Probleme bekommen hatte, hielt sie sich am liebsten völlig raus, wenn irgendwer darauf zu sprechen kam.

»Schwachsinn! Wir tun unsere Arbeit wie eh und je! Diese Pressefuzzis wollen Verkaufszahlen pushen, das ist alles. Einmal sind es die Lehrer, einmal die Piloten, einmal die Politiker und einmal eben wir! Ich reg' mich da gar nicht mehr auf!«, antwortete der Köstlbacher.

»Das hat mir aber nicht so ausgesehen!«, meinte die Klein.

»Ich hab mich über den Anhuber geärgert. Nicht über die MZ! Der Anhuber war bis vor Kurzem einer von uns. Er müsste wissen, was wir tun! Und er müsste wissen, mit was und mit wem wir es zu tun haben!«, brummte der Köstlbacher.

»Vielleicht ist er deswegen Polizeipräsident geworden, weil er anders ist«, sagte die Klein zweideutig. »Wegen seiner Arbeitswut war er früher ja nicht gerade bekannt!«

Der Köstlbacher schaute der Klein kurz kerzengerade in die Augen. Es schien so, als wollte er etwas erwidern. Aber dann entschied er doch anders, drehte sich wortlos um und stellte sich, wie immer, wenn er einen klaren Kopf bekommen wollte, vor seine Pinnwand.

Ich hatte ihm – inzwischen wieder auf meinen Landsitz in der Toscana zurückgekehrt – meine Gedanken ausformuliert in einer Mail geschrieben. Nicht weil ich besonders schlau sein wollte. Aber der Fall begann meinen

Freund Edmund Köstlbacher erschreckend nahe an ein Burn-Out zu bringen. Auch wenn er sich nach außen mit Händen und Füßen dagegen verwahrte. Ich kannte ihn gut genug, um meine Beobachtungen richtig deuten zu können. Darum diese Mail an ihn. Vielleicht konnten meine Gedanke ja Impulse auslösen und dem Edmund helfen, den Kreislauf zu durchbrechen, in dem sich seine Spekulationen festgefahren hatten.

Und ob du's glaubst oder nicht, ganz umsonst waren meine Mühen nicht. Beim Anblick seiner Pinnwand, einen Ausdruck meiner Mail in der Hand, hellten sich seine Gesichtszüge urplötzlich auf, so als hätte er die Erleuchtung bekommen. Ob es wirklich die große Erleuchtung war, kann ich nicht behaupten. Aber immerhin sah der Köstlbacher das eine oder andere Detail nun spontan klarer.

Kapitel 27

Astrid Söll vermisste ihre Schneiderin Tran Thi Linh sehr. Natürlich hatte sie inzwischen einen Ersatz gefunden. Im Zentrum ihrer Dirndl Couture in der Mathildenstraße in Regensburg musste jede Hand, die ausfiel, schnellstens ersetzt werden. Sämtliche anfallende Arbeiten waren optimal verteilt. Zu Stoßzeiten halfen die ganze Familie, Freunde und Bekannte mit. Aber die flinken und geschickten Hände einer Schneiderin waren nicht durch noch so willige Helfer zu ersetzen, die das Schneiderhandwerk nicht beherrschten.

Allem Unken zum Trotz, der Migrantenhintergrund von Tran Thi Linh könnte der Grund für ihre Ermordung gewesen sein, stellte die Modedesignerin wieder eine Vietnamesin ein. Frau Söll wollte damit Gerüchten entgegenwirken, der Mord an ihrer Schneiderin sei politisch motiviert und sie, Astrid Söll, hätte jetzt Angst, Rechtsradikale könnten erneut ihr Personal als Ziel ihrer Gesinnungsdemonstration auswählen.

Der Köstlbacher war über diese Entscheidung nicht wirklich glücklich, weil er derjenige sein würde, der den schwarzen Peter zugeschoben bekommen würde, sollte erneut im Zusammenhang mit Astrid Sölls Dirndl Couture eine Person zu Schaden kommen. Auch wenn er mit Frau Sölls Entscheidungen nichts zu tun hatte, ihn würde man zerfleischen, ihn, der diese vielleicht leichtsinnige Entscheidung nicht wortgewaltig und vehement genug zu verhindern gewusst hatte.

Aber sei einmal ehrlich, du kannst dich zu Hause nicht einmal gegen deine eigene Frau durchsetzen. Der Köstlbacher sich gegen seine Anna auch nicht. Wie sollte das gegen eine selbstbewusste Frau wie die Astrid Söll funktionieren?

Richtig Sorgen machte dem Köstlbacher eigentlich nur die Tatsache, dass die neue vietnamesische Schneiderin wieder aus dem Clan stammte, aus dem auch Tran Thi Linh gekommen war. Aus der Sicht von der Frau Söll nachvollziehbar. Tran Thi Linh hatte mit ihrem Verdienst sehr zum Überleben des Clans beigetragen. Sie fehlte jetzt als Einkommensquelle.

Frau Söll hatte schon immer eine soziale Ader und wollte mit ihrer Entscheidung nicht nur ihre politische Distanz zur Ultrarechten demonstrieren. Sie wollte schlicht und einfach helfen.

Um sich in der Angelegenheit Söll keinen Schnitzer zu erlauben – Schnitzer bei Prominenten hatten meist nur üble Nachspiele – verstärkte der Köstlbacher seine Ermittlungen in der rechten Szene deutlich. Die Beerdigung des erschossenen Neonazis in der Zandtengasse war vorüber und die Wogen in der Presse ebbten ab. Aber selbst, wenn dieser Mord nur aus einer spontanen Situation heraus passiert war, wenn quasi der Asiate, der geschossen hatte, einfach nur zum falschen Zeitpunkt bewaffnet am falschen Ort war, Racheaktionen waren dennoch zu befürchten. Und zudem stand immer noch zusätzlich die Möglichkeit im Raum, dass der Brandanschlag in der Mathildenstraße und der Mord an Tran Thi Linh mit diesem Mord in Zusammenhang standen. Auch wenn das dem Köstlbacher langsam eher unwahrscheinlich schien. Trotzdem! Der Asiatenanteil an Regensburgs Bevölkerung war einfach zu gering, um keinen Zusammenhang zwischen beiden Morden in Erwägung zu ziehen, zumal einmal das Opfer und einmal der Täter asiatischer Herkunft gewesen sind.

Im Zuge dieser sehr zielgerichteten Beobachtungen und Ermittlungen wurden mehrfach randalierende und sich der Polizei widersetzende Angehörige der rechten Szene verhaftet und verhört. Brauchbare Erkenntnisse im Zusammenhang mit den Morden oder dem Brandanschlag kamen nicht zustande. Aufgefallen ist dem Köstlbacher nur, dass zu den Rechtsradikalen weitaus mehr Männer als Frauen zählten. Eine neue Sichtweise auf diese Szene, die ihm zuvor nicht wirklich bewusst gewesen ist.

Möchte man meinen, eine politische Idee wäre nicht geschlechtsspezifisch, weil die Idee dabei zählt, die Einstellung zu etwas, und nicht, ob ein Mann oder eine Frau so denkt. Möchte man meinen. Aber die Wirklichkeit lehrt da eines ganz anderen.

Rechtsradikalismus und religiöser Fanatismus haben ja so einige Gemeinsamkeiten, aber ist dir schon einmal bewusst aufgefallen, dass diese islamischen Gotteskrieger überwiegend Männer sind? Im Prinzip kämpfen die doch alle nur dafür, dass das auch so bleibt: Männer unter sich! Frauen zum Kinderkriegen und an den Herd!

Mag sein, bei den Rechtsradikalen ist das nicht ganz so extrem, aber es geht schon auch in diese Richtung. Zwischen den stiernackigen Schlägern wirken Frauen nicht furchterregend genug. Und tun sie's mal doch, dann verdienen sie ihre Geschlechtszugehörigkeit zumindest optisch nicht.

Der Feind der Neonazis ist zunächst einmal jeder Ausländer. Der Feind ist aber auch jeder, der anders denkt. Und in gewisser Weise auch, wer das Gröhl-Ritual nicht beherrscht. Welche Rolle dem Alkohol dabei zukommt, das wissen wir alle!

Der Köstlbacher wunderte sich bei Vernehmungen immer wieder, wie selten einer dieser zur Vernehmung einbestellten oder festgenommenen Männer nüchtern war.

Am Ende war der Köstlbacher aber dann doch froh, dass sich wirklich herausgestellt hat, dass die Geschichte in der Zandtengasse kein geplanter Mord an einem dieser neuen Nazis gewesen ist und in der Tat nur die aufgeheizte Situation eskalierte. Letztendlich konnte das durch Aussagen fast aller Beteiligten – den Täter ausgenommen, weil der ja noch flüchtig war – so rekonstruiert werden.

Der Anhuber war endlich einmal zufrieden, das so an die Presse weitergeben zu können. Was natürlich nicht bedeutete, dass er damit glücklich war, dass vom Mörder weit und breit keine Spur zu erkennen war, ja dass zudem der Köstlbacher bislang nicht einmal die leiseste Ahnung hatte, wer der Mörder sein könnte.

Kapitel 28

Der Anruf aus Česká Kubice kam überraschend, obwohl er eigentlich schon lange überfällig war. Aber der Köstlbacher hatte die letzten Tage derart viel zu tun gehabt, dass er zwischendurch gar nicht mehr daran dachte, dass zwei seiner Mitarbeiter auf einer heiklen Mission unterwegs waren.

Zugegeben, die Arbeit war weniger der Grund. Gerade wegen der Arbeit hätte er nämlich eher vermehrt an die beiden denken müssen, weil er jeden einzelnen Kollegen dringendst gebraucht hätte. Der Köstlbacher schob jeden Gedanken an den Baldauf und den Dirmeier ganz bewusst zur Seite. Die Sache war nicht abgesegnet. Nur geduldet! Im Falle eines Falles würden der Baldauf und der Dirmeier auf sich selbst gestellt sein. Was aber nichts daran ändern würde, dass er, der Köstlbacher und Chef der beiden hier in Regensburg, dass er ein furchtbar schlechtes Gewissen bekäme und sich schuldig fühlen würde.

»Edmund?«, fragte der Anrufer, weil er offensichtlich nicht verstanden hatte, was der Köstlbacher in den Hörer gebrummt hatte.

»Ja! Was gibt's«, fragte der Köstlbacher, der den Baldauf sofort an der Stimme erkannt hatte.

»Dieses Schwein, dieser Vu Phuc Nam! Es hat eiskalt den Roland erschossen! Wir kamen zu spät! Aber wer hätte das auch ahnen können!«

Du kannst dir vorstellen, wie es da im Gehirn vom Köstlbacher zu rattern begann. Der Roland erschossen! Wo?

»Wo seid ihr?«, presste der Köstlbacher hervor, weil ihm das im Moment die wichtigste aller Fragen schien.

»Česká Kubice!«, kam es wie aus der Pistole geschossen zurück.

»Česká Kubice? Tschechien? Gegenüber von Furth im Wald?«, fragte der Köstlbacher, als ob es noch ein anderes Česká Kubice geben würde.

»Gibt's noch ein anderes?«, fragte der Baldauf mehr rhetorisch als wirklich.

»Der Roland? Und wer sagst du …?«, fragte der Köstlbacher. Im Moment war das alles so unerwartet, dass er keine konstruktive Frage herausbrachte.

»Vu Phuc Nam!«, schrie der Baldauf fast ins Mikrophon. »Du kennst ihn nicht. Tut jetzt auch nichts zur Sache! Sag mir lieber, was wir tun sollen!«

»Ist die Polizei vor Ort«, fragte der Köstlbacher.

»Ja! Die tschechischen Kollegen nehmen gerade alles auf.«

»Zefix! Keine Aussage! Ja keine Aussage machen! Wartet, bis ich euch einen Anwalt geschickt habe!«, japste der Köstlbacher. Die Nachricht hatte ihn wie ein Faustschlag getroffen, hatte ihm die Luft zum Atmen genommen.

»Keine Panik Chef! Niemand hier vor Ort weiß, dass wir zum Roland gehören. Wir waren mit Roland vor dem Vietnamesenmarkt verabredet. Als wir auftauchten, sahen wir schon ein großes Polizeiaufgebot mit allem Drum und Dran. Nicht viel anders wie bei uns, wenn einer umgebracht wird. Den Roland hatten sie schon mit einer Plane zugedeckt. Wir haben uns unauffällig unter die Gaffer gemischt und auf diese Art und Weise in Erfahrung gebracht, dass Vu Phuc Nam den Roland erschossen hat«, berichtete der Baldauf knapp und doch umfassend.

»Dem Namen nach ein Vietnamese, oder? Woher wisst ihr, dass der es war?«, fragte der Köstlbacher.

»Das ist eine längere Geschichte! Im Moment nicht relevant! Weniger gut ist, dass Vu Phuc Nam geschnappt worden ist. Roland hat ihn wohl noch mit einem Schuss ins Bein gestoppt, bevor ihn selbst die tödliche Kugel getroffen hat«, antwortete der Baldauf.

»Wieso ›*weniger gut*‹?«, fragte der Köstlbacher. »Seit wann ist es ›*weniger gut*‹, einen Mörder zu schnappen?«

»Die beiden kannten sich gut, der Roland und Vu Phuc Nam. Wer weiß, was der jetzt bei der Polizei alles zu Protokoll geben wird. Lass uns mal hoffen, dass nichts dabei ist, was unseren Behörden schaden kann!«, sagte der Baldauf.

»Hm!«, brummte der Köstlbacher. »Habt ihr eigentlich schon was rausbekommen?« Der Köstlbacher wählte seine Worte bewusst schwammig, um etwaige Mithörer – im Zusammenhang mit Roland musste er auch mit der Möglichkeit rechnen, abgehört zu werden – nicht wissen zu lassen, welche Mission seine beiden Kriminaler in Tschechien verfolgten.

»Roland hoffte über Vu Phuc Nam der Sache auf die Spur zu kommen. Aber das scheint ja nun nichts geworden zu sein!«, sagte der Baldauf.

»Alleine weitermachen halte ich nicht für gut! Setzt euch ins Auto und kommt zurück!«, wies der Köstlbacher seine Beamten an.

»Und Roland?«, fragte der Baldauf.

»Wenn sie euch am Ende festnehmen, weil ihr euch auffällig benehmt, das käme einer Katastrophe gleich. Einem toten Roland wäre damit am allerwenigsten gedient. Über kurz oder lang flattert aus Tschechien eine offizielle Meldung über seinen Tod auf den Schreibtisch der Deutschen Botschaft in Prag. Wir halten uns so lange raus, bis wir gefragt werden. Falls das überhaupt passiert!«, antwortete der Köstlbacher.

Da es nichts mehr zu besprechen gab, beglichen die beiden Kriminaler ihre Hotelrechnung in Česká Kubice und machten sich auf den Rückweg nach Regensburg. Die Mission war gescheitert! Aber daran ändern ließ sich jetzt auch nichts mehr. Mitbringen konnten sie lediglich den Namen Vu Phuc Nam und eine vage Erzählung, die Roland zu diesem Mann abgeliefert hatte.

Kapitel 29

Die Ereignisse in der Nacht vor dem Großaufgebot, das der Fund der Makarow am Sarchinger Baggersee ausgelöst hatte, wären mit Sicherheit nie ans Tageslicht gekommen, wenn nicht ein Liebespärchen beschlossen hätte, die laue Sommernacht dazu zu nutzen, zusammen auf einer Decke die Nacht am See zu verbringen.

Weil das Übernachten am See nicht gestattet ist, versteckte das Pärchen gegen 22.00 Uhr ihre Decke und einen gefüllten Rucksack in einem Gebüsch unweit der Beachbar und machte noch einen Spaziergang. Die ›*Schwarzen Sheriffs*‹, die dafür Sorge tragen sollten, dass das Seeufer nachts auch wirklich ohne Gäste blieb, machten ihre letzte Runde gegen 23.30 Uhr. Alles schien seine Ordnung zu haben, alle Badegäste hatten den See und seine nähere Umgebung brav verlassen. Trotz der sogar besonders warmen Nacht musste auch kein Betrunkener mehr zum Verlassen des Geländes aufgefordert werden. Kein Wunder! Fußballweltmeisterschaft! Und an diesem Abend spielte Deutschland! Das sah man sich lieber zu Hause, in einer Gastwirtschaft oder mit Gleichgesinnten vor einer der zuhauf in Regensburg installierten Public Viewing Stationen an.

Unser Pärchen hatte immensen Hormonüberschuss. Ihre Lust war auch groß, aber weniger auf Fußball. Die ›*Schwarzen Sheriffs*‹ beendeten ihre Runde ohne eine letzte Zigarette, die sie sich sonst gerne noch genehmigten. Sie wollten den Sieg der Deutschen im Freundeskreis noch kräftig begießen.

Das Pärchen bereitete mit viel Sorgfalt ihr Liebesnest unter einem ausladenden Laubbaum vor. Zum Schutz gegen lästige Mücken, die auch das geilste Liebesspiel zunichte machen können, befestigten sie an einem Ast über ihrer Decke ein grünes Moskitonetz, das ihnen die Plagegeister, die in Wassernähe besonders zahlreich herumschwirrten, vom Leibe halten sollte. Ein grünes Moskitonetz zu bekommen, war gar nicht so einfach gewesen. Weiße gab es zuhauf in allen Formen und Größen. Aber grün?

Letztendlich fanden sie eines im Angebot einer Versandfirma, die Ausrüstungen für Outdoor-Unternehmungen aller Art anbot.

Warum es gerade grün sein sollte? Nun, stelle dir einmal vor, es wäre weiß und aus irgendeinem dummen Zufall verirrte sich zu später Stunde doch noch irgendwer an den Sarchinger Weiher. Das Licht der Sterne würde schon reichen, um es zu sehen. Und dieser Tage war zudem gerade Vollmond!

Das Liebespärchen brauchte nicht besonders lange, bis ihr Lager für die Nacht unter freiem Himmel bezugsfertig war. Rein geschlüpft und letzte prüfende Handgriffe, was den Mückenschutz betraf. Von da an hörte man über einen längeren Zeitraum höchstens mal das Schmatzen eines Kusses oder verhaltenes Stöhnen.

Möchte man meinen, so allein am Baggersee, da hätten die beiden richtig Gas geben können. Möchte man meinen! Aber wer in diesen etwas älteren, noch nicht sanierten Wohnblöcken in Regensburg beheimatet ist, wo die Wände den Schall kaum mehr dämmen als ein 120g Kopierpapier, der hat moderate Lautstärke so verinnerlicht, dass er gar nicht mehr auf die Idee kommt, andernorts dieses längst automatisierte Verhalten abzulegen.

Und was somit aus einer Gewohnheit heraus passiert beziehungsweise nicht passiert ist, das hat dem Liebespärchen vielleicht sogar das Leben gerettet. Unliebsame Zeugen einer Auseinandersetzung wie der, die sie kaum 20 Minuten später unbemerkt mitverfolgen sollten, wären nicht zum ersten Mal brutal zum Schweigen gebracht worden.

Dass ein Liebespaar, wenn es einmal mit dem Liebesspiel begonnen hat, jede Sensorik nach außen abschaltet, das ist ein Naturgesetz. Immer noch nicht völlig nackt, waren sie viel zu sehr mit sich beschäftigt, genossen die vermeintliche Einsamkeit und das Glück, zusammen hier sein zu können. Bis dann plötzlich und völlig unerwartet von der Straße kommend zwei Männer sich nahe ihres Liebeslagers dem See laut diskutierend näherten.

Da war sie dann doch mit einem Schlag da, trotz aller erotischer Hochgefühle, diese Sensorik nach außen. Quasi von einem Notschalter mobilisiert. Ohne auch nur ein kleines Rascheln zu verursachen, zogen sich die beiden an und lauschten still in die Nacht hinein. Er berührte mit seinem Zeigefinger ihren Mund. Hätte er nicht machen müssen, weil sie ohnehin instinktiv ahnte, dass sie nicht entdeckt werden durften.

»Du hast sie wohl nicht mehr alle! Hat es dir nicht gereicht, Tran Thi Linh umzunieten?« Die Stimme klang laut, vorwurfsvoll, aggressiv und hatte einen deutlich bayerischen Akzent.

»Ich nur Befehl ausführen! Nix umnieten!«

Natürlich war es denen im Liebesnest sofort klar, dass hier ein Asiate gesprochen hatte. So einen Tonfall hatte auch ihr Lieblingschinese in Prüfening. Aber der war es bestimmt nicht. Der in der Vilsstraße klang ähnlich und der in der Sternbergstraße auch. Und dabei war der in der Sternbergstraße Vietnamese und kein Chinese. Hatten sowieso alle denselben Singsang drauf!

»Ja, ja! *›Befehl ausführen!‹* Von Vu Phuc Nam? Lächerlich!«

»Nix Vu Phuc Nam! Vu Phuc Nam nix Boss!«

»Klar! Dein Boss ist der große Unbekannte! Und der hat dir auch befohlen, dem Nazi eine zu verpassen! Blödsinn!«

»Ich angegriffen! Nur verteidigen!«

»Blöder konntest du wohl nicht sein! Ballerst mit derselben Waffe auf die Dumpfbacke, mit der du zuvor einen Auftragsmord … hast!«

Das Aufheulen eines Motorrads, das oben auf der Straße vorbei fuhr, machte es schwierig, alles genau zu verstehen.

Hier kam erst mal keine Antwort. Der Grund lag vermutlich nicht daran, dass der Asiate den Deutschen nicht verstanden hatte. Wahrscheinlich sah er eher im Augenblick ein, nicht gerade intelligent gehandelt zu haben.

»Du hast sie immer noch, oder?«

Der Asiate nickte, was die beiden im Liebesnest natürlich nicht sehen konnten. Der Deutsche streckte ihm unmissverständlich eine Hand entgegen. Bereitwillig griff der Asiate nach hinten, zog die Waffe aus seinem Hosenbund und reichte sie dem Deutschen hin. Der nahm sie entgegen, überprüfte das Magazin, ließ sie von einer Hand in die andere gleiten und …

Eigentlich hörten die beiden unter dem Mückennetz nur etwas, was allenfalls dem Geräusch ähnelte, das beim Öffnen einer Weinflasche entsteht, wenn der Korken die letzten Millimeter aus dem Flaschenhals gezogen wird. Danach folgte ein Glucksen, das ebenso gut aus dem Munde des Deutschen wie aus dem des Asiaten hätte kommen können. Statt einer Fortsetzung des Gesprächs war hektisches Stampfen auf dem Boden zu hören, wie es hätte sein können, wenn auf dem Sand vor dem See zwei Fußballspieler um einen Ball kämpfen würden. Vielleicht, aber nur ganz vielleicht, hörte der Mann vom Liebesnest aus das Zerreißen von Stoff. Seine Freundin gab später an, nichts dergleichen vernommen zu haben. Und dann Stille! Zumindest fast Stille. Dass das Ufer noch nicht verlassen worden war, da waren sich die beiden im Liebesnest einig. Ein aufgekommener Wind ließ zwar die Bäume so laut rascheln, dass es schwierig wurde, fremde Geräusche herauszufiltern, aber ab und zu schien es so, als würde da draußen noch irgendetwas getan. Bis dann – im Nachhinein war es fast unmöglich anzugeben, wie lange das gedauert hatte – vorne am Parkplatz an der Straße ein Kofferraum zugeschlagen wurde, ein Motor aufheulte und das dazugehörige Auto sich entfernte.

Die beiden Liebenden hatten längst vergessen, warum sie diese Nacht am Sarchinger Weiher hatten verbringen wollen. Als gut eine Stunde später sich nichts mehr rührte, was auf die Anwesenheit von Menschen hätte schließen lassen, verließen sie ihren Unterschlupf und packten alles, ohne ein Wort dabei zu verlieren, zusammen. Dann verließen sie den See im Auto, das am unteren Ende des Sees auf dem Parkplatz in Richtung Sarching stand.

Eine Igel-Mama mit einer ganzen Reihe kleiner Igel im Gefolge, die über die Straße tippelten, versetzte sie mehr in Schrecken, als dass sie sich an diesem Anblick hätten erfreuen können. Zu tief saß ihnen der Schock in den Gliedern.

Kapitel 30

Am liebsten hätte der Köstlbacher den Brief, den er heute aus München bekommen und den ihm die Edith Klein mit einem vielsagenden Lächeln auf seinen Schreibtisch hingeschoben hat, seiner Anna zu Hause erst gar nicht gezeigt. War ja auch nicht weiter verwunderlich. Der Kopf stand ihm nach allem, nur nicht nach einer weiteren Diskussion. Und die würde ihm unweigerlich bevorstehen, sobald die Anna das Schreiben gelesen hätte und er wieder zu brummen anfangen würde.

Aber die Nachricht aus München unterschlagen, das konnte er auch nicht. Ein arbeitsreicher Tag verschaffte ihm noch einen gnädigen Aufschub. Aber dann war es soweit. Länger konnte er seine Arbeitszeit nicht ausdehnen. Und wenn er seine Anna zu sehr mit dem Essen warten ließ, bewirkte das bei ihr nur schlechte Laune. Keine gute Voraussetzung für ein zukunftsweisendes Gespräch zwischen Eheleuten.

Beinahe wäre der Köstlbacher dann aber trotzdem erst verspätet nach Hause gekommen, weil die Dr. Sieber noch auf einen Plausch zu ihm ins Büro gekommen war und er die Gelegenheit beim Schopf gefasst hatte, mit ihr über das Angebot von oben zu sprechen.

»Ist was mit dir?«, fragte die Anna, weil er nach dem Essen schweigend auf seinem Stuhl sitzen blieb, die Arme vor seiner Brust verschränkte und vor sich hinstierte.

Mit diesen Worten hatte die Anna ihren Mann schon einmal aus der Reserve locken wollen. Und nicht ohne Erfolg! Dabei hatte sie ja recht! Die neue Position würde ihm geregeltere Arbeitszeiten verschaffen, ihn vom Schichtdienst erlösen und mehr Geld nach Hause bringen, das wäre obendrein noch drin. Vom Anhuber würde ihn der Posten eines Abteilungsleiters zwar nicht befreien, aber den musste er so und so erdulden. Ob er nun den Job annahm oder nicht! Und vielleicht lag die Anna ja sogar richtig mit ihrer Behauptung, er könnte als Abteilungsleiter den Anhuber durch gute Leistungen so richtig von ihm abhängig machen. Der Anhuber war, um es einmal ganz ehrlich und klar auszudrücken, ein fauler Hund. Mit

Kusshand würde er ihm einen Großteil seiner Kompetenzen überlassen und ihm dann aus der Hand fressen, wenn er ihn in Ruhe ließ.

Das war dem Köstlbacher eigentlich alles schon seit damals mehrfach durch den Kopf gegangen, als er zum ersten Mal gegenüber seiner Anna erwähnt hat, dass man seine Beförderung ins Visier gefasst hatte.

Ohne auf Annas Frage verbal zu reagieren, zog er umständlich den Brief aus München aus seinem Sakko und hielt den Umschlag der Anna hin.

»Für mich?«, fragte die Anna und griff nach dem Brief.

»Eigentlich eher für mich! Aber lies selbst!«, antwortete der Köstlbacher.

Die Anna betrachtete erst das Kuvert, las den Absender, warf ihrem Mann einen fragenden Blick zu, zog das Schreiben aus dem Umschlag und begann, still zu lesen.

Es war nur eine Seite! Trotzdem drehte sie die Anna um, so als könne sie nicht glauben, was sie soeben schwarz auf weiß gelesen hatte und als müsse dazu auch auf einer zweiten Seite noch etwas stehen.

»Wow! Ganz ehrlich, dass es tatsächlich dazu kommt, das habe ich nicht wirklich zu hoffen gewagt!«, kommentierte die Anna das offizielle Schreiben.

»Was heißt ›*... dazu kommt ...*‹? Noch ist es nicht soweit! Ich meine, das ist eine Anfrage, ob ich eventuell bereit wäre. Bin ich das?«, erwiderte der Edmund fragend.

»Fängst du jetzt schon wieder damit an?«, lamentierte die Anna und schüttelte verwundert ihren Kopf.

Der Köstlbacher wusste sehr wohl, dass eine erneute Diskussion im Moment dem Ehefrieden mehr als nur schaden konnte. Darum lenkte er ein:

»Nein! Und ganz ehrlich, ich glaube sogar, du hast recht und ich sollte meine Bereitschaft signalisieren!«

»Signalisieren?«, fragte die Anna, der diese Antwort nicht reichte. »Du solltest endlich Nägel mit Köpfen machen und mit einem eindeutigen ›*Ja*‹ deine Zusage abgeben.

»Hm! Du redest wie die Dr. Sieber!«, rutschte es dem Köstlbacher heraus.

»Aha! Der Herr hat schon mit seiner Chefin darüber gesprochen. Das hattest du bisher mit keinem Wort erwähnt«, schmollte die Anna.

»Es war nicht so, wie du denkst! Sie kam heute kurz vor Dienstschluss zu mir ins Büro. Und da ergab sich dieses Gespräch. Sie rät mir zu. Übrigens mit deinen Argumenten. Als hättet ihr euch abgesprochen!«

»Blödsinn!«, warf die Anna ein. »Wann hätte ich das machen sollen?«

»War ja auch nicht so gemeint. Ich wollte nur zum Ausdruck bringen, dass ihr beide dieselben Argumente ins Feld geführt habt. Wahrscheinlich weil sie stimmen!«

»Klingt schon besser! Und? Was hast du zu ihr gesagt?«, fragte die Anna.

»Nichts! Ich meine, ich habe mich ihr gegenüber nicht entschieden. Aber ich habe sie gefragt, warum sie nach München gehen wird, wo wir doch hier in Regensburg so gut zusammenarbeiten.«

»Und?«, fragte die Anna, weil die das natürlich auch gerne gewusst hätte.

»Renate war sehr ehrlich! Und ich möchte, dass das unter uns bleibt!«, antwortete der Köstlbacher.

»Ich schweige wie ein Grab!«, versprach die Anna, versiegelte mit den Fingern einer Hand ihren Mund und legte die andere aufs Herz.

Ich möchte dazu ja keinen großen Kommentar abgeben, aber Annas Neugierde hat den Edmund schon oft an den Rand der Verzweiflung gebracht. Erstens, weil er ja oft der Schweigepflicht unterlegen war und Dienstliches zu Hause nicht erzählen durfte. Und zweitens, weil er wusste, wie weit es mit der Verschwiegenheit seiner Anna her war. Sie reichte gerade mal bis zu ihrem nächsten Treffen mit ihrer einzigen Busenfreundin, die sie schon seit ihrer gemeinsamen Schulzeit kannte. Gott sei Dank lebte die in Burghausen und so trafen sich die beiden kaum öfter als zwei-/dreimal im Jahr. Und am Telefon vergaß sie oft zu erzählen, was ihr Tage zuvor noch mächtig auf der Zunge brannte.

»Renates Geliebte, die Richterin, will Karriere in München machen. Die beiden wollen keine Fernbeziehung führen. Da gibt es nur zwei Alternativen: Entweder verzichtet die Richterin auf ihre Karriere oder die Renate lässt sich nach München versetzen. Der Zufall hat ihnen die Entscheidung leicht gemacht. In München ist derzeit eine Stelle als Abteilungsleiterin vakant. Die Dr. Sieber hat sich mit Erfolg beworben. Für ihre hier frei werdende Stelle hat sie mich vorgeschlagen. Nur damit du weißt, wie das zustande gekommen ist«, berichtet der Köstlbacher ausführlicher, wie er das sonst gewöhnlich tat.

»Aha!«, sagte die Anna nur, die sich immer schon brennend für die sexuelle Orientierung der Chefin ihres Mannes interessierte, dies aber nicht durch irgendeinen *›schrägen‹* Kommentar zugeben würde.

»Finde ich aber sehr kollegial von der Dr. Sieber! Sie hätte ja auch einfach gehen können. Du scheinst ja einen dicken Stein bei ihr im Brett zu haben!«

»Möglich!«, sagte der Köstlbacher, war sich aber nicht so sicher, ob dieser *›Stein im Brett‹* seinem Leben eine positive Zukunft bringen würde.

»Und?«, fragte die Anna.

»Was *›Und?‹*?«, fragte der Köstlbacher. Natürlich wusste er, was seine Anna hören wollte, aber ein wenig zappeln sollte sie schon noch.

»Na, gegenüber der Dr. Sieber wirst du ja wohl geäußert haben, was du tun wirst, oder?« Die Stimme der Anna wurde langsam ungehalten. Sie liebte es nicht, dieses Katz und Maus Spiel. Und genau das spielte der Edmund im Moment mit ihr.

»Ich würde es mir überlegen, sagte ich zu ihr.«

»Nur überlegen? Ist das alles? Das glaub' ich jetzt nicht!«, sagte die Anna mit einer Spur Enttäuschung in der Stimme.

»Okay! Ich hab' durchblicken lassen, dass ich zusagen werde, aber erst noch mit dir sprechen möchte!«, lächelte der Köstlbacher.

Da strahlte die Anna und meinte mit einem verschmitzten Lächeln: »Als ob dir meine Meinung wichtig wäre!«

Und ob sie dem Köstlbacher wichtig war! Aber wenn du das als Mann erst einmal zugibst, dass dir die Meinung deiner Frau wichtig ist, sehr wichtig sogar, dann hast du bald keine Gelegenheit mehr, ungefragt eigene Entscheidungen zu treffen. Oder bist du da anderer Ansicht?

Kapitel 31

Du kennst das ja von den Krimis, die du dir am Fernsehen mehr oder minder regelmäßig reinziehst: Wenn der Kommissar oder einer seiner Mitarbeiter im Team eine Befragung durchführt, dann reicht er dem Befragten immer seine Visitenkarte mit der Bemerkung: ›*Falls Ihnen noch etwas einfallen sollte, bitte rufen Sie mich an!*‹

Was im Film schon zur Gewohnheit geworden ist, wird ausnahmsweise auch in der Realität in aller Regel so praktiziert. Und so hat selbstverständlich der Köstlbacher mit dem drehreifen Dialog dem Suat seine Visitenkarte hinterlassen, als er wegen des Pistolenfundes der Beachbar am Sarchinger Weiher mit dem Liebknecht einen Besuch abgestattet hatte. Die Geschichte kennst du ja.

Während im Film die Dramaturgie es eher seltener vorsieht, dass die Polizei einen Rückruf erhält, weil irgendwem noch irgendwas einfällt, passierte das im Fall Sarchinger Weiher überraschend doch.

»Wie viele Überwachungskameras sagten Sie?«, fragte der Köstlbacher, weil er gar nicht glauben konnte, was ihn der Suat da am Telefon erzählte.

»Sechs!«, wiederholte der Suat.

»Und die laufen die ganze Nacht?«, fragte der Köstlbacher.

»So kann man das nicht sagen. Bewegungsmelder schalten die Kameras ein. Dann laufen sie drei Minuten. Wenn sich nichts mehr bewegt, schalten sie ab«, erklärte der Suat.

»Und wenn sie laufen, wird dann das gesamte Gelände abgedeckt?«, fragte der Köstlbacher hoffnungsvoll.

»Sonst würden die Kameras ja wenig Sinn machen!«, antwortete der Suat. »Außerdem erhalte ich immer, wenn sich eine Kamera einschaltet, eine SMS auf mein Handy. Da kann ich mich dann übers Handy in die aktuell laufende Aufnahme einklinken.«

»Und, wie war das in der bewussten Nacht? Gab's da Benachrichtigungen?«, fragte der Köstlbacher und begann, langsam unruhig zu werden.

»Da muss ich Sie leider enttäuschen. Ich hatte mein Handy im Kiosk liegen lassen. So etwas kommt leider ab und zu einmal vor, wenn ich den Laden dicht mache, es schon finster ist und mir vor Müdigkeit die Augen zuzufallen drohen. Wenn ich dann endlich zu Hause bin, merke ich es. Aber nochmal rausfahren? Nur wegen des Handys? Bin ja am nächsten Tag ohnehin wieder draußen bei dem Kaiserwetter!«, sagte der Suat.

Der Köstlbacher war enttäuscht, frage nicht. Umso mehr freute er sich, wie der Suat unaufgefordert weitersprach: »Am nächsten Tag habe ich natürlich gesehen, dass da einige SMS angekommen waren.«

»Und das sagen Sie mir erst jetzt?«, polterte der Köstlbacher.

»Ehrlich gesagt, ich hatte das völlig vergessen! Ein Pärchen hatte sich gegen Mitternacht ein Liebesnest unter einem Baum etwas abseits vom Beach eingerichtet. Die Kamera, die diese Richtung am Rande miteinfängt, zeigte nicht viel. Alle Lichter, die normalerweise die Bewegungsmelder mitanmachen, waren außer Betrieb. Schuld war bestimmt das Gewitter, das ein paar Tage vor dem Zwischenfall am See nicht nur bei mir Schaden angerichtet hatte. Habe immer noch keinen Elektriker bekommen, der das wieder in Ordnung gebracht hätte.«

»Am See? Hat eine Kamera auch am See was eingefangen? Dort, wo die Pistole gefunden worden ist?«, fragte der Köstlbacher. Ein letzter Hoffnungsschimmer hatte sich seiner bemächtigt.

»Die Seeseite wird mit keiner Kamera abgedeckt. Wer sollte schon übers Wasser zur Beachbar kommen? Der Weg herunter zum Kiosk, den hat eine Kamera mit im Visier. Den benutzte auch das Liebespärchen. Später waren sie dort wohl nochmal kurz zu sehen, weil diese Kamera erneut eingeschaltet hatte. Bestimmt hatten sie was im Auto vergessen. Bis sie dann gegen 01.30 Uhr den See endgültig wieder verließen, ist mindestens einer der beiden ein zweites Mal zum Auto gegangen. Sah mir nach Mann aus! Vielleicht hatte der seine Kondome vergessen!«, schmunzelte der Suat.

Der Köstlbacher konnte einfach nicht glauben, dass nur ein Liebespärchen in der Nähe der Beachbar gewesen sein sollte. Es war dunkel! Die Kameras waren für halbwegs deutliche Aufnahmen auf Licht angewiesen.

Und genau das war ausgefallen. Wer weiß, vielleicht war das vermeintliche Liebespärchen ja doch …? Da kam dem Köstlbacher die Idee zu einer letzten Frage: »Ton? Zeichnen die Kameras mit Ton auf?«

»Ton? Nein! Die Kameras habe ich installieren lassen, um potentielle Einbrecher gefilmt zu bekommen. Die quatschen bei ihrer Arbeit eher wenig. Und Kameras mit Ton wären deutlich teurer gewesen. Übrigens, sie sind auch ohne Farbe«, antwortete der Suat.

Jetzt war sie perfekt, die Enttäuschung vom Köstlbacher. Trotzdem wollte er die Aufnahmen dem Jens Spitzer von der Technik vorlegen. Natürlich war der Suat kooperativ und überließ ihm das Aufzeichnungsgerät. Er versprach, es bald wieder zurückzubringen, und wollte sich auch um einen Elektriker kümmern, der das mit der Beleuchtung reparieren sollte!

Kapitel 32

Das Thema Rechtsradikalismus war ja eigentlich so gut wie vom Tisch, seit klar war, dass der Albin Uhl, den dieser Asiate in der Zandtengasse niedergestreckt hat, dass dieser Uhl nicht vorsätzlich ins Jenseits befördert worden ist. Aber ein paar Neunmalkluge, die alles in einen Topf werfen, umrühren und das Ergebnis als der Weisheit neuesten Schluss präsentieren, verhalfen der Mittelbayerischen erneut zu Schlagzeilen, wo du dich schon fragst, wer auf so verrückte Zusammenhänge kommen kann.

Und das Schönste ist, dass der Anhuber natürlich sofort zum Köstlbacher gerannt kam, ihm den Artikel unter die Nase gehalten und von ihm verlangt hat, darauf ›*entsprechend*‹ zu reagieren. Allerspätestens in diesem Augenblick hat sich der Köstlbacher übrigens endgültig entschieden, den Posten als Abteilungsleiter anzunehmen, sobald die Dr. Sieber ihn frei machen würde. Der Anhuber kreuzte nämlich nie bei der Dr. Sieber auf. Er setzte sich immer dort in Szene, wo ein Widerspruch nicht möglich war, weil jeder sich weisungsgebunden fühlte. Irgendwie bist du das als Abteilungsleiter zwar auch, aber deine Freiheiten, ein eigenes Süppchen zu kochen, sind erheblich größer.

Bestimmt kennst du den Begriff ›*ISIS*‹! Und dann weißt du auch, dass das die Abkürzung für ›*Islamischer Staat im Irak und in (Groß-)Syrien*‹ ist, also eine dschihadistisch-salafistische Organisation benennt, deren Ziel die Errichtung eines Islamischen Staates ist.

Möchte man meinen, das hat mit Rechtsextremismus nicht das Schwarze unterm Fingernagel gemeinsam. Möchte man meinen. Aber dennoch gibt es Stimmen, die, zumindest was die Vorgehensweise dieser religiösen Fanatiker betrifft, eine gewisse Ähnlichkeit zu der rechtsradikaler Elemente in westlichen Staaten feststellen.

Mir kommt das ja geradezu so vor, wie wenn in China ein Erdbeben eine Millionenstadt erschüttert und daraufhin spekuliert wird, ob das in München auch passieren könnte. Absurd! Aber wenigstens wird da noch Erdbeben mit Erdbeben verglichen und nicht religiöser Fanatismus mit Rechtsextremismus! Auch wenn die Auswüchse in der Tat ähnlich sind!

Der Köstlbacher hat natürlich daraufhin auch nicht erneut in der braunen Szene von Regensburg herumzustochern begonnen. Natürlich gab es da genug, was ermittelt und im Anschluss auch gefahndet werden könnte. Vielleicht wollte das der Anhuber auch so. Aber der Köstlbacher hat dem Anhuber seinen Auftrag einfach etwas uminterpretiert und sich mehr für *ISIS* als für den braunen Sumpf zu interessieren begonnen.

Jetzt fragst du dich vermutlich, wieso der Köstlbacher seine Gedanken so weit in die Ferne hat schweifen lassen. Ist ja dann doch wieder wie bei dem Vergleich zwischen dem Erdbeben in China und einem eher unwahrscheinlichen in München. Schuld war das Debakel um den Roland. Dem Köstlbacher musste bei dem Zeitungsartikel, den ihm der Anhuber gebracht hat, spontan daran denken, dass der Roland einige Jahre im Afghanistaneinsatz als Soldat der Bundeswehr beteiligt gewesen ist. In Afghanistan hießen diese Typen ›*al-Qaida*‹ und nicht *ISIS*, was aber keinen wirklichen Unterschied machte. Erst Mitte 2013 zerstritten sich diese beiden Organisationen.

Dass der Roland in Afghanistan und so, das mag ja nun auch nicht zwangsläufig ein Grund gewesen sein, ihm zu misstrauen. Wo käme der Köstlbacher hin, wenn er jedem misstrauen würde, der beim Bund in ausländischen Krisengebieten eingesetzt war. Wenn da nicht dieser Hasib Bakhtari gewesen wäre. Durch die Ereignisse der letzten Tage hatte der Köstlbacher diesen Zusammenhang unbeabsichtigt vernachlässigt. Umso heftiger drängte er sich jetzt in sein Bewusstsein. – Was so ein ganz anders gemeinter Impuls doch alles bewirken kann, den der Anhuber mit seinem Zeitungsartikel geben wollte!

Und genau nach diesen Gedankengängen, zeitlich gesehen meine ich, genau nach diesen Gedankengängen kam dann dieser Anruf vom Baldauf, dass der Roland in Česká Kubice von einem Vietnamesen erschossen worden ist.

Wusstest du, dass die vietnamesische Regierung in Hanoi 1988 gut 70.000 Gastarbeiter in die sozialistischen Staaten Europas und in den Nahen Osten geschickt hat? Darunter auch nicht wenige in den Irak? – Der Köstlbacher hatte davon keine Ahnung. Aber er vermutete, dass der Roland seine Kontakte zu den Vietnamesen nicht ausschließlich von der ehemaligen DDR her haben könnte. Recherchen im Internet, die der Liebknecht übernahm, brachten die Gewissheit: Ein Artikel im SPIEGEL von 1988 nannte Fakten. Vietnamesen waren nicht nur in der DDR, sie waren in vielen Ländern! Auch im Irak!

Kapitel 33

Jens Spitzer von der Technik saß lange über den Mitschnitten der Bewegungskameras. Was da im Zeitraum von 23.00 Uhr bis zum Morgengrauen der besagten Nacht alles die eingebauten Bewegungsmelder und somit auch die Kameras aktiviert hatte, das war schon erstaunlich. Fuchs und Hase sagen sich am Sarchinger Weiher anscheinend nicht nur der Redewendung nach ›*Gute Nacht!*‹. Rehe kamen zum Trinken wie die in Afrika zu einer Wasserstelle. Eine Igelfamilie streifte mehrfach herum. Kurz vor Sonnenaufgang kam dann sogar noch ein streunender Hund. Und jedes Mal drei Minuten Aufnahme, auch wenn das Viehzeug längst wieder aus dem Blickfeld verschwunden war.

Da die Aufnahmen qualitativ grottenschlecht waren, bekam der Jens Spitzer bald brennende Augen vom angestrengten Hinsehen. Und was machst du, wenn deine Augen brennen? Du reibst sie mit deinen Fingern. Bringt zwar keine Linderung, aber durch den Druck, den du auf den Augapfel erzeugst, erscheint dir das Brennen kurzfristig milder zu werden. Und weil's nicht wirklich hilft, machst du es wieder und wieder. Und weil nicht wirklich was passiert und du schon bessere Tierfilme gesehen hast, bist du dir am Schluss nicht mehr sicher, ob du beim Reiben deiner Augen nicht was verpasst hast. – Genau! Du vermutest richtig! Um auf Nummer Sicher zu gehen, fängst du wieder von vorne an.

Wäre da ein Ton zu hören gewesen, ja dann! Die Akustik hätte eine weitere Wahrnehmung zugelassen, die das Sehen hätte unterstützen können. War aber Stummfilm!

Aber der Jens Spitzer ist einer, der sich festbeißen kann und wenn er 100 Mal von vorne anfangen müsste, weil die Augen brennen. Und so kam er irgendwann auch zu einem Ergebnis, mit dem er zum Köstlbacher gehen konnte.

»Hat aber lange gedauert!«, empfing ihn der Köstlbacher etwas brummig. Das Ansehen von ein paar Videos konnte doch nicht so tragisch gewesen sein.

»Bei der Qualität? Wundert mich, dass der Suat dich deswegen überhaupt kontaktiert hat!«, gab der Jens zurück.

»Aber du hast doch was gefunden, oder?«, fragte der Köstlbacher.

»Ich kann bestätigen, was dir der Suat schon gesagt hat. Das mit dem Liebespärchen meine ich. Nur das, was der Suat so interpretiert hat, dass das Pärchen und später noch einmal der Mann alleine ihr Liebesnest verlassen hätten, um, so Suats Vermutung, was aus dem Auto zu holen, das sehe ich anders«, antwortete der Jens Spitzer.

»Aha! Und wie siehst du das?«

»Wenn man alles nur flüchtig ansieht, könnte man vielleicht sogar dem Suat recht geben. Das kommt daher, dass zuerst der Bewegungsmelder reagiert und zeitverzögert die Kamera. Du kennst das ja von einem DVD-Recorder. Wenn du bei dem auf Aufnahme drückst, dauert es ein paar Sekunden, bis die Aufnahme beginnt. Das dazugehörige System muss erst hochfahren.«

»Und was willst du mir damit sagen?«, fragte der Köstlbacher, dem der Zusammenhang nicht wirklich klar war.

»Wenn einer sich nicht im Kamerabereich aufhält, also nur den Aufnahmewinkel kreuzt, dann ist er unter Umständen nur kurz am rechten oder linken Bildrand zu sehen. Am rechten, wenn er von links kommt und am linken, wenn er von rechts kommt. Wenn man, wie es der Suat vermutlich tat, davon ausgeht, dass es sich immer nur um das Liebespärchen oder zumindest den Mann dieses Pärchens gehandelt hat, vernachlässigt man leicht diese Tatsache und interpretiert die Bewegungsrichtung falsch. Ich hab' die Aufzeichnungen auch mehrfach ansehen müssen, bis mir das aufgefallen ist.«

»Und das bedeutet?«, fragte der Köstlbacher, gespannt, was der Jens ihm antworten würde.

»Das bedeutet, dass die beiden nichts im Auto vergessen haben konnten beziehungsweise nicht zwischen 23.30 Uhr und 01.30 Uhr nochmal hoch zum Parkplatz gegangen sind. Hingegen sind zwei Personen, vom Parkplatz kommend, zum See gegangen. Aber, und jetzt halte dich fest, nur eine Person verließ den See wieder. Ich habe diese zwei Sekunden, in der diese Person zu sehen ist, bearbeitet, vergrößert, diverse Programme drüberlaufen lassen, aber ohne großen Erfolg. Es bleibt bei einem schemenhaften Schatten. Mit viel Fantasie ein Schatten mit einer Last über der Schulter. Eine zusammengerollte Decke oder so«, berichtete der Jens. »Wenn man natürlich davon ausgeht, dass zwei Männer zum See runtergegangen sind, der eine den anderen am Strand ausgeschaltet, geschultert und zu seinem Auto hochgetragen hat, dann ergäbe alles noch mehr Sinn. Aber im Grunde genommen wäre das ebenso eine Interpretation, wie sie dir der Suat auch geliefert hat.«

»Hm!«, sagte der Köstlbacher zunächst einsilbig und kratzte sich am Kinn. »Ich denke, es wäre zumindest einen Tick weniger Interpretation, wenn man in Betracht zieht, dass definitiv irgendwer in dieser Nacht die Pistole dort zurückgelassen haben muss. Da das Magazin in der Jacke steckte, die im See aufgefunden wurde, können wir davon ausgehen, dass Pistole und Magazin zeitgleich zurückgelassen worden sind.«

»Ich bin zwar nur für die Technik zuständig, aber nach meiner Meinung bedeutet das alles doch nicht zwangsläufig, dass diese Ereignisse in der Nacht vor dem Pistolenfund stattgefunden haben«, warf der Jens Spitzer ein.

»Zwangsläufig nicht! Aber ich denke, die Wahrscheinlichkeit ist sehr groß! Auch die Tage zuvor war wegen der hohen Temperaturen Hochbetrieb am See. Und dort, wo die Makarow gefunden wurde, da lag sie nicht gerade so versteckt, dass sie niemand hätte sehen müssen. Okay, die Stelle war etwas uneinsichtig. Trotzdem! Lange konnte sie dort nicht gelegen haben«, meinte der Köstlbacher.

»Soll ich mir sicherheitshalber zwei/drei Nächte zuvor auch noch ansehen?«, fragte der Jens.

»Gerne! Sicher ist sicher!«, antwortete der Köstlbacher.

Mehr zu sich selbst als zum Jens Spitzer sagte er noch: »Das Liebespärchen wäre die Lösung. Sie müssten doch alles mitbekommen haben.«

»Da kann ich dir leider nicht weiterhelfen! Mit dem vorhandenen Bildmaterial kannst du jedenfalls keine Fahndung herausgeben!«, meinte der Spitzer.

Eine halbe Stunde nach dem Besuch vom Spitzer saß der Köstlbacher immer noch sinnierend an seinem Schreibtisch mit den ausgedruckten Fotos vor sich, die mehr oder minder all das zeigten, was die Kameras an verwertbarem Material geliefert hatten. Und weil das Sitzen und Sinnieren ihn nicht weiterbrachte, stand er auf, orderte bei der Klein einen Kaffee und stellte sich, breitbeinig wie immer, vor seine Pinnwand.

»Stellen Sie ihn einfach auf meinen Schreibtisch! Zum Trinken ist er mir eh noch zu heiß!«, sagte er zur Klein, als die den duftenden Kaffee ins Zimmer brachte.

»Bitte!«, antwortete die Klein.

»Ja, ›*bitte!*‹! Ich meine danke!«, antwortete der Köstlbacher, den die Anspielung der Klein auf seine gewohnt unhöfliche Art diesmal nur wie von weit weg erreichte.

Erst als die Klein dann den Raum nicht verließ, sondern sich zu ihm vor die Pinnwand stellte und etwas äußerte, da nahm er sie auf einmal doch wahr. Genau genommen verwunderte ihn wieder einmal der Scharfsinn der Klein und er ärgerte sich gleichzeitig, auf so etwas Naheliegendes nicht selbst gekommen zu sein.

»Die ›*Schwarzen Sheriffs*‹, Chef, die notieren jede Autonummer, wenn nach 23.30 Uhr noch eines in der Nähe des Weihers parkt. Am *Guggi* machen sie es genauso und an den anderen Badeseen vermutlich auch. Da gab's irgendwann vor zehn oder fünfzehn Jahren einmal spät nachts einen Vergewaltigungsfall. Seitdem ist der Aufenthalt ab 23.30 Uhr an den Seen verboten«, sagte die Klein. »Sollte denen auf ihrem letzten Rundgang wer durch die Lappen gehen, dann haben sie zumindest eine Autonummer, im Falle, dass was passiert. Ein Problem freilich bleiben Leute, die nur per Rad am See sind. Ein Rad lässt sich im Gebüsch leicht verstecken.

»Nach 23.30 Uhr machen die aber keine Runde mehr, oder?«, fragte der Köstlbacher.

»Ich glaube nicht! Nein! Ganz bestimmt nicht!«, meinte die Klein.

»Das reicht mir nicht! Rufen Sie bitte beim Landratsamt an! Ich weiß, dass der Weiher offiziell von 6.00 Uhr bis um 23.00 Uhr geöffnet ist. Fragen Sie, wie behördlicherseits sichergestellt wird, dass zwischen 23.00 Uhr und 6.00 Uhr sich niemand unbefugt am See aufhält!«

»Mach' ich, Chef! Aber sagen Sie mir doch, warum das so wichtig ist?«, fragte die Klein.

»Sollten später auch noch Nummern abgestellter Autos aufgeschrieben werden, würde uns das enorm weiterhelfen«, antwortete der Köstlbacher. Die Klein verstand zwar nicht, was genau er damit meinte, aber nachgefragt hat sie auch nicht.

Der Kaffee hatte inzwischen Trinktemperatur. Die Klein hatte das Zimmer verlassen, um mit dem Landratsamt zu telefonieren. Und der Köstlbacher fühlte sich der Rekonstruktion dieser unklaren Nacht am Sarchinger Weiher einen großen Schritt näher. Vorausgesetzt, das Liebespärchen war nicht mit dem Rad gekommen.

Kaum drei Minuten später kam die Klein zurück.

»War eine gute Idee, da anzurufen! Ich bekam eine überaus freundliche Auskunft. Die sind dort fast so entgegenkommend am Telefon, wie wir hier!«, dabei zwinkerte die Klein mit den Augen.

»Und? Was haben Sie in Erfahrung bringen können?«, fragte der Köstlbacher, der für diese sarkastische Anspielung im Moment kein Ohr hatte.

»Also, ich hatte recht! Nach 23.30 Uhr sind die ›*Schwarzen Sheriffs*‹ nicht mehr unterwegs. Und, in der besagten Nacht wurde ein Wagen notiert. Eine Anzeige gab es nicht, weil öfter mal ein Auto am See stehengelassen wird und die Badegäste mit Freunden zurückfahren. Das kann verschiedene Gründe haben. Meistens ist Alkoholkonsum der Grund!«

»Sie sind ein Schatz, Edith! Geben sie die Nummer Liebknecht. Er soll den Halter feststellen!«, sagte der Köstlbacher.

»Hab' das schon erledigt! Zulassungsstelle Landratsamt! War ein roter Toyota Yaris mit einem Regensburger Kennzeichen. Der Wagen stand übrigens nicht in der Nähe der Beachbar. Er stand auf dem kleinen Parkplatz an der Straße nach Sarching, am anderen Seeende. Zugelassen ist der Toyota auf einen gewissen Ludwig Stanglmeier, wohnhaft in Regensburg, Bruderwöhrdstraße 9. Beruflich arbeitet Herr Stanglmeier als Busfahrer beim RVV«, berichtete die Klein, stolz gleich mit allen Ergebnissen beim Köstlbacher angetanzt zu sein.

Einmal war es schon soweit! War inzwischen schon ein paar Jahre her, aber vergessen hat es die Edith Klein nicht. Der Köstlbacher hatte ihr vor Freude einen Schmatz gegeben, weil sie spontan so viel zur Lösung eines Falles beigesteuert hatte. Und jetzt wäre es beinahe wieder dazu gekommen. Der Köstlbacher war nahe dran, seiner Sekretärin einen Schmatz ins Gesicht zu drücken. Aber im letzten Moment erinnerte er sich schmerzlich daran, was das damals hinterher für einen Zirkus mit seiner Anna ausgelöst hat, als er ihr das leichtsinniger Weise erzählt hatte. Und da hat der Köstlbacher seinen Kopf weggedreht, obschon die Klein die Zärtlichkeit gerne als Lohn für ihre Mühen geduldet hätte.

Kapitel 34

Astrid Söll klopfte an der offen stehenden Tür zum Büro von der Edith Klein.

»Hallo Frau Klein! Darf ich stören?«, begrüßte Frau Söll die Sekretärin vom Köstlbacher.

Nicht dass du jetzt denkst, die Frau Söll kennt die Klein schon länger, weil sie gleich mit Namen und so. Nein! So ist es nicht! Frau Söll hatte lediglich die Absicht, dem Köstlbacher einen Besuch abzustatten, weil ihr da was eingefallen ist, was sie ihm persönlich sagen wollte. Und zum Köstlbacher kann man eigentlich nur durch das Vorzimmer der Klein gelangen. Sein Büro hat zwar auch einen eigenen Eingang, aber der ist zugesperrt, weil der Köstlbacher den Platz gebraucht hat, um dort seine zweite Pinnwand montieren zu lassen, die große, an der eine überdimensionale Karte der Stadt Regensburg samt Umland von etwa 20 km angebracht war. Und den Namen von der Klein, den hat die Frau Söll draußen am Türschild stehen sehen.

Umgekehrt allerdings kannte die Edith Klein Astrid Söll sehr wohl. Nicht persönlich! Aber wer gerne und ausführlich alle Magazine liest, die in Regensburg monatlich erscheinen, dem kann die Astrid Söll keine Unbekannte bleiben. Und die Edith Klein las sie alle! Manchmal – aber das bleibt bitte unter uns – sogar während ihrer Arbeitszeit!

»Frau Söll! Das ist aber eine Überraschung! Haben Sie einen Termin beim Chef?«, antwortete die Klein.

»Nein! Aber ich hatte gerade in der Gegend zu tun! Großeinkauf in der Metro!«, sagte Frau Söll. »Ist ja nur ein paar 100 Meter von hier!«

»Sie haben Glück! Der Chef ist soeben von einer Dienstbesprechung gekommen. Einen Moment, ich melde Sie an!«, flötete die Klein, überglücklich, die bekannte Dirndl-Designerin Astrid Söll nun auch persönlich zu kennen. Da würde die Klein heute noch viele Telefonate führen müssen. Fieberhaft überlegte sie schon jetzt, wem von ihren Freundinnen sie das unbedingt erzählen musste.

Anstatt nun Frau Söll zum Köstlbacher hineinzulassen, nachdem sie ihn über ihren Besuch informiert hatte, kam er ihr selbst höchst persönlich entgegen und holte sie im Vorzimmer der Klein ab.

»Das ist aber eine Überraschung!«, begrüßte der Köstlbacher Frau Söll.

Vermutlich bist du erstaunt über die Freundlichkeit vom Köstlbacher. Aber die hatte mindestens zwei Gründe. Erstens war die Frau Söll einfach toll anzusehen. Heute trug sie zwar kein Dirndl, aber das luftige, hochsommerliche Kleid stand ihr auch sehr gut. Und zweitens hatte der Köstlbacher ohnehin einige Fragen an Frau Söll, die er ihr so gleich stellen konnte, ohne telefonieren oder gar in die Mathildenstraße fahren zu müssen.

»Kaffee?«, fragte der Köstlbacher.

»Gerne!«, antwortete Frau Söll.

Da sich beide noch mehr oder minder an der Türschwelle zur Klein befanden, reichte ein Nicken und die Sekretärin wusste Bescheid. Sie würde den Kaffee diesmal besonders gut machen. Ein/zwei Sekunden überlegte die Klein, ob sie von der Kantine etwas Gebäck dazu holen sollte, entschied sich dann aber dagegen. Nicht weil sie glaubte, Frau Söll würde nichts Süßes mögen. Aber zum Holen hätte die Klein gut und gerne zehn Minuten gebraucht. Und so viel wollte sie von dem Gespräch zwischen ihrem Chef und Frau Söll nicht versäumen, auch wenn nicht immer alles zu verstehen war, was man durch die geschlossene Türe hören konnte.

»Mir ist da noch etwas aufgefallen!«, begann Frau Söll, nachdem sie gegenüber vom Köstlbacher Platz genommen hatte.

Der Köstlbacher unterbrach sie nicht, sondern sah sie nur gespannt an.

»Kann Zufall sein, aber sehen Sie selbst!«, fuhr Frau Söll fort und hielt dem Köstlbacher ihr Handy hin.

Der Köstlbacher sah auf dem Display nur eine Reihe von abgebildeten Dirndln und wusste mit dem Bild nichts anzufangen. Frau Söll erkannte natürlich sofort, dass sie den Köstlbacher mit dieser Bildinformation nicht alleine lassen konnte. Darum schob sie auch eine Erklärung nach.

»Sehen aus wie die Dirndln meiner neuesten Kollektion!«

»Heißt das, Sie vermuten, dass jemand das Design Ihrer Dirndln abgekupfert hat und Fälschungen auf den Markt bringt. Womöglich zu Dumpingpreisen?«, fragte der Köstlbacher.

Selbst wenn dem so wäre, warum kam Frau Söll damit zu ihm? Hier war die Mordkommission und nicht die Abteilung für Wirtschaftskriminalität!

»Das heißt noch etwas mehr! Ich habe meine Kollektion erst in Teilen fertig. Die hier ist aber bereits auf dem Markt und sie entspricht bis auf die Qualität meiner Kollektion!«, erläuterte Frau Söll näher.

»Aha! Aber ich verstehe immer noch nicht, warum Sie damit zu mir kommen?«, sagte der Köstlbacher.

Normalerweise hätte er das jetzt sogar sehr unfreundlich gesagt, aber gegenüber Frau Söll, da machte er ganz bewusst eine Ausnahme.

»Haben Sie den Brandanschlag bei mir vergessen? Und vor allem das mit dem PC meiner Sekretärin?«, fragte Frau Söll.

Natürlich hatte das der Köstlbacher nicht vergessen. Ganz im Gegenteil! Aber die Ereignisse der letzten Tage, vor allem die in Tschechien und am Sarchinger Weiher, hatten ihn so in Beschlag genommen, dass er jetzt in der Tat auf der Leitung gesessen hatte.

Wenn das so weiterging, dann würde er weder den Fall lösen, noch die neue Stelle antreten können. Er kam sich vor, als stünde er vor einem Burnout, das sich gewaschen hat. Aber jetzt saß sie ihm gegenüber, Frau Astrid Söll. ›*Reiß dich zusammen, Edmund!*‹, dachte er und antwortete ehrlich: »Entschuldigung! Ich habe zur Zeit so viel um die Ohren! Sie spielen darauf an, dass der Unbekannte an ihrem PC die Seite mit detaillierten Angaben zu Ihrer neuesten Kollektion aufgerufen hat?«

»Exakt! Er hat sie sich auf einen Stick abgespeichert. Es kann nicht anders gewesen sein!«, sagte Frau Söll.

»Werkspionage? Wir hatten das ja auch schon vermutet. Nur ergab es keinen Sinn im Zusammenhang mit allem, was sonst noch passiert ist. Und dass es einen Zusammenhang geben muss, davon sind wir überzeugt!«, meinte der Köstlbacher.

»Vielleicht sollten Sie jetzt einmal bei der Firma ansetzen, die meine Kollektion abgekupfert hat? Über irgendwen müssen die Details ja in deren Hände gelangt sein«, meinte Frau Söll.

»Natürlich werden wir das tun. Die Abteilung Wirtschaftskriminalität wird uns da gerne unterstützen. Aber ich mache Ihnen da nicht allzu große Hoffnungen. Die haben meist eine Verschleierungstaktik, an der sich selbst Experten ihre Zähne ausbeißen«, erwiderte der Köstlbacher.

»Und was ist Ihre ganz persönliche Einschätzung?«, fragte Frau Söll. Sie konnte es einfach nicht glauben, was sie da soeben gehört hatte.

»Ich würde an Ihrer Stelle diese Firma verklagen. Den Beweis führen, dass Sie die Dirndlkollektion entworfen haben, das dürfte Ihnen ja nicht schwer fallen. So viel zum wirtschaftlichen Aspekt! Lassen Sie sich anschließend von meiner Sekretärin einen Termin beim Kommissar Loderbauer machen! Der ist dafür zuständig! Vielleicht ist er sogar im Haus.«

Frau Söll notierte sich den Namen. Hätte sie aber nicht müssen, weil in dem Moment die Klein hereinkam, den Kaffee brachte und fragte: »Soll ich da gleich anrufen?«

Beide, Frau Söll und der Köstlbacher, hoben erstaunt ihre Köpfe. Hatte die Klein etwa gelauscht? Der Klein ist das natürlich sofort aufgefallen. Sie wurde schlagartig rot im Gesicht, zog sich aber dann doch schlagfertig aus der Schlinge: »Ich war gerade mit dem Kaffee unterwegs und habe das mit dem Loderbauer mitbekommen.

Der Köstlbacher nickte. Besser, er sagte dazu erst einmal nichts. Die Klein war ein herzensguter Mensch, aber die personifizierte Neugier!

»Würden Sie das bitte machen?«, fragte Frau Söll.

»Gerne!«, gluckste die Klein und rauschte hinaus, die Verbindungstür demonstrativ hinter sich schließend.

Frau Söll und der Köstlbacher hatten kaum vom Kaffee gekostet und ein paar weitere Worte gewechselt, als die Klein schon wieder ihren Kopf herein streckte: »Kommissar Loderbauer ist heute den ganzen Tag im Haus. Wenn Sie anschließend noch zu ihm möchten, ich bringe Sie gerne hin. Man verläuft sich leicht hier im Haus!«

»Oh! Das ist aber nett! Danke!«, strahlte Frau Söll.

»Gerne!«, erwiderte die Klein und verließ erneut den Raum. Überglücklich, in ein paar Minuten Frau Söll zum Loderbauer begleiten zu dürfen.

»Bevor Sie mich wieder verlassen, ich hätte da auch noch ein paar Fragen an Sie. Wie sind Sie mit Ihrer neuen Schneiderin zufrieden?«

»Gut! Sehr gut! Warum?«, antwortete Frau Söll.

»Nichts, was Ihnen aufgefallen wäre?«, fragte der Köstlbacher weiter, ohne auf Frau Sölls Reaktion einzugehen.

»Nein! Ist etwas mit ihr? Sie ist fleißig! Wie alle Vietnamesinnen, die ich kenne!« Frau Söll schüttelte etwas verständnislos den Kopf.

»Das meine ich nicht. Sie stammt aus demselben Clan wie die ermordete Tran Thi Linh. Schon mal darüber nachgedacht, dass Tran Thi Linh Daten bei Ihnen entwendet haben könnte?«, fragte der Köstlbacher.

Frau Söll zuckte bei dieser aus ihrer Sicht unerhörten Verdächtigung regelrecht zusammen.

»Das ist jetzt nicht Ihr Ernst?«, entgegnete sie. »Tran Thi Lingh hätte nie ...! Nie und nimmer!«

»Entschuldigung! Ich wollte nur Ihre Meinung dazu hören. Es wird niemand verdächtigt. Ich muss nur meine Arbeit tun. Und momentan bin ich, was Tran Thi Linh betrifft, vor allem auf der Suche nach einem Grund, warum sie sterben musste. In irgendetwas muss sie verwickelt gewesen sein. Was auch immer es war.«

»So gesehen haben Sie selbstverständlich recht! Aber trotzdem: Für Tran Thi Lingh lege ich meine Hand ins Feuer!«

›*Wenn du sie dir dabei nur nicht verbrennst!*‹, dachte der Köstlbacher.

»Sollte sich das mit der Werkspionage bestätigen, und momentan sieht mir nach Ihren Informationen alles danach aus, auch wenn es schwer werden wird, einen Schuldigen zu finden, also sollte sich ihre Vermutung bewahrheiten, dann bekäme alles andere, was wir auf ihrem PC gefunden haben, eine neue Bedeutung«, sagte der Köstlbacher.

»Aha, Sie haben meine Daten gründlich durchforstet?«, fragte Frau Söll.

»Bisher gingen wir davon aus, dass wir auf etwas hingewiesen werden sollten. Wenn es um Werkspionage ging, dann sollten wir vermutlich mit allem anderen genau davon abgelenkt werden!«

Frau Söll zuckte dazu nur mit ihren Schultern. Zusammenhänge hin, Zusammenhänge her, sie hatte eine Schneiderin verloren und eine ganze Kollektion war ihr abgekupfert worden. Das zählte für sie. Der Rest war nicht ihr Problem!

»Eine letzte Frage«, sagte der Köstlbacher, weil sich Frau Söll gerade erheben wollte. »Tran Thi Linh trug einen Ordner bei sich, als sie erschossen wurde. Leider hat der die Kugel nur abgebremst, aber nicht aufhalten können.«

»Ja! Und was sollte ich dazu sagen?«, fragte Frau Söll, die nicht wusste, worauf der Köstlbacher hinauswollte.

»Der Ordner liegt immer noch als Beweisstück bei uns. Können Sie mir sagen, warum Frau Tran Thi Lingh Entwürfe zu ihrer aktuellsten Dirndlkollektion, Entwürfe, von denen es noch kein einziges Dirndl bei Ihnen zu kaufen gibt, mit sich quer durch die Stadt schleppt?«

Frau Söll wurde in diesem Augenblick spontan blass. Anstatt wirklich zu dieser Frage Stellung zu nehmen, zuckte sie nur erneut mit den Schultern. Allein schon die Vorstellung, die Kugel könnte wichtige Entwürfe zerstört haben! Ohne ein weiteres Wort stand sie auf und verabschiedete sich: »Da bin ich überfragt. Danke, dass Sie sich Zeit für mich genommen haben!«

Der Köstlbacher tat, als hätte er den Schrecken in Frau Sölls Gesicht nicht bemerkt, schüttelte ihr die Hand und meinte: »Alles Gute beim Kollegen Loderbauer! Er arbeitet gut mit mir zusammen, sollte es zu Überschneidungen kommen!«

Die Klein riss die Tür auf. Jetzt kam ihre Stunde, auch wenn sie nur aus wenigen Minuten bestehen würde.

»Ich bringe Sie hin!«, sagte sie und verschwand mit Frau Söll hinaus auf den Gang.

Der Köstlbacher blieb noch eine Weile hinter seinem Schreibtisch sitzen. Er hatte Neues erfahren. Es konnte der Schlüssel zu allem sein. Aber die letzte Reaktion dieser Frau Söll machte ihn da nicht so sicher.

Kapitel 35

»Stell dir vor, was ich rausbekommen habe!«. Mit diesen Worten platzte der Liebknecht zum Köstlbacher ins Büro.

Sein Chef war in Gedanken immer noch bei dem eben erst beendeten Gespräch mit Frau Söll und konnte sich nur schwer von seinen Überlegungen losreißen.

»Keine Ahnung! Aber ich bin überzeugt, du sagst es mir gleich!«, erwiderte der Köstlbacher.

»Baldauf und Dirmeier sind seit einer Stunde zurück. Sie wollten zu dir, aber du hattest Besuch. Drum sind sie zu mir gekommen und haben mir erzählt, was da in Česká Kubice so alles abgegangen sein soll. Ich hab' mich dann gleich ans Telefon gehängt und den Kollegen Gröbner in Furth im Wald angerufen. Du kennst ihn nicht, aber mit dem zusammen war ich einmal auf Lehrgang. Der Gröbner ist der Chef vom Revier in Furth im Wald.«

»Hauptkommissar Hans Gröbner? Den kenne ich auch! Wir waren sogar zusammen auf der Polizeischule! Die Welt ist klein!«, sagte der Köstlbacher.

Und schon ging die Tür auf. Die Klein war soeben zurückgekehrt und hatte, als sie ›*zufällig*‹ an der Türe zum Köstlbacher vorbeikam, sein letztes Wörtchen ›*klein*‹ verstanden.

»Ja Chef? Was gibt's?«

»Nichts! Sie haben sich verhört! Aber weil Sie schon mal da sind: Rufen Sie mir doch den Baldauf und den Dirmeier her!«, sagte der Köstlbacher.

»Du findest sie in der Kantine!«, ergänzte der Liebknecht.

»Zurück zum Gröbner! Was hat der gewusst, dass du so aufgeregt zu mir hereingestürmt kommst?«, fragte der Köstlbacher.

»Die Kollegen in den beiden gegenüberliegenden Grenzorten scheinen gut zusammenzuarbeiten. Jedenfalls wusste der Gröbner zu berichten, dass dieser Vu Phuc Nam in Česká Kubice schon länger beobachtet wird, seit einiger Zeit jedoch verschwunden zu sein scheint. Er hat aber nur am Rande was mit illegalem Waffenhandel zu tun, wie Baldauf/Dirmeier das vermuteten. Er soll groß im Geschäft mit der synthetischen Droge Crystal Meth stecken. Aber das nur am Rande! Der Gröbner wusste nichts von einem Mord! Es hat eine Schießerei in Česká Kubice gegeben. Das ist so richtig. Es wurde auch ein Vietnamese ins Bein geschossen. Aber das war nicht Vu Phuc Nam! Und die mit einer Plane abgedeckte Person war nicht der Roland!«, berichtete der Liebknecht.

»Ja, spinnen der Baldauf und der Dirmeier? Wie können die mir am Telefon so einen Stuss erzählen?«, fragte der Köstlbacher.

Als hätten die beiden gewusst, dass es um sie geht und ihre Stellungnahme gefragt ist, öffnete sich in dem Moment die Tür und die zwei Kriminaler traten ein.

»Sagt einmal, was für einen Schmarrn habt ihr mir da am Telefon aufgetischt?«, fragte der Köstlbacher ohne ein Wort des Grußes.

»Tut uns leid, Chef! Das war alles ein riesen Missverständnis!«, antwortete der Dirmeier und stand da wie ein begossener Pudel.

»Missverständnis! Fünf Jahre vorzeitiges Altern hat mich diese Aufregung gekostet. Was in aller Welt war los?«, fragte der Köstlbacher. Mit einer Handbewegung forderte er die beiden Kollegen auf sich zu setzen.

»Wir hatten uns genau dort, wo die Schießerei stattgefunden hat, mit Roland verabredet. Roland wollte uns mit diesem Vietnamesen Vu Phuc Nam zusammenbringen. Angeblich ein alter Bekannter von ihm, der uns mehr über illegale Waffen erzählen würde und über den wir auch eine Chance hätten zu erfahren, wer aus Regensburg sich so eine Makarow besorgt hatte.«

»Warum hat der Roland dann die Sache nicht gleich alleine durchgezogen, wenn er diesen Vu Phuc Nam so gut kannte?«, fragte der Köstlbacher.

»Die Sache würde sehr gefährlich werden können. Wir beide sollten so etwas wie seine Bodyguards spielen!«, sagte der Baldauf.

Da musste der Liebknecht lachen und auch der Köstlbacher konnte sich zumindest ein Lächeln nicht verkneifen.

»Super! Lauter bewaffnete Asiaten und ihr beide als Touristen ohne Dienstmarke und unbewaffnet! Tolle Bodyguards!«, grinste der Liebknecht.

Baldauf und Dirmeier hatten nicht gerade die Statur von Kleiderschränken. Furchterregend sahen sie auch sonst nicht gerade aus.

»Unsere Dienstmarken hatten wir dabei!«, rutschte es dem Dirmeier heraus.

Und weil anscheinend gerade Beichtstunde war, fügte der Baldauf noch hinzu: »Der Roland hat uns vorab Pistolen besorgt. Makarows!«

»Ich werd' nicht mehr! Seid ihr verrückt geworden? Wenn ich das melde, habt ihr ein Disziplinarverfahren am Hals!«, schrie der Köstlbacher.

Beide senkten ihre Köpfe und waren rein optisch nur noch ein Häufchen Elend bei den Worten ihres Chefs.

»Habt ihr die Waffen noch?«, fragte der Köstlbacher.

»Sie haben die Pistolen bei mir abgeliefert, und ich brachte sie in die Waffenkammer. Hab' mir gedacht, vielleicht wäre ein Abgleich, Seriennummer und so, mit der Mordwaffe sinnvoll!«, sagte der Liebknecht.

Der Köstlbacher dachte kurz über die Worte vom Liebknecht nach und meinte: »So könnten wir's hindrehen: Ihr habt die Waffen annektiert. Sozusagen aus ermittlungstechnischen Gründen!«

Da siehst du wieder einmal, was für eine gute Haut der Köstlbacher ist und wie er hinter seinen Leuten steht. Jeder andere Chefermittler hätte so einen Fehler denen ausbaden lassen, die ihn gemacht haben.

»Und eure Dienstausweise?«, fragte der Köstlbacher.

»Wir hatten in der Eile des Aufbruchs vergessen, sie zu Hause zu lassen!«, log der Baldauf. Eine Notlüge! Aber so würde der Köstlbacher nicht auch dafür noch eine fingierte offizielle Erklärung abgeben müssen.

»Also, jetzt erzählt! Wie kam es zu eurer Annahme, der Roland sei von diesem Vu Phuc Nam erschossen worden?«, fragte der Köstlbacher.

»Wie gesagt, wir waren mit dem Roland verabredet. Als wir dort ankamen, war alles abgesperrt. Man erzählte uns, einem Vietnamesen sei ins Bein geschossen worden«, berichtete der Dirmeier.

»Jetzt sag bloß, den Rest hast du dazu gedichtet!«, entrüstete sich der Köstlbacher.

»Gedichtet nicht! Aber wir haben wohl eindeutig unsere Tschechischkenntnisse überschätzt! Inzwischen wissen wir, dass es sich bei dem zugedeckten Toten um einen Tschechen handelte, der in den Schusswechsel zwischen Polizei und einer Gruppe Vietnamesen geraten war. Der angeschossene Vietnamese war nicht Vu Phuc Nam. – Wir haben das auf dem Heimweg im regionalen Radio gehört. – Man hatte uns seitens der Gaffer, unter die wir uns gemischt hatten, auf unsere Fragen zu oft nur mit ›*Ja*‹ oder ›*Nein*‹ geantwortet. Und so kam es zu der Fehlinformation!«, beendete der Dirmeier seinen Bericht.

»Aber der Roland hat sich bei euch nicht mehr gemeldet?«, fragte der Köstlbacher.

»Nein! Vielleicht meint der ja, wir sind noch in Česká Kubice. Möglich ist alles!«, sagte der Baldauf.

»Das glaube ich eher nicht. Falls er euch gesucht hat, hätte er bestimmt angerufen oder im Hotel nachgefragt. Und die wissen, dass ihr abgereist seid!«, meinte der Liebknecht. »Man sollte sich vielleicht diskret erkundigen, ob nach euch gefragt worden ist!«

Kapitel 36

Die Mannschaft war wieder komplett. Zeit, all die bisherigen Ermittlungsergebnisse in einem ausgedehnten Meeting zusammenzutragen.

Nach einer kurzen Begrüßung, auch die Dr. Sieber und der Polizeichef Anhuber waren anwesend, begann der Köstlbacher mit seiner Zusammenfassung: »Lasst mich ganz kurz zu Beginn in Erinnerung rufen, was wir bisher schon wussten! Wir hatten einen Brandanschlag bei Frau Söll in der Mathildenstraße und kaum 48 Stunden später einen Mord an einer Vietnamesin am Emmeramsplatz. Querverbindung zwischen beiden Ereignissen stellte die Tote Tran Thi Linh dar, die für Frau Söll als Aushilfsschneiderin arbeitete. Ein Zusammenhang zu dem Brandanschlag vor zwei Jahren auf einen Asiamarkt in Burgweinting hat sich bislang nicht bestätigt.

Als Polizist darf man sich nicht davor verschließen, dass auch aus den eigenen Reihen einmal einer auf die Seite der Bösen Buben wechselt. Wir mussten das hier ja leider schon auf höchster Ebene erfahren. In einem Gedankenkonstrukt, das offen für alle Eventualitäten war, verdächtigte ich gegenüber Frau Dr. Sieber Roland Zeller, der zumindest zeitweise unsere Arbeit schon tatkräftig unterstützen half. Roland kam aus meiner Sicht als der Mann infrage, der sich nach dem fingierten Brand in der Mathildenstraße am Betriebscomputer der Söll Dirndl Couture zu schaffen machte. Ich sage das so offen, um Gerüchten keinen Spielraum zu geben. Im Moment sieht es allerdings so aus, als hätte ich mich geirrt.

Relativ sicher scheint, dass weder der Brandanschlag auf die Ostdeutsche Galerie noch die Tötung des Rechtsradikalen Albin Uhl in ursächlichem Zusammenhang mit dem Mord an Tran Thi Linh beziehungsweise mit dem Brandanschlag in der Mathildenstraße stehen. Grundsätzlich wäre allerdings nicht ausgeschlossen, dass der Mörder von Albin Uhl nicht auch der Mörder von Tran Thi Linh sein könnte. Aber ich gehe davon aus, dass dieser Mord eher ein Totschlag war und spontan und im Affekt geschah. So zumindest berichteten es die Zeugen.«

»Was ist mit den Hinweisen auf die DDR, Afghanistan, SCHERBENTANZ, die Identität dieses Hasib Bakhtari, die Ereignisse am Guggenberger Weiher, der Mordwaffe und und und?«, fragte der Anhuber.

»Soweit bin ich noch nicht Herr Polizeichef! Mit Verlaub, ich wollte nur einmal durchschnaufen!«, antwortete der Köstlbacher. »Aber es freut mich, Sie auf dem Laufenden zu sehen!«

Die Dr. Renate Sieber drehte sich weg, damit niemand sehen konnte, wie sie bei der geschwollenen Ausdrucksweise vom Köstlbacher gegenüber dem Anhuber zu lächeln begonnen hatte.

»Bezüglich der Punkte, die unser verehrter Polizeichef soeben angesprochen hat, sind die Ermittlungen in vollem Gange. Zum Teil sind die Ergebnisse leider immer noch voller Widersprüche, führen von einer Sackgasse heraus in eine neue hinein. Ich will mit der Mordwaffe beginnen. Kommissar Liebknecht hat das in die Hand genommen!«, sagte der Köstlbacher und übergab das Wort an den Norbert Liebknecht.

»Die Mordwaffe, eine Makarow PB 9 mm, wurde am Sarchinger Weiher gefunden. Unser Ballistiker Härtl hat sie eindeutig als die Tatwaffe identifiziert, aus der die tödlichen Kugeln Tran Thi Linh und Albin Uhl trafen. Noch nicht klar ist, wie die Waffe an den Sarchinger Weiher kam. Wir haben zwar Zeugen, ein Liebespärchen, das sich spät nachts illegal am Sarchinger Weiher aufgehalten und etwas mitbekommen hat. Aber die Dunkelheit ließ sie nichts sehen. Aus Angst, selbst entdeckt zu werden, näherten sie sich dem Geschehen auch nicht. Worum ging es? Es war die Nacht vor dem Pistolenfund. Zwei Männer, einer mit einem eher hiesigen Dialekt und einer mit stark asiatisch/chinesischen Akzent, der natürlich auch vietnamesisch sein könnte, stritten miteinander. Es fiel ein asiatischer Name und das Wort ›*Nazi*‹. Auch ›*Auftragsmord*‹ wollten die beiden verstanden haben. Stampfende Geräusche, die von einem Kampf hätten stammen können, beendeten die Begebenheit. Nur der aufheulende Motor eines sich entfernenden Autos war noch zu hören.«

An der Stelle kamen natürlich diverse Zwischenfragen, vor allem zum Hergang der Ermittlungen und den beiden Zeugen. Aber da will ich dich jetzt nicht langweilen, weil du das alles ja schon kennst.

»Natürlich gab uns die Person dieses Hasib Bakhtari große Rätsel auf und tut das in gewisser Weise immer noch«, übernahm der Köstlbacher wieder das Wort. »Wer auch immer unter seinem Namen hier operierte oder es noch tut, er selbst ist es nicht. Der ursprüngliche Hasib Bakhtari ist tot. Zunächst bestätigte man uns zwar über Interpol, Bakhtari lebe in Kabul. Diese Information wurde aber gestern dementiert. Bakhtari starb im Kugelhagel der Taliban. Überraschend, dass dies zeitgleich mit dem Aufenthalt vom Roland in Afghanistan passierte.«

Ein Raunen ging durch die Anwesenden.

»Allerdings, daraus eindeutige Rückschlüsse zu ziehen, dürfte schwer werden. Roland war nicht der einzige auf unserer Liste, der damals in Afghanistan weilte. Auch Vu Phuc Nam war vor Ort. Alle drei im gleichen Krisengebiet!«

»Welche Schlüsse ziehen wir daraus?«, fragte die Koch.

»Gute Frage! Ja, welche? Momentan wäre illegaler Waffenhandel ein Thema. Könnte aber auch etwas mit Drogen zu tun haben. Vielleicht ursprünglich ›*Schwarzer Afghane*‹ und jetzt ›*Crystal Meth*‹«, antwortete der Köstlbacher.

»Wozu das Verwirrspiel mit den Hinweisen auf SCHERBENTANZ und die DDR?«, fragte der Pirzer.

»Das Wort ›*Verwirrspiel*‹ trifft vermutlich des Pudels Kern«, meinte der Köstlbacher. »Man, wer immer das ist, will Verwirrung stiften. Vor irgendetwas soll abgelenkt werden«.

»Und was könnte das sein?«, fragte der Anhuber.

Und, du wirst es nicht glauben, der Anhuber wirkte jetzt auf einmal richtig interessiert. Vielleicht auch ein bisschen fasziniert, wie der Köstlbacher alles anging. Er hatte das früher nie so auf die Reihe gebracht. Seine Stärke war eher das Reden vor Presseleuten, wo er viel sprach, aber nichts sagte.

»Was – und ich richte die Frage an alle hier im Raum – was kam bei allen Ermittlungen etwas zu kurz?«

Keiner sagte etwas. Jeder überdachte erst einmal alles, was bisher zu diesem Fall an Arbeit angefallen war. Klassisches Brainstorming nennt man so etwas. Hatte der Köstlbacher auf einem Lehrgang gelernt. Da kommen Dinge raus, die glaubst du gar nicht, dass man die denken kann. Manchmal! Heute eher nicht. Nur die Dr. Sieber hatte eine Idee! Logisch! Sie ist eine Frau! Ist die Koch zwar auch, aber wenn du tagein tagaus diesen Job an der Seite eines männlichen Kollegen machst, dann vergisst du im Beruf irgendwann, dass du eine Frau bist.

»Was ist mit dem Datenklau? Den Daten zu Frau Sölls neuester Kollektion?«

»Ich erinnere mich!«, warf der Anhuber ein. »Stand im Bericht! Scheint aber doch noch nicht gesichert zu sein, oder?«

Da diesen Bericht, der an die Dr. Sieber und den Anhuber gegangen war, natürlich die anderen nicht alle kannten, flammte kurzfristig etwas unmutiges Gemurmel auf.

»Die Krux bei diesem Fall ganz allgemein, Kollege Anhuber. Vieles kann sein, gesichert ist leider nur sehr wenig!«, antwortete der Köstlbacher. »Aber du hast recht, Renate«, und er sprach vor versammelter Mannschaft Frau Dr. Sieber ganz bewusst mit ›*du*‹ an, um dem Anhuber zu demonstrieren, wie affig er dieses ›*Sie*‹ findet, »ich könnte mir durchaus vorstellen, dass viele Spuren, die wir auf dem Firmen-PC von Frau Söll gefunden haben, von genau dieser Geschichte ablenken sollten. Und ich könnte mir noch etwas vorstellen: Was, wenn wir es mit zwei Fällen zu tun haben? Was, wenn der Mord an Tran Thi Linh ein Auftragsmord war, weil sie zu viel wusste – dabei spiele ich auf eine eventuelle Werkspionage an – und die Roland/Vu Phuc Nam/Bakhtari Geschichte nur Berührungspunkte zu diesem Fall, ansonsten aber einen eigenen Hintergrund hat?«

***

Du siehst schon, dem Köstlbacher seine Gedankengänge sind viel schärfer, als es die meinen waren. Ich hatte natürlich gleich wieder geheimdienstliche Machenschaften in Erwägung gezogen und am Text von ›*AUSGEBRANNT*‹ heruminterpretiert.

Der Köstlbacher war wie ein Fährtenhund. Einmal den richtigen Geruch in der Nase, ließ er nicht mehr locker.

Aber, was war jetzt der ›*richtige Geruch*‹? Wie sollte er den unter den falschen Gerüchen herausfinden?

Kapitel 37

Manchmal kommst du nur wirklich weiter, wenn du alles, was du bisher gedacht hast, in Frage stellst, das Unterste nach oben kehrst und deine Gedanken neu zu ordnen beginnst.

Stelle dir dabei einen deiner Schränke zu Hause vor. Ein paar beliebige Teile herauspicken, sie neu zusammenlegen und wieder hineinlegen, was sollte das bringen? Reiß alles heraus! Und dann räume den Schrank neu ein! Bei der Gelegenheit kannst du auch gleich ausmisten! Alles in die Kleidersammlung, was nicht mehr passt, aus der Mode gekommen ist, schlichtweg von dir nicht mehr getragen wird.

So, oder mindestens so ähnlich, versuchte der Köstlbacher im übertragenen Sinne seine Fälle neu anzugehen.

Eine Möglichkeit glaubte er in dem Ordner zu erkennen, den die Tran Thi Linh bei ihrer Ermordung bei sich gehabt hatte Er könnte der Schlüssel zu allem sein! Den Gedanken hatte er ja schon einmal gehabt, als ihn Frau Söll besucht hatte. Aber so Gedanken, die verflüchtigen sich wie Rauch im Wind. Kein Wunder, wenn jeden Augenblick was anderes passiert und alles die volle Aufmerksamkeit erfordert.

Noch eine zweite Option hatte der Köstlbacher in petto. Die Ereignisse am Sarchinger! Auch sie zogen sein Interesse an wie Motten das Licht. Auch diese Geschichte könnte er sich so vorstellen, dass er aus ihr den Rest herausschälen könnte.

Aber eines nach dem anderen! Die Kollegen sollten Vorarbeiten zum Ausgangspunkt Sarchinger leisten. Zum Beispiel wäre da noch zu klären, wieso weit und breit keine Angler vor Ort waren, die Beobachtungen gemacht haben könnten, welcher Personenkreis den ›*Schwarzen Sheriffs*‹ öfter schon mal spät nachts aufgefallen ist, ob vielleicht schon einmal konspirative Treffen dort beobachtet worden sind …

***

Schrecklich! Der Köstlbacher musste sich richtig zwingen, seinen Kopf frei zu bekommen. Aktenordner! Aktenordner und nochmal Aktenordner! Was steht drin und wieso trug den Tran Thi Linh am Emmeramsplatz spazieren?

Den ersten Teil der Frage konnte sich der Köstlbacher inzwischen bereits beantworten. Der Ordner war längst von der Spusi und vom Ballistiker freigegeben. Die Kugel, die ein beachtliches Loch durch alle Papiere stanzte, hatte auf ihrem Weg etliche Daten vernichtet. Trotzdem war gut ersichtlich, worum es auf den Dokumenten ging. Mehr oder minder enthielt dieser schmale Ordner die gesamten Informationen zur neuesten Dirndlkollektion der Dirndl Couture von Astrid Söll. So viel zumindest stand fest. Und dass eine andere Firma mit dieser Kollektion in einer Billigversion auf den Markt gekommen war, noch bevor Frau Söll …, das gab zu denken.

»Mit dem Zeitfaktor komme ich noch nicht zurecht!«, sagte der Köstlbacher zum Liebknecht, den er sich zum Gedankenaustausch in sein Büro bestellt hatte.

»Für mich auch ein Grund, warum ich an der ganzen Sache mit der Werkspionage bisher keinen großen Gefallen gefunden habe. Alles ist irgendwie zu knapp vor dem Marktdebut der Raubkopien passiert. Passt nicht zusammen! Kein noch so fixer Produzent kann Modepläne innerhalb einiger Tage, selbst wenn inzwischen zwei/drei Wochen vergangen sind, umsetzen«, stimmte der Liebknecht zu.

»Irgendwas haben wir übersehen! Fragt sich nur was!«, grummelte der Köstlbacher.

»Vielleicht sollten wir den Brandanschlag in der Mathildenstraße abkoppeln mit all dem drum herum. Was meinst du?«, fragte der Liebknecht.

»Hm! Ja, vielleicht sollten wir das!«, sinnierte der Köstlbacher.

Und plötzlich, als hätte er eine zündende Idee gehabt, griff der Köstlbacher zum Telefon und wählte eine interne Nummer. Der Liebknecht zog fragend seine Augenbrauen hoch, wartete aber ab.

»Hallo Manfred! Ich hab dir die Frau Söll vor ein paar Tagen vorbeigeschickt. Hat sich da irgendwas ergeben?«, fragte der Köstlbacher seinen Kollegen Loderbauer von der Wirtschaftskriminalität.

»Du fragst wegen ihrer neuen Kollektion, die eine andere Firma in leicht abgewandelter Form und mit aus Billigstoffen gefertigt auf den Markt gebracht hat?«, antwortete der Loderbauer.

»Genau! Ist da irgendwas auffällig? Tran Thi Linh trug bei ihrer Ermordung nämlich genau von dieser Kollektion einen Aktenordner bei sich«, sagte der Köstlbacher.

»Ich weiß! Frau Söll hat es mir erzählt. Sie war ganz von den Socken, als du ihr das gesagt hast.«

»Und? Hat sie eine Erklärung dafür?«, fragte der Köstlbacher.

»Eine Vermutung! Aber die wollte sie dir nicht sagen, weil sie Angst hatte, du würdest daraus falsche Schlüsse ziehen. Ihr Vertrauen in Tran Thi Linh ist unerschütterlich!«, antwortete der Loderbauer.

»Und was für eine Vermutung wäre das?«, fragte der Köstlbacher.

»Tran Thi Linh hat im Evangelischen Krankenhaus eine schwer kranke Verwandte besucht. Auch eine Schneiderin! Mit dem kurzfristig entwendeten Ordner wollte sie etwas Freude ans Krankenbett bringen. Für eine Schneiderin ist so eine neue Kollektion spannend wie ein Krimi. So zumindest sieht Frau Söll das!«, meinte der Loderbauer.

»Also nichts mit Wirtschaftskriminalität?«, fragte der Köstlbacher.

»Kopien, die auch vom Laien als Fälschung zu erkennen sind, dürfen straffrei gehandelt werden!«, antwortete der Loderbauer.

Damit war die Sache gegessen! Der Köstlbacher hatte das Gespräch auf *›laut‹* gestellt, sodass der Liebknecht alles mitbekommen konnte.

»Überprüfe zur Sicherheit, ob das mit dem Krankenbesuch stimmt. Die Ermordung vor dem Krankenhaus hat so viel Staub aufgewirbelt, dass sich mit Sicherheit jemand an die Tran Thi Linh erinnern wird, wenn die tatsächlich diesen Krankenbesuch gemacht hat, oder zumindest an die vietnamesische Freundin, die sie besuchte oder besuchen wollte«, sagte der Köstlbacher zum Liebknecht.

»Mach' ich!«, antwortete der Liebknecht, stand auf und drehte sich zum Gehen. Dann stoppte er, drehte sich nochmal kurz um und meinte: »Mir hat das mit der Wirtschaftskriminalität sowieso nicht gefallen! Wegen so ein paar Kröten wird doch niemand umgebracht.«

»Was diesen speziellen Fall betrifft, da denke ich wie du. Ansonsten müsstest aber gerade du als einer von der Mordkommission am allerbesten wissen, dass schon für wesentlich weniger Menschen umgebracht worden sind!«, sagte der Köstlbacher.

Der Liebknecht stimmte dem mit einer Handbewegung zu und sagte: »Leider!«

So euphorisch wie er begonnen hatte, dieser neue Denkansatz, gebracht hatte er nichts. Es dauerte auch nicht lange, bis der Liebknecht telefonisch noch vom Krankenhaus aus die Bestätigung durchgab, dass Frau Söll richtig gelegen hatte. Eine Krankenschwester konnte sich sogar noch dran erinnern, wie Tran Thi Linh Modezeichnungen auf dem Bett der Patientin ausgebreitet und erklärt hatte.

Kapitel 38

Vielleicht denkst du ja, so ein Kriminaler hat einen tollen Job! Dem wird quasi nie langweilig, weil jeder Fall anders gelagert ist, er es ständig mit neuen Personen zu tun und in Vertretung des Gesetzes immer recht hat.

Ein Träumer, wer das glaubt!

Dass viele Fälle für immer ungelöst bleiben, das ist ja schon mal die Abteilung ›*Frust*‹ in reinster Form. Du arbeitest über Wochen an einem Fall, auch dann noch, wenn die Zeitungen es längst aufgegeben haben, darüber noch etwas zu bringen. Und dann? Dann musst du den Aktendeckel mit dem Vermerk ›*Ungelöst*‹ schließen.

Etwas besser sieht's aus, wenn Fälle am Ende tatsächlich positiv abgeschlossen werden, wenn der oder die Täter ihrer gerechten Strafe zugeführt werden. Aber wie viele Sackgassen da unterwegs beschritten werden mussten! Und du musst ja in jede reinsehen. So ein Tatverdächtiger, der kann überall sein!

Und dann gibt's noch Fälle, die lassen sich zwar lösen, aber der Täter ist schon verstorben oder hat sich selbst gerichtet. Auch nicht besonders erfreulich. Ist, wie wenn du ein Haus baust, es dann aber unbewohnt stehen lässt. Sinnfrage, wenn du verstehst, was ich meine.

Momentan hat es für den Köstlbacher so ausgesehen, als würde ihn dieser Fall pensionsreif machen. Aber er war erst 47 Jahre alt! Auch wenn Polizisten schon mit 60 mit der Arbeit Schluss machen können! Wenn du 47 bist, liegt 60 unvorstellbar weit weg!

Wirtschaftskriminalität gestrichen! Was bleibt noch? Handel mit Waffen? Keine Frage, den wird es geben. Den gab es schon immer! Aber im konkreten Mordfall!? Ein paar winzige Details mögen das Glauben machen. Sackgassen, bei denen es reicht, einen Blick hineinzuwerfen! Ein politischer Hintergrund? War eine Zeitlang durchaus denkbar! Letztendlich aber auch Sackgasse, auch wenn's eine war, die bis zum letzten Haus durchsucht werden musste. Blieben noch Drogen! Die gaben immer schon viel her! Drogen ziehen ja einen derart wahnsinnig großen Rattenschwanz an Folgekriminalität hinten nach, dass die Überlegung, sie zu legalisieren, manchmal gar nicht so abwegig wäre. Crystal Meth war im Gespräch! Oder Crystal Speed. Für den Fahnder Jacke wie Hose! Sicherlich ein gravierendes Problem. Vielleicht, nein bestimmt sogar ein größeres, als einige illegal gehandelte Makarows! Aber hatte dieser Waffenhandel mehr auf sich, als zur Herkunft der Tatwaffe nötig war?

Der Köstlbacher überlegte, trank Kaffee, überlegte, stand breitbeinig vor seiner Pinnwand, versuchte auch andere Arten, sich davor wirkungsvoll aufzubauen, telefonierte, plauderte mit der Klein, schrieb mir mehrere Mails, las meine unqualifizierte Meinung, jammerte am Abend seiner Anna vor. Nichts passierte! Nichts ging vorwärts! Kein Geistesblitz! Nichts!

Übrig blieben zuletzt zwei Gedanken, um die seine Überlegungen wie Planeten um eine Sonne, in dem Falle wären es zwei Sonnen gewesen, kreisten.

Aber da haben wir schon wieder das Problem. Zwei Planeten um zwei Sonnen. Geht das überhaupt? Ich bin kein Astrophysiker, aber ich denke, es geht, wenn überhaupt, dann doch nur unter schwer berechenbaren Voraussetzungen. Bei meinen Mathematikkenntnissen brächte ich das jedenfalls nicht hin. Und der Köstlbacher hatte im übertragenen Sinn auch seine Müh' und Not, die Zusammenhänge auf die Reihe zu bekommen.

***

Der Kaffee hatte dem Köstlbacher seine Leistungsfähigkeit künstlich hoch gehalten. Aber heute feierte die Klein ihre Überstunden ab. Und ohne Klein keinen Kaffee! Wenn der Körper erst einmal daran gewohnt ist, wirkt so ein Kaffee-Entzug wie zwei Halbe Bier auf nüchternen Magen. Wirst zwar nicht zwangsläufig betrunken davon, aber in jedem Fall unendlich müde.

Und so war es auch nicht sonderlich überraschend, dass am späten Nachmittag, das Dienstende stand kurz bevor, der Köstlbacher an seinem Schreibtisch in einen tiefen Büroschlaf gefallen ist. Peinlich wäre es jetzt allenfalls geworden, wenn die Dr. Sieber oder der Anhuber aufgekreuzt wären. Aber von denen ließ sich niemand sehen. Besuch bekam der Köstlbacher allerdings schon. Und das wird jetzt auch für dich eine Überraschung sein, auch wenn du dir vielleicht schon längere Zeit Gedanken gemacht hast, warum der nichts mehr von sich hat hören lassen, wo er doch laut Auskunft vom Hauptkommissar Hans Gröbner aus Furth im Wald nicht tot war.

»Regensburger Kriminaler löst Mordfälle im Schlaf!«, lachte der Roland und setzte sich gegenüber vom Köstlbacher in einen Stuhl. Mit dem Kneitinger, das er sich selbständig draußen im Vorzimmer der Klein aus dem Kühlschrank geholt hatte, prostete er dem Köstlbacher zu, der ihn wie einen Geist anstarrte: »In da Noad frisst da Deifl d'Fliang! Respektive sauft'a a Büls!« Der Roland wollte damit zum Ausdruck bringen, dass sein bevorzugtes Bier Weißbier war und ein Kneitinger-Pils eher eine Notlösung für ihn darstellte.

»Wo kommst du her?«, fragte der Köstlbacher und brachte seinen Körper schlagartig in eine Position, die optisch höchste Konzentration vermitteln sollte.

»Gut geschlafen?«, fragte der Roland und nahm erneut einen Schluck aus der Flasche.

»Schmarrn! Ich bin überarbeitet! Sekundenschlaf nennt man so etwas!«

»Sekundenschlaf! Aha! Schau einmal in den Spiegel! Dann kannst du die Sekunden deines Schlafs in Hunderterschritten zählen!«

Der Köstlbacher winkte mit einer grantigen Handbewegung ab, wäre aber beinahe aufgestanden, um das mit dem Spiegel zu überprüfen. Letztendlich war es ihm aber dann doch nicht wichtig. Der Roland hatte sich schon ganz andere Dinge erlaubt.

»Lass es gut sein! Beantworte mir lieber meine Frage: Woher kommst du? Wir haben dich alle sehr vermisst!«

»Momentan komme ich von der Fahrschule. Ganz ohne mich läuft die auf Dauer auch nicht. Und wo ich zuvor überall war – ich glaube nicht, dass du das so genau wissen möchtest«, antwortete der Roland.

»Und ob ich das wissen möchte!« betonte der Köstlbacher.

Dass nach allem, was geschehen war, der Roland die Stirn hatte, beim Köstlbacher so mir nichts dir nichts aufzutauchen, da muss ich schon sagen, Fragezeichen! Entweder dumm oder zumindest naiv oder clever im Quadrat! Und weil der Roland ja keinen Job inne hat, wo weder Dummheit noch Naivität erlaubt wäre, kann ich sein Verhalten nur als enorm clever einstufen. Er will was vom Köstlbacher! Und er bekommt das nur, wenn er ihm was dafür in Aussicht stellt.

So hat das der Köstlbacher auch gesehen. Vielleicht nicht sofort, weil durch den vorangegangenen Büroschlaf seine Sinne noch nicht geschärft waren. Aber dann doch relativ schnell. Gleich nach den ersten Worten vom Roland. Die Stimme vom Roland hat dem Köstlbacher seine Sinne schon immer geschärft. Man wusste einfach nie, wie man mit ihm dran war. Seiner Stellung nach müsste er zweifelsfrei einer von den Guten sein. Aber war er das wirklich?

»Was fällt dir beispielsweise zur Mathildenstraße ein?«, fragte der Köstlbacher.

Die Reaktion vom Roland war aber nicht wie erhofft. Sein Gesicht und seine Augen zeigten keinerlei Regung. Entweder hatte er mit der Mathildenstraße tatsächlich nichts zu tun oder er hatte seine Mimik bestens im Griff.

»Mathildenstraße? Astrid Söll! Dirndl Couture! Söll Moden! Brandanschlag! Meinst du das?«, fragte der Roland.

Der Köstlbacher brummte dazu nur irgendetwas Undefinierbares und fragte weiter: »Sarchinger Weiher? Beachbar?«

Vielleicht hatte sich das jetzt der Köstlbacher eingebildet, aber zumindest für den Bruchteil einer Sekunde sah es so aus, als ob der Roland zusammenzuckte. Gut, genau in dem Moment trank er einen Schluck aus der Bierflasche. Vielleicht war es auch nur eine Art Verschlucken. Wenn du aus der Flasche trinkst, kann das schon einmal vorkommen.

»Suat! Der Suat fällt mir dazu ein. Ein super Typ! Der hat mehrere Kinder, sieben, wenn mich nicht alles täuscht! Der Wahnsinn, oder? Okay, die sind nicht alle von einer Frau, aber trotzdem! Hammer! Dass diese Beachbar so einen Zulauf hat, das ist nur ihm zu verdanken. Er hat den Laden bestens im Griff und bedient jeden Besucher, als wäre der sein bester Freund!«, antwortete der Köstlbacher.

»Sonst nichts?«, fragte der Köstlbacher.

»Nichts! Worauf spielst du an?«, fragte der Roland.

»Wir haben die Makarow am See gefunden! Auf dem Areal der Beachbar!«, sagte der Köstlbacher und beobachtete den Roland dabei mit einem lauernden Blick.

»›*Die*‹ Makarow? Du meinst die Mordwaffe?«, fragte der Roland ohne jede erkennbare Emotion.

»Das ballistische Gutachten hat's bestätigt!«, antwortete der Köstlbacher.

Zu seiner Überraschung kramte der Roland in einer der geschätzten 100 Taschen seiner grünen Sommerjacke und zog einen Zettel hervor.

»Das trifft sich ja prächtig! Aus dem Grund bin ich nämlich gekommen. Deine beiden Schoßhündchen Baldauf und Dirmeier haben sich ja aus Česká Kubice abgesetzt und mich die Arbeit alleine machen lassen!« Damit schob er dem Köstlbacher einen vergilbten und zerknitterten Zettel hin.

»Seriennummern?«, fragte der Köstlbacher.

»Von allen Makarows, die in den vergangenen zehn Monaten über die Grenze nach Bayern gingen. Die beiden, die ich dem Baldauf und dem Dirmeier besorgt habe, inbegriffen!«, bestätigte der Roland.

Da war der Köstlbacher erst einmal baff! Das mit den Pistolen vom Baldauf und dem Dirmeier ließe sich schnell nachprüfen. Somit musste der Roland die Wahrheit sagen. Oder war das wieder nur eine Finte!

»Ich wusste nicht, dass ihr die Mordwaffe schon habt. Aber umso besser! Wenn die Nummer identisch ist mit einer dieser Nummern, haben wir den Besitzer! Die in Tschechien sind da sehr gewissenhaft. Verkauft wird nur gegen Vorlage des Personalausweises. Rückversicherung! Du verstehst? Und sollte dann einmal ein Käufer mit der Polizei kommen, dann ging's als Retourkutsche seiner Familie an den Kragen. Diese Warnung geben die jedem Käufer mit auf den Weg! Nicht umsonst läuft der Handel in 99% reibungslos!«

»Die Modalitäten haben der Baldauf und der Dirmeier mir nicht erklärt!«, sagte der Köstlbacher.

»Wie hätten sie das auch tun sollen? Die beiden Waffen habe ich, wie gesagt, für sie besorgt!«

»Worüber wir noch zu reden haben!«, sagte der Köstlbacher und hob drohend seinen rechten Zeigefinger.

Aber darauf reagierte der Roland nicht. Legalität war für ihn schon immer ein sehr dehnbarer Begriff!

Da der Köstlbacher dem Roland keine weiteren Ermittlungsergebnisse verraten wollte, ihm trotz allem immer noch nicht so recht traute, wechselte er zu belanglosen Themen. Zuvor scannte er die Seriennummern noch in seinen PC ein und schickte das Dokument in die Waffenkammer. Wenige Minuten später kam es bearbeitet zurück.

»Und?«, fragte der Roland.

»Volltreffer! Alle drei Waffen finden sich auf deiner Liste wieder!«

»Hab's nicht anders erwartet! Gut, die Mordwaffe hätte auch über andere Bundesländer oder aus Österreich gekommen sein können. Insofern ein Glücksfall! Aber es war nur ein kleines Quantum Glück. Die meisten Makarows der vergangenen zehn Monate gingen nämlich über Bayern in den Westen!«, sagte der Roland. »Streich' mir auf meinem Zettel die Seriennummer der Mordwaffe an! Ich werde mein Möglichstes tun! Morgen oder übermorgen dürfte ich wissen, wer sie gekauft hat!«

›Morgen oder übermorgen‹, dachte der Köstlbacher, *›morgen oder übermorgen werden wir vielleicht mehr wissen!‹*

Gemeint hat der Köstlbacher das aber nicht nur auf den Waffenkäufer bezogen, der ja vielleicht auch gleichzeitig der Mörder sein könnte. Gemeint hat der Köstlbacher das noch ganz anders. Ihm kam da spontan eine Idee, wie er den Roland aufs Glatteis führen könnte. Wenn er da dann nicht zum Rutschen kam, würde er ihm wieder voll vertrauen. Ja wenn!

Kapitel 39

Ein neuer Ortstermin wurde vom Köstlbacher anberaumt. Oben am Emmeramsplatz! Die Situation der Ermordung der Tran Thi Linh wollte er noch einmal nachgestellt haben. Ihm war da nämlich eine Idee gekommen. Und wenn die stimmen könnte, würde das einiges, wenn nicht alles auf den Kopf stellen.

Aber dann! Dümmer hätte es nicht laufen können. Du erinnerst dich an den Baustellengenerator? Gut, den hätte es bei der Makarow PB gar nicht gebraucht, weil man deren Schuss sowieso nicht hören konnte. Aber die Arbeiter haben ihn gebraucht, die, die gerade Pause gemacht haben, als der Köstlbacher zur toten Tran Thi Linh am Emmeramsplatz gekommen war.

Was diese Arbeiter aber später und vielleicht auch noch am nächsten und übernächsten Tag gemacht haben, das war jetzt klar. Sie hatten die Stelle auf dem Emmeramsplatz vorbereitet, auf der zukünftig die Statue vom Bischof Johann Michael Sailer stehen sollte, die zuvor seit gut 60 Jahren ihren Platz in der Grünanlage am Hauptbahnhof hatte. Gut, es mag richtig sein, da hatte er schon einmal gestanden. Aber wie 1942 am Emmeramsplatz ein Löschweiher angelegt worden ist, da wäre er praktisch abgesoffen, wenn man ihn nicht verlagert hätte. Und sei einmal ehrlich, einen Bischof kann man nicht so mir nichts dir nichts absaufen lassen!

Den Löschteich gibt es schon lange nicht mehr, weil heute ja überall Hydranten und so. Aber Parkplätze gibt es. Den ganzen Emmeramsplatz voll davon! Jetzt allerdings sechs weniger! Genau so viel braucht ein in Bronze gegossener Bischof nämlich, wenn er vis-á-vis der Kirche St. Emmeram, vor dem Portal des heutigen Regierungsgebäudes, gut sichtbar für alle sein weiteres Dasein fristen soll.

Hoffentlich werden nicht eines Tages weitere Parkplätze für eine Statue vom Tebartz-van Elst zum Opfer fallen. Möglich wär's ja! Immerhin stand der unter dem Schutz vom Bischof Voderholzer. Könnte ja sein, der Van Elst hat Regensburg nur unter der Voraussetzung wieder verlassen, wenn man ihm ein Denkmal setzt, zu dem dann alle wie zu einem Heiligen pilgern.

An den Tebartz-van Elst hat der Köstlbacher im Moment aber nicht denken müssen. Wenn überhaupt an einen Bischof, dann höchstens an den Johann Michael Sailer. Aber auch über den hat er nicht wirklich nachgedacht. Nur über seine Statue. Weil genau da hatte die ermordete Tran Thi Linh gelegen. Und wie sollte er jetzt die Situation nachvollziehen. Er konnte doch nicht so tun, als ob er auf den Sailer zielen würde. Nicht einmal vom Liebknecht konnte er das verlangen. Wenn das einer beobachten würde, der Teufel wäre los. Im Evangelischen Krankenhaus herrschte zwar schon seit einiger Zeit so etwas wie tote Hose, weil das doch aufgelöst werden soll. Quasi verlegt! Ähnlich wie die Statue! Aber ein paar Kranke oder Besucher hätten bestimmt trotzdem gerade auf den Emmeramsplatz hinuntergeschaut. Von den Sekretärinnen in der Regierung ganz zu schweigen. Weil, auch wenn manche nur Teilzeit, die mit Vollzeit arbeiten auch nicht bis zum Umfallen.

Dabei wollte der Köstlbacher wissen, ob nicht vielleicht, ich meine man muss alle Eventualitäten prüfen, also ob nicht vielleicht … Aber sag ehrlich: Wie soll das jetzt gehen? Vorstellen hätte er es sich in seinem Büro auch können. Aber die vor Gericht wollen schon immer, dass so eine These vorher mit Ortstermin und so.

Bis der Köstlbacher dann auf die Idee gekommen ist, sich die Sache von oben anzuschauen, sozusagen aus dem Blickwinkel, aus dem er hier beobachtet werden könnte, wenn er mit dem Liebknecht den Mord nachgestellt hätte.

Einen guten Blick hast du da hinunter von der Cafeteria oben unterm Dach vom Evangelischen Krankenhaus. Und die schöne Frau, die diese Cafeteria betreibt, die würde auch nichts dagegen haben, das auszutesten. Es ist doch immer wieder interessant, welche Zufälle unser Tun begleiten. Der Köstlbacher hätte ja genauso gut nur bis zum zweiten Stock fahren können und dann irgendwo durch ein Fenster nach unten sehen. Aber nein! Er ist ganz hoch gefahren. Und nicht, weil er dort einen Kaffee trinken wollte!

Er wusste, dass eine Frau Halama das Café dort oben betreibt. Sein Sohn, der Karl, hatte ihm das schon vor längerer Zeit erzählt. Der Karl hat sich dort oben schon einige Male mit einer Krankenschwester getroffen, in die er verknallt war. Und warum sollte er in irgendeinem Stationszimmer anfragen, ob er aus dem Fenster sehen dürfe? Man geht in so einem Fall immer dorthin, wo man sich nicht fremd fühlt. Auch wenn die Polizeimarke jede beliebige Tür öffnen würde!

»Und?«, fragte die Gitte Halama den Köstlbacher, weil der sinnierend vor einem der Dachgaubenfenster stand und man ihm richtig ansehen konnte, dass ihn etwas beschäftigte.

»Tut mir leid, Frau Halama, aber ich darf keine Auskunft geben. Auf alle Fälle interessant! Äußerst interessant!«, antwortete der Köstlbacher.

Und dann kam ihm eine Idee: »Würde es Ihnen was ausmachen, zu meinem Kollegen Liebknecht nach unten zu gehen? Er sitzt dort in dem schwarzen Audi!«, fragte der Köstlbacher die Cafébetreiberin.

»Und was soll ich da?«, fragte die Halama, nicht besonders begeistert von der Idee, die Cafeteria unbeaufsichtigt zu lassen.

»Das wird Ihnen der Kommissar Liebknecht sagen! Er wird Sie vor das Portal vor der Regierung stellen, selbst eine andere Position einnehmen, und ich möchte das dann von hier sehen.«

»Und meine Gäste?«, fragte die Frau Halama.

Der Köstlbacher sah sich um. Es waren keine Gäste da! Flaute!

»Sperren Sie einfach ab! Ich nehme Ihnen schon nichts weg!«

Die Halama zuckte mit den Schultern und meinte: »Weil Sie's sind!«

Es dauerte zwei/drei Minuten, bis die Halama unten auf dem Emmeramsplatz war. In der Zwischenzeit informierte der Köstlbacher den Liebknecht über sein Vorhaben.

Verstehen konnte der Köstlbacher von hier oben ja nicht, was 4 Stockwerke tiefer auf dem Emmeramsplatz gesprochen worden ist. Aber an den Gesten war deutlich zu sehen, dass der Liebknecht die Halama wie eine Puppe dirigierte. Nun stand sie vor dem Eingang zur Regierung. Und er in

Richtung St. Emmeramskirche, nur durch den Bischof Sailer von der Halama getrennt.

›*Aha!*‹, dachte der Köstlbacher. ›*So könnt's gewesen sein*‹.

Mit seinem Handy schoss er noch schnell ein Foto. Dann funkte er den Liebknecht erneut an.

Sobald die Halama wieder oben in ihrer Cafeteria ankam, verabschiedete sich der Köstlbacher dankend.

»War's das jetzt?«, fragte die Gitte Halama. Die Enttäuschung in ihrer Stimme konnte sie dabei nicht unterdrücken.

»Fürs Erste ja!«, sagte der Köstlbacher und hastete hinaus zum Lift. Nun würde er der Regierung noch einen Besuch abstatten müssen.

Kapitel 40

Die Klein hatte es übernommen, den Ludwig Stanglmeier und seine Freundin Claudia Semler zu einer Vernehmung vorzuladen. Formuliert hat sie es am Telefon anders, weil ›*vorladen*‹ klingt immer gleich so, als ob du was angestellt hast. Den Roland hat der Köstlbacher auch informiert. Dass das Liebespaar Stanglmeier/Semler auch anwesend sein würde, das hat er bewusst nicht erwähnt. Aber selbst wenn er es getan hätte, der Roland war von niemandem über dieses Detail bisher informiert worden. Im Klartext: Der Roland konnte nicht wissen, dass es für die Nacht am Sarchinger Zeugen gab.

Geplant war, dass erst der Stanglmeier mit seiner Claudia auftauchen würde und später der Roland quasi zufällig dazustoßen sollte. Und diesmal klappte das mit der Planung sogar.

Aber lasst mich das der Reihe nach erzählen.

»Herr Stanglmeier und Frau Semler wären da!«, kündigte die Klein das Liebespaar vom Sarchinger an.

›*... wären da ...*‹! Eine Redewendung, bei der ich mich jedes Mal frage, warum Sekretärinnen in so einer Situation den Konjunktiv benutzen müssen. Sind sie nun tatsächlich da? Oder wären sie es nur vielleicht. Wie oft habe ich mit dem Köstlbacher schon über diese sprachlichen Stilblüten geredet? Und jedes Mal hat er das an die Klein weitergegeben. Mit, wie du siehst, ohne Erfolg! Um das, mich auf diesem Sprachniveau bewegend, auszudrücken.

Der Stanglmeier war ein großer, gut durchtrainierter Mann. Vielleicht war er auch gar nicht so groß, aber im Vergleich zu seiner Freundin hat er zumindest so gewirkt. Sie war zierlich und klein. Ein ›*schnuckliges Püppchen*‹, wie sich der Liebknecht dachte, der bei dem Treffen auf Wunsch vom Köstlbacher auch anwesend war. Dass der Liebknecht in Gedanken die beiden unter dem tarnfarbenen Moskitonetz turteln sah, das muss ich ja wohl nicht besonders erwähnen. Warum ich es dennoch tue? Nun, weil in diesem Zusammenhang für den Liebknecht der Stanglmeier an Sympathie einbüßte. Vermutlich, weil er gerne an seiner Stelle gewesen wäre. Schuld an solchen Gedankengängen hatte sein aktueller Status. War er vor nicht allzu langer Zeit noch verlobt gewesen mit der Tanja Seibold, so gehörte er jetzt wieder zu der in Regensburg zahlenmäßig ganz besonders umfangreichen Gruppe der Singles. Nicht unbedingt berauschend, wenn du einmal altersmäßig an die 40 bald herankommst.

»Danke, dass Sie sich Zeit genommen haben zu diesem Treffen. Aber es gibt da noch einige Unklarheiten, die ich mit Ihnen besprechen möchte«, begrüßte der Köstlbacher die jungen Leute und stellte bei der Gelegenheit auch den Liebknecht vor, weil den die beiden noch nicht kannten.

So, jetzt musste nur noch der Roland kommen. Bis dahin ein wenig Smalltalk konnte nicht schaden.

Und so fragte der Köstlbacher, warum sie gerade den Sarchinger so sehr mochten, was an der Beachbar Besonderes dran sei, wie es mit den ›*Schwarzen Sheriffs*‹ bestellt sei, ob sie schon öfter mal da draußen übernachtet hätten und dass er das verstehen würde, weil man ja heute kaum noch Kontakt zur Natur hätte bla, bla, bla.

Aber auch so ein ganz banales Gespräch kann zu neuen Erkenntnissen führen. Interessant war die Antwort vom Stanglmeier auf die Frage, ob sie schon öfter und so.

»Sie sind gut!«, sagte da der Stanglmeier. »Was meinen Sie, wie viele Angler normal in der Nacht den Sarchinger belagern. Da würden wir uns nicht wohl fühlen.«

Den Angler-Aspekt wollte der Köstlbacher ohnehin noch geklärt wissen. Und so fragte er nach: »Was meinen Sie mit ›*normal*‹?«.

»Na ja, wenn eben nicht gerade Fußballweltmeisterschaft ist und noch dazu Deutschland spielt. Deutschland – Portugal! 4 – 0 ! Das wusste zuvor natürlich noch niemand, dass die Deutschen so grandios gewinnen werden. Aber wir wussten, besser wir hofften, dass die Angler in dieser Nacht mehr Interesse am Fußball als an ein paar gefangenen Fischen haben würden. Und das war auch so! Angler haben wir jedenfalls weit und breit keinen einzigen gesehen, bevor wir unser Mückennetz aufgehängt haben.«

Der Köstlbacher wollte dazu noch etwas sagen, aber in dem Moment kam der Roland ins Zimmer. Beim Anblick der ›*Gäste*‹ blickte er zwar etwas überrascht auf, äußerte sich aber nicht dazu. ›*Vermutlich ein Termin, der etwas länger als geplant dauerte*‹, dachte er, zog sich einen Stuhl zur Seite und setzte sich mit den Worten: »Nicht stören lassen! Ich hab's nicht eilig!«

Den Stanglmeier hat es gerissen, wie der Roland das gesagt hat. Seine Freundin, die Semler, nicht weniger. Beide haben den Roland spontan ganz entgeistert angeschaut. Aber weil der gerade zur Überbrückung der Zeit, bis sein Typ beim Köstlbacher gefragt sein würde, an seinem Handy rumzufummeln begonnen hatte, konnte er das nicht registrieren.

›*Jetzt nur keinen Fehler machen!*‹, dachte der Köstlbacher und sagte zum Liebknecht: »Norbert, würdest du bitte den Rest mit den Herrschaften in deinem Büro erledigen? Ich hätte Wichtiges mit dem Roland zu besprechen!«

Und zu seinen verdutzt dreinschauenden Gästen sagte er: »Kommissar Liebknecht kümmert sich um alles! Danke, dass Sie gekommen sind!«

Wenn jetzt natürlich der Stanglmeier oder die Semler was Falsches gesagt hätten, irgendwas, was den Roland hätte aufhorchen lassen, dann … Aber es passierte nichts dergleichen. Der Roland wechselte von seinem Stuhl in der Ecke auf einen gegenüber vom Köstlbacher und sah ihn fragend an.

Kapitel 41

Wenn die Tran Thi Linh aus Versehen ermordet worden ist, und das scheinen die neuesten Erkenntnisse zu bestätigen, die der Ortstermin am Emmeramsplatz und der anschließende Besuch vom Köstlbacher bei der Regierung der Oberpfalz gewonnen hat, dann hat die Tran Thi Linh mit den Ereignissen in der Mathildenstraße entgegen aller bisherigen Mutmaßungen nichts zu tun.

Dass Frau Söll erschrocken ist, wie ihr der Köstlbacher erzählt hat, dass in dem Aktenordner von der Tran Thi Linh ihre Entwürfe für die neue Kollektion waren, das hätte damit auch einen anderen Stellenwert. Sie war einfach nur überrascht, dass die Schneiderin, die ihr volles Vertrauen genoss, mit mehr oder weniger *›geheimen‹* Unterlagen der Firma in der Stadt herumspazierte.

Unklar und absolut in keine Überlegung passend wurden dadurch allerdings sämtliche Ergebnisse, die der Jens Spitzer dem Firmen-PC entlocken konnte.

Der Köstlbacher atmete tief durch. Warum nur musste ein gesichertes Ergebnis in der Folge andere mühsam zusammengetragene Ermittlungsergebnisse unsinnig erscheinen lassen? Dabei schienen Zusammenhänge greifbar nahe!

***

Im Regierungsgebäude wandte sich der Köstlbacher zielgerichtet an den Portier, der unten links in seinem Glaskasten saß und in der heutigen Ausgabe der Mittelbayerischen blätterte. Als ihm der Köstlbacher seinen Dienstausweis unter die Nase hielt, kam Leben in den uniformierten Mann. Kripo tauchte eher selten hier im Gebäude der Regierung der Oberpfalz auf, zumindest nicht im Diensteinsatz.

»Zu wem wollen Sie«, fragte der Portier. Eine Standardfrage!

Genau genommen musst du als Portier in so einem öffentlichen Gebäude nur zwei Fragen beherrschen:

›Zu wem wollen Sie?‹ – variabel – *›Was kann ich für Sie tun?‹*

›Wen darf ich anmelden?‹

Und eine Antwort in entsprechend abgewandelter Form vervollständigt die verbalen Fähigkeiten eines Portiers: *›Herrn Müller finden Sie im zweiten Stock. Zimmer 204. Da vorne die Treppe hoch!‹*

Manchmal kommt noch hinzu, natürlich variabel, was den Namen betrifft: *›Herr Müller ist derzeit nicht im Hause!‹*

Oder im Extremfall: *›Kann ich etwas ausrichten?‹*

Wie lange die Ausbildung von so einem Portier dauert, frag' mich nicht! Aber so mir nichts dir nichts bekommst du so einen Job jedenfalls nicht!

»Genau genommen will ich nur zu Ihnen!«, antwortete der Köstlbacher und schaffte es damit spontan, den Portier zu verwirren.

Wer geht schon in die Regierung und will dort nur zum Portier? Aber für solche Fälle, die zugegeben fast nie vorkommen, da hatte der Portier immerhin noch die Frage abrufbar: »Womit kann ich Ihnen dienen?«

Wobei es ihm bei dieser Frage schon etwas zweierlei war. Dieser Kriminaler würde nach diesem Auftritt sicher nicht nur wissen wollen, wo er Herrn Müller finden kann!

Der Köstlbacher stellte eine ganz konkrete Frage. Der Portier schaute erst etwas verwirrt, weil er sich keinen Reim darauf machen konnte, warum der Köstlbacher diese Frage stellte. Aber letztendlich nahm er seinen Terminkalender in die Hand und begann, darin zu blättern.

»Können Sie mir vielleicht ein enges Zeitfenster nennen, wann dieser Besuch das Gebäude betreten hat?«, fragte der Köstlbacher.

»Einen Moment!«, sagte der Portier und begann erneut zu blättern. Sehr nervös, wie man daran erkennen konnte, dass er mehrfach vor und zurück blätterte. Aber das war nichts Ungewöhnliches für den Köstlbacher.

Und wenn du ehrlich bist, wenn dich einer von der Kripo *›überfällt‹*, und dir Fragen stellt, auch wenn's keine besonderen Fragen sind, die dich irgendwie belasten könnten, nervös werden würdest du allemal. Bei mir braucht's nicht einmal die Kripo, um nervös zu werden. Bei mir stellen sich diese unangenehmen Symptome schon ein, wenn ich am Steuer sitze und hinter mir eine Polizeistreife auftaucht. Aber da bin ich bestimmt nicht der Einzige, dem das so geht!

»Aha!«, sagte da der Köstlbacher, als ihm der Portier nach kurzer Zeit die gewünschte Auskunft erteilte.

Und dann kam aus dem Mund vom Portier ein Satz, den er sonst so gut wie nie im Dienst abspulte: »Darf ich fragen, warum Sie das wissen wollten?«

Aber der Köstlbacher hat nur geantwortet: »Gerne! Fragen dürfen Sie alles! Aber Antwort kann ich Ihnen keine geben! Laufende Ermittlungen, wenn Sie verstehen!«

Damit verabschiedete sich der Köstlbacher und ließ einen frustrierten Portier zurück, der erst Minuten später wieder zur Mittelbayerischen griff, um da weiterzulesen, wo er vom Köstlbacher unterbrochen worden war.

Kapitel 42

Gut, dass der Köstlbacher den Ortstermin am Emmeramsplatz schon vor dem Treffen mit dem Roland, dem Stanglmeier und der Semler anberaumt hatte. So hatte er immerhin einen Wissensvorsprung. Und so einer ist Gold wert, wenn man einem ausgefuchsten Hund wie dem Roland Zeller gegenübersitzt.

Der Köstlbacher hatte die Klein instruiert, sobald der Liebknecht mit dem Stanglmeier und der Semler sein Büro verlassen haben würde, hereinzukommen, um ihn an eine wichtige Besprechung mit der Dr. Sieber zu erinnern.

Warum dieses Theater? Genau genommen wollte der Köstlbacher mit dem Roland erst wieder reden, wenn das mit dem Stanglmeier und der Semler abgeklärt sein würde. Und gesetzt den Fall, da käme für den Roland was Belastendes heraus, dann würde es vermutlich besser sein, Verstärkung im Raum zu haben. Die Klein war für solche Einsätze nicht geeignet. Einmal in Ohnmacht gefallen, eine durchaus vorstellbare Reaktion, könnte sie nicht einmal mehr Hilfe holen.

»Entschuldige!«, sagte der Köstlbacher zum Roland. »Die Besprechung mit der Dr. Sieber habe ich ganz vergessen! Können wir unser Gespräch später fortsetzen?«

»Kein Problem! Worum geht es überhaupt?«, fragte der Roland.

»Bei der Dr. Sieber? Ich glaube, um meine Beförderung!«, sagte der Köstlbacher, weil ihm im Moment keine andere Antwort einfiel.

»Du wirst befördert?«, fragte der Roland und wirkte erstaunt.

»Warum nicht!«, antwortete der Köstlbacher mit einem aggressiven Unterton, weil sich das vom Roland so angehört hatte, als ob der sich nicht vorstellen könnte, dass der Köstlbacher Karriere machte.

»Natürlich! Warum nicht! Ich habe nur gedacht, du hast hier, was du willst. Oder?«, meinte der Roland.

»Wie man's nimmt!«, entgegnete der Köstlbacher ausweichend.

Der Roland schüttelte nur seinen Kopf und versprach, zur Verfügung zu stehen, wenn der Köstlbacher mit ihm sprechen wolle. Er hätte ohnehin heute nur Verwaltungskram in der Fahrschule zu erledigen.

Ganz beiläufig, in der Art wie das der Inspektor Columbo immer gemacht hatte – ganz ehrlich gesagt, hat das der Köstlbacher dem auch irgendwann abgekupfert – fragte der Köstlbacher den Roland beim Gehen, als der schon fast aus dem Zimmer war: »Hast du gewusst, dass der Regierungspräsident Morddrohungen erhalten hat?«

Was in der Fernsehserie, in der Peter Falk als Lieutenant Columbo sich in dieser Situation immer an die Stirn fasste, um optisch sein Nachdenken zu demonstrieren, so wirksam war, das brachte im Fall Roland Zeller nichts, weil der sich vom Köstlbacher schon abgewendet hatte und so seine Gesichtszüge nicht studiert werden konnten. Höchstens ein kurzes Stocken in seiner Bewegung hätte man vielleicht als Überraschungseffekt interpretieren können. Aber eben nur vielleicht. Seine Antwort war eher unverfänglich: »Wusste ich nicht! Aber wundern tut mich das auch nicht. Leitende Regierungsbeamte ohne Feinde, das wäre ja auch was Neues!«

***

Kaum war der Roland verschwunden, griff der Köstlbacher zum Telefon.

»Und?«, fragte er knapp.

»Eine gute und eine schlechte Nachricht!«, antwortete der Liebknecht. »Welche zuerst?«

»Die gute!«, entschied der Köstlbacher spontan.

»Unser Pärchen hat den Roland erkannt!«, sagte der Liebknecht.

»Großartig!«, jubelte der Köstlbacher.

»Freu' dich nicht zu früh!«, dämpfte der Liebknecht die Euphorie seines Chefs.

»Warum? Damit wäre doch alles bewiesen!«, meinte der Köstlbacher.

»Von wegen! Hör' dir erst die schlechte Nachricht an! Die beiden kennen den Roland von einem Auftritt von SCHERBENTANZ in der Alten Mälze.

Mehr nicht! Hab' ein bisschen unverfänglich über Roland und die Beachbar geredet. Hab' gesagt, dass der Roland da auch manchmal wäre! Ist natürlich Quatsch! Aber ich wollte die Aufmerksamkeit der beiden vom Drummer Roland weg zum Sarchinger Weiher lenken. Negativ!«

»Zefix!«, grantelte der Köstlbacher. »Wieder eine Sackgasse! Schick die zwei nach Hause!«

»Sind schon weg! Hab' mir schon gedacht, dass du sie nicht mehr brauchst!«, antwortete der Liebknecht.

Kapitel 43

Das mit den Morddrohungen, das hätte der Köstlbacher gar nicht gewusst, wenn ihm das nicht seine Anna aus der Zeitung vorgelesen hätte. Anschließend hat er sich dann im Präsidium erkundigt, ob diese Morddrohungen auch bei der Polizei aktenkundig wären. Aber niemand wusste was von denen. Konnte natürlich sein, der Regierungspräsident hatte die Drohungen nicht der Polizei gemeldet, sondern nur in einer Pressekonferenz darüber geredet. Konnte aber auch sein, das Protokoll dazu war noch nicht geschrieben oder zumindest noch nicht an die Kripo weitergeleitet worden.

Auf alle Fälle, jetzt nachdem die Sache am Sarchinger Weiher auch noch ins Stocken geraten war und eine Klärung der genauen Ereignisse dort in weite Ferne rückten, gerieten der Regierungspräsident und die Morddrohungen in den Fokus vom Köstlbacher. Und weil im Moment sowieso alles nicht mehr vorwärtsging, machte er mit dem Liebknecht eine Fahrt zum Emmeramsplatz. Diesmal mit dem Ziel, den Regierungspräsidenten zu treffen. Die Klein hatte dort angerufen und die Sekretärin vom Regierungspräsidenten hatte gemeint, es wäre jetzt gerade gut. In einer Stunde erst hätte ihr Chef den nächsten Termin.

»Hoffentlich hat der wenigstens eine Ahnung, wer ihm ans Leder will!«, meinte der Liebknecht.

»Feinde hat der bestimmt genug!«, sagte der Köstlbacher.

»Die hast du auch! Aber hast du schon einmal eine Morddrohung bekommen?«, fragte der Liebknecht.

»Ja! Meine Anna hat mir erst kürzlich gedroht, mich umzubringen, wenn ich weiterhin jede Nacht so schnarche! Allerdings, alternativ drohte sie, mich aufs Sofa im Wohnzimmer umzuquartieren!«, lachte der Köstlbacher.

»Schläfst du da nicht sowieso jeden Tag vor dem Fernseher?«, lachte nun auch der Liebknecht.

Nenne es meinetwegen Galgenhumor! Aber nach all der vergeblichen Arbeit der vergangenen Tage musste auch wieder einmal ein humorvoller Ton angeschlagen werden. Sonst würden alle nur noch an ihrem Grant ersticken.

Oben am Emmeramsplatz zeigte es sich wieder einmal, dass so ein Polizeifahrzeug schon einen großen Vorteil gegenüber Privatfahrzeugen hatte. Polizei, Feuerwehr, Notarzt, Rettung und bestimmt noch ein paar dieser Sonderfahrzeuge, die haben einen eingebauten Parkplatz. Und wenn keiner da ist, der dafür belegt werden kann, dann funktioniert das auch in zweiter Reihe oder im totalen Halteverbot. Letzteres musste der Liebknecht auch in Anspruch nehmen, weil wegen dem Sailer seinem Standplatz ja sechs Parkplätze fehlten.

Der Portier – es war derselbe wie beim letzten Mal – blickte erstaunt auf, als der Köstlbacher, diesmal gleich in Begleitung, schon wieder auftauchte. Schnell legte er seine Mittelbayerische weg, stand sogar auf und fragte: »Sie schon wieder?«

Du siehst, die Frage war fast etwas unfreundlich formuliert, auch wenn der Portier das gar nicht beabsichtigte. Aber diese Frage war eben auch keine von den vorbereiteten Standardfragen. Und da kann die Formulierung schnell einmal etwas danebengeraten.

»Ja, ich schon wieder! Mein Kollege, Kommissar Liebknecht!«, antwortete der Köstlbacher und stellte den Liebknecht mit einer Handbewegung vor.

Der Liebknecht sah den Portier an und dachte: ›*Manche Leute sind wie Lavalampen. Es macht Spaß, ihnen zuzuschauen, aber besonders hell sind sie nicht!*‹

Offensichtlich hatte sich der Portier schnell gefangen und fragte erstaunlich schnell: »Sie wollen zu mir?«

»Nein! Diesmal nicht!«, sagte der Köstlbacher, was dem Portier einen Seufzer der Erleichterung entlockte. »Wir haben einen Termin beim Regierungspräsidenten!«

Wie der Köstlbacher seinen obersten Chef genannt hat, ging fast so etwas wie ›*Still gestanden!*‹ durch seinen Körper. Jedenfalls versteifte er sich sichtlich und gab das Stockwerk und die Zimmernummer durch. Und mit einem Blick auf den Köstlbacher, der dem aber entging – zumindest übersah er ihn geflissentlich – deutete der Portier zum Lift hinüber und meinte: »Der Lift wäre da drüben!«

Die Sekretärin vom Regierungspräsidenten ließ die beiden Kriminaler nur kurz warten und begleitete sie dann sofort ins Zimmer zu ihrem Chef.

So ein Zimmer ist natürlich nicht zu vergleichen mit dem windigen Büro von einem Kriminaler in der Bajuwarenstraße. Beeindruckend, frage nicht! Und trotzdem, dem Köstlbacher seine Sekretärin, die Edith Klein, gegen die wirkte dem Regierungspräsidenten seine Sekretärin wie eine graue Maus. Und das besänftigte den Köstlbacher sofort wieder. Auch wenn sie sich in dem Moment nicht verbal austauschen konnten, aber der Liebknecht dachte Ähnliches!

Damit der Regierungspräsident verstehen konnte, warum sich die Kripo auf einmal so sehr für die Morddrohungen interessierte, holte der Köstlbacher unter Hinweis auf seine Schweigepflicht etwas mehr aus. Was dann dabei herauskam, war interessant.

Ich möchte es jetzt vermeiden, dir das ganze Gespräch Wort für Wort zu erzählen. Es dauerte mehr als eine halbe Stunde und würde dich im Detail bestimmt langweilen. Aber das Ergebnis will ich dir deswegen keineswegs vorenthalten. Weil, ich hab's schon gesagt, es war wirklich interessant!

Nachdem du inzwischen den Köstlbacher schon recht gut kennen wirst, bin ich fast davon überzeugt, dass du auch den einen oder anderen Gedankengang von ihm schon gehabt haben wirst. Und bestimmt bist du auch schon oft, genauso wie er, enttäuscht gewesen, in einer Sackgasse gelandet zu sein.

Aber so ist nun mal die Arbeit eines Kriminalers. Wenn's immer nur eine Spur wäre, auf der er, sobald er sie entdeckt hat, wie ein Fährtenhund draufzubleiben hatte, um am Ende zu einem positiven Ermittlungsergebnis zu gelangen, dann wäre das ja halb so wild. Auch wenn's lang dauern würde. Aber so? Immer wieder eine neue Spur und dann war's doch die falsche oder zumindest keine gute? Da kannst du verrückt werden.

Wäre das mit dem Regierungspräsidenten nicht gekommen, genauer gesagt, dass die Anna ihm diesen Artikel aus der MZ dazu vorgelesen hätte, ich glaube tatsächlich, der Mord am Emmeramsplatz und alles, was letzten Endes damit in Verbindung gebracht worden ist, wäre irgendwann mit dem Vermerk ›*Ungelöst*‹ in einem Aktenschrank im Archiv der Kripo in der Bajuwarenstraße zum Vermodern gelandet.

Der Regierungspräsident bestätigte dem Köstlbacher und dem Liebknecht, bis vor kurzem Morddrohungen erhalten zu haben. Alle in Form einer SMS, von der sich aber keine zurückverfolgen ließ. Das ging schon über Monate so! Allerdings endeten die Drohungen vor drei oder vier Wochen.

Zurückgerechnet die Zeit vor dem Mord an Tran Thi Linh, wie der Köstlbacher im Kopf ausrechnete.

Und jetzt pass auf! Jede dieser SMS hatte den identischen Wortlaut: ›*Und du willst immer oben steh'n, das Ergebnis kannst du sehn! – Du hast den Tod verdient!*‹

Der Liebknecht schüttelte dazu nur den Kopf. Der Köstlbacher reagierte spontan hellwach. Der erste Satz dieser SMS! Er kannte ihn! Nur woher? Aber der Köstlbacher wäre nicht der Köstlbacher, wenn ihm nicht auf einmal vieles wie Schuppen von den Augen gefallen wäre.

Ich will deine kriminalistischen Fähigkeiten nicht lächerlich machen. Aber ich gehe jede Wette ein, dass du dich zwar vielleicht erinnerst, wo du diesen ersten Satz der SMS auch schon einmal gelesen hast, aber ›*Schuppen von den Augen*‹, soweit bist du vermutlich eher noch nicht.

Der Liebknecht wird ja nun bald in die Fußstapfen seines Meisters treten dürfen. Weil, dass der die Stelle vom Köstlbacher bekommen würde, das hatte der Köstlbacher bei seiner Zusage zu seiner Beförderung zum Abteilungsleiter für den Liebknecht herausgehandelt. Gewusst hat der Liebknecht zu diesem Zeitpunkt von seinem Glück noch nichts, aber auf einer mentalen Ebene muss er so etwas schon geahnt haben. Noch vor wenigen Monaten hätte er selbständig noch nicht so schlussfolgernd denken können, wie er es diesmal tat. Und so hatte er vielleicht nicht alle Gedanken in dem Umfang, wie sie der Köstlbacher hatte, aber dass diese Drohungen der Durchbruch waren, das war ihm sehr wohl bewusst.

Jedenfalls haben der Köstlbacher und der Liebknecht dem Regierungspräsidenten nicht mehr länger seine wertvolle Zeit geraubt. Mit dem Versprechen herauszufinden, wer für den SMS-Terror verantwortlich gewesen ist, verließen die Kriminaler den Regierungspräsidenten.

Der Portier stand wie von einer Feder hochgeschnellt auf, als der Köstlbacher ihm zunickte. Diese Ehrerbietung galt aber weniger den Kripobeamten, als der Tatsache, dass sie quasi gerade aus dem ›*Allerheiligsten*‹ der Regierung kamen, wohin er selber noch nie einen Fuß gesetzt hatte.

Kapitel 44

Könnte man jetzt natürlich meinen, der Regierungspräsident wird irgendeinen Mist da oben auf seinem hohen Podest gebaut haben, weshalb sich einer an ihm rächen wollte. Dann hat er auf ihn geschossen und aus Versehen die Tran Thi Linh erwischt.

Richtig kombiniert! Respekt! Bis daher liegst du richtig. Und auch was den ersten Satz der Droh-SMS betrifft: Da liegst du auch richtig. Es ist eine Zeile aus dem Song ›*AUSGEBRANNT*‹ von SCHERBENTANZ.

Damit wäre eigentlich auf einen Schlag der ganze Fall nicht mehr so trostlos, wie er noch vor wenigen Stunden ausgesehen hat. Immerhin war inzwischen klar, wie es zu den beiden Toten gekommen ist. Genau genommen beide Male ein Versehen. Statt der Tran Thi Linh hätte der Regierungspräsident dahinscheiden sollen. Und der braune Schnürstiefelträger Albin Uhl? Pech gehabt! Zur falschen Zeit am falschen Ort, sich mit dem falschen Mann angelegt!

***

Zu der außerordentlichen Dienstbesprechung im großen Versammlungsraum waren alle geladen. Außer der Roland natürlich, weil der im Grunde genommen nicht auf derselben Gehaltsliste wie die restlichen Kriminaler der Mordkommission gestanden hat. Der Köstlbacher hat es sich aber vorbehalten, ihn eventuell zu gegebener Zeit noch hinzuzuziehen. Von seiner Fahrschule bis in die Bajuwarenstraße war es ja nur ein Katzensprung.

»Bisher ging ich von einer falschen Voraussetzung aus«, begann der Köstlbacher vor versammelter Mannschaft. »Der ›*Auftragsmord*‹, von dem am Sarchinger Weiher die Rede war, galt nicht der Vietnamesin Tran Thi Linh. Ich habe mit Herrn Stanglmeier und Frau Semler noch einmal gesprochen. Sie sind sich beide nicht ganz sicher, was sie in jener Nacht am Sarchinger gehört haben. Ursprünglich hatten sie folgenden Wortwechsel zu Protokoll gegeben: ›*Blöder konntest du wohl nicht sein! Ballerst mit derselben Waffe auf die Dumpfbacke, mit der du zuvor einen Auftragsmord …*

hast!‹ Das Wort zwischen ›*Auftragsmord*‹ und ›*hast*‹ hatten sie beide nicht wirklich verstanden. Jetzt meinen sie, sich erinnern zu können, dass es ›*vermasselt*‹ geheißen hat. Also, ›*mit der du zuvor einen Auftragsmord vermasselt hast!*‹.«

»Hast du ihnen dieses Wort in den Mund gelegt?«, fragte die Dr. Sieber etwas misstrauisch.

»Nein! Wo denkst du hin! Ich bat sie nur, sich noch einmal in die Situation am Sarchinger Weiher zu versetzen. Dieses ›*vermasselt*‹ kam erst von Frau Semler. Herr Stanglmeier hat es dann bestätigt! Angeblich hätte gerade zu diesem Zeitpunkt ein Motorrad an der Straße, die oben am Weiher vorbeiführt, Gas gegeben. In der Nacht ist so ein Lärm ja weithin zu hören.«

»Wenn das so im Protokoll steht, bin ich beruhigt! Du weißt ja, wie pingelig mit Zeugenaussagen vor Gericht umgegangen wird!«, meinte die Dr. Sieber.

»Ich weiß!«, antwortete der Köstlbacher und fuhr fort: »Zufällig – leider funktioniert der innerbehördliche Informationsfluss der Regensburger Polizei nicht gerade vorbildlich – erfuhr ich, dass beim Regierungspräsidenten der Oberpfalz seit geraumer Zeit per SMS Morddrohungen eingegangen sind. Der Kollege Liebknecht und ich sind dem nachgegangen. Der ›*Auftragsmord*‹, von dem am Sarchinger Weiher die Rede war, hat mit an Sicherheit grenzender Wahrscheinlichkeit dem Regierungspräsidenten gegolten. Dazu gibt es zwei Hinweise: Die am Sarchinger Weiher gefundene Mordwaffe und die Formulierung der Morddrohungen.«

»Mordwaffe ist klar, aber was meinen Sie mit ›*Formulierung der Morddrohungen*‹«, fragte der Anhuber.

»Die Drohungen bestehen aus zwei Sätzen. Der erste ist ein Zweizeiler aus dem Song ›*AUSGEBRANNT*‹ der Musikgruppe SCHERBENTANZ: ›*Und du willst immer oben steh'n, das Ergebnis kannst du sehn!*‹

An der Stelle schüttelte der Anhuber nur den Kopf, äußerte sich aber nicht. Damit konnte er nichts anfangen.

Und dann dahinter die eigentliche Drohung: ›*Du hast den Tod verdient!*‹

Was auch immer die Drohung ansprechen wollte, unser Regierungspräsident hat keinen blassen Schimmer, worauf die Drohung abzielt. Für uns wäre das das Motiv! Er sollte für irgendetwas mit seinem Tode bestraft werden«, sagte der Köstlbacher.

Alle schienen zu überlegen. Keiner sagte etwas. Auch der Köstlbacher machte eine Pause. Die Koch wagte schließlich als Einzige, eine Vermutung zu äußern: »Ich gehe mal stark davon aus, dass du uns zusammengetrommelt hast, weil dir eine Lösung eingefallen ist. Und bevor du sie uns sagst, möchtest du wissen, ob wir auch denken können. Also pass auf! Keine Ahnung, ob ich richtig liege, aber du wirst es mir sagen: Ich glaube, der Auftragsmörder ist Vu Phuc Nam!«

Hier unterbrach die Koch einen Moment, um die Reaktion auf ihre Behauptung abzuwarten. Der Köstlbacher sah sie nur an, zeigte aber keine Reaktion. Die anderen murmelten sich Meinungen zu, unterbrachen die Koch aber auch nicht wirklich, nicht einmal durch eine kleine Zwischenfrage.

»Vu Phuc Nam war zeitgleich mit dem Roland und diesem Hasib Bakhtari in Afghanistan. Hasib Bakhtari ist tot. Roland, selbst falls er der Deutsche gewesen sein sollte da draußen am Sarchinger Weiher, der Roland spricht deutsch mit bayerischem Akzent und kein Deutsch mit ausgeprägtem asiatischen Akzent! Vu Phuc Nam ist unser Schütze!«, behauptete die Koch.

»Bravo!«, sagte der Köstlbacher und klatschte mit beiden Händen Applaus. »Fragt sich jetzt nur, wer der Boss, der Auftraggeber ist. Der Deutsche am Sarchinger?«

»Wohl kaum!«, meldete sich jetzt der Liebknecht. »Sonst hätte er nicht von dem großen Unbekannten gesprochen, der den Mord in Auftrag gegeben hatte!«

»Es wäre nicht zum ersten Mal so, dass einer von einem *›großen Unbekannten‹* spricht, dabei aber nur davon ablenkt, dass er selbst diese Person ist!«, sagte der Köstlbacher.

»Und wenn doch nicht?«, fragte jetzt der Baldauf. »Aber wer bliebe dann noch?«

»Immer der Reihe nach!«, antwortete der Köstlbacher. »Was ist am Sarchinger passiert?«

»Der Deutsche hat den Vu Phuc Nam entwaffnet und die Pistole in Richtung Wasser geschleudert?«, vermutete die Dr. Sieber.

»Vielleicht!«, antwortete der Köstlbacher. »Vielleicht passierte aber auch noch mehr!«

»Das alles ereignete sich in der Nacht, als uns Roland in Česká Kubice alleine zurückgelassen hat«, warf der Dirmeier ein.

»Wie weit ist es nach Česká Kubice? 80 km?«, fragte der Kommissar Pirzer.

»So um den Dreh herum!«, sagte aus dem Hintergrund der Anhuber.

»Also kein Problem, von Česká Kubice zum Sarchinger Weiher zu fahren, dort etwas zu erledigen und wieder zurück nach Česká Kubice zu fahren!«, sagte der Dirmeier. »Zumal der Roland dort erst am späten Vormittag wieder aufgetaucht ist!«

»Der Roland hatte Blutflecken am T-Shirt«, sagte der Baldauf. »Angeblich hätte er Nasenbluten gehabt!«

»Das Gegenteil wird sich jetzt kaum mehr beweisen lassen! Aber trotzdem, ein interessanter Aspekt!«, kommentierte der Köstlbacher.

»Warum fixiert ihr euch alle auf einmal darauf, der Roland könnte der Deutsche am Sarchinger gewesen sein? Habt ihr vergessen, dass das Liebespärchen seine Stimme nicht erkannt hat? Er kann's also gar nicht gewesen sein!«, meinte der Liebknecht. Da er genau über dieses Thema mit dem Stanglmeier und der Semler gesprochen hatte, war ihm das vermutlich auch bewusster als all den anderen, die einfach nur krampfhaft nach einer Lösung suchten.

»Klingt plausibel! Und doch gefällt mir irgendetwas nicht an der Geschichte!«, meinte die Dr. Sieber.

»Mir auch nicht!«, pflichtete der Anhuber bei. »Wir drehen uns im Kreis!«

»Weil uns schlüssige Beweise fehlen!«, brummte der Köstlbacher. »Wir haben die Mordwaffe! Wir wissen, dass sie aus NVA-Beständen stammt und über Česká Kubice ihren Weg zu uns gefunden hat.«

Während der Köstlbacher das erklärte, heftete er ein Archivbild der Makarow PB mit danebenliegendem Magazin an die Arbeitspinnwand im großen Versammlungsraum.

»Roland hat versprochen herauszufinden, an wen die Waffe in Česká Kubice verkauft worden ist. Bislang blieb er mir die Antwort schuldig«, fügte der Köstlbacher noch hinzu.

»Vielleicht hat er sie sich ja selbst besorgt!«, warf die Koch ein.

»Vielleicht!«, pflichtete der Köstlbacher bei.

»Und wir haben diese Jacke, die Kollegen aus dem Sarchinger fischten, mit dem Magazin der Makarow in einer dieser Taschen!« Der Köstlbacher heftete ein Bild der geborgenen Jacke an die Pinnwand und deutete auf zwei aufgenähte Taschen. »Die Jacke ist zudem zerrissen, was bedeuten könnte, dass ein Kampf stattgefunden hat.«

»Wow!«, rief da der Dirmeier erstaunt.

»Der Hammer!«, schrie der Baldauf fast.

Alle blickten fragend zu den beiden Kollegen hin.

»Der Roland hatte so eine Jacke an, als wir mit ihm unterwegs waren. Wenn ich jetzt so drüber nachdenke, dann hat er sie nicht angehabt, als er nach den nächtlichen Ereignissen am Sarchinger Weiher zu uns ins Hotel zum verspäteten Frühstück kam«, erklärte der Dirmeier.

»Genau! Mir ist das Fehlen der Jacke nicht aufgefallen! Aber jetzt? Der Dirmeier hat völlig recht!«, ergänzte der Baldauf.

Der Köstlbacher rieb sich erfreut seine Hände und meinte: »Dieses letzte Puzzle hat mir noch gefehlt!«

»Stopp! Ihr driftet da in eine falsche Richtung! Schon wieder vergessen? Weder der Stanglmeier noch die Semler haben seine Stimme erkannt!«

»Weil sie die Stimme mit SCHERBENTANZ in Verbindung gebracht haben! Ich habe mich beim Dr. Schenker schlau gemacht. Unser Polizeipsychologe meinte, die Angst des Pärchens bewirkte draußen am Sarchinger eine Stresssituation. Im Normalfall hätten beide bei einer späteren Gegenüberstellung die Stimme vom Roland identifizieren können. Aber die ausgestandene Angst brachte die Erinnerung an diese Stimme mit SCHERBENTANZ in Verbindung, um ein erneutes Aufleben dieser Angst zu umgehen. Es ist überraschend, dass beide gleichermaßen reagierten, aber trotzdem nicht außergewöhnlich. Ein zusätzliches Gutachten dazu habe ich beim Dr. Rolf Hagner von der Psychiatrie am Uniklinikum in Auftrag gegeben«, erklärte der Köstlbacher.

»Dann ist der Roland unser Mann?«, fragte der Anhuber.

»Nicht der Todesschütze! Der war Vu Phuc Nam!«, antwortete der Köstlbacher.

»Wieso bist du dir da so sicher?«, fragte die Dr. Sieber. »Es könnte doch auch der Roland gewesen sein.«

»Nein! Ich konnte über Interpol ein Archivbild von Vu Phuc Nam bekommen!« Mit diesen Worten zog er das besagte Bild aus seiner Arbeitsmappe und heftete es an die Pinnwand. »Zeugen der Tat in der Zandtengasse haben Vu Phuc Nam eindeutig identifiziert!«

»Aber für die Ermordung der Tran Thi Linh gibt es doch keine Zeugen?«, stellte die Koch fragend fest.

»Gibt es leider nicht! Aber der Roland war zur Tatzeit nachweislich beim LKA in München. Das haben unsere Recherchen eindeutig ergeben«, antwortete der Köstlbacher.

»Das würde bedeuten, Roland Zeller stand schon länger unter Verdacht?«, fragte der Anhuber.

»Verdacht ist vielleicht etwas übertrieben. Aber wegen der Sache in der Mathildenstraße kam zumindest die Möglichkeit in Betracht, der Roland könnte damit etwas zu tun haben.

»Stichwort ›*Mathildenstraße*‹! Darüber wurde jetzt überhaupt noch nicht geredet!«, sagte die Dr. Sieber.

»Da wir Werkspionage inzwischen ausschließen konnten, musste es irgendeine andere Verbindung geben. Die vermeintlichen Fingerabdrücke von Hasib Bakhtari ließen nach unseren Erkenntnissen nur noch den

Schluss zu: Roland hat am besagten PC gesessen. Vu Phuc Nam ist laut Interpol nur 158 cm groß. Der Bildschirm war aber ein gutes Stück nach hinten geklappt. Also musste der User größer gewesen sein, größer auch als Frau Würtz, die sonst an diesem PC sitzt. Ein weiterer Schluss ist nun natürlich auch, dass Roland irgendwann die Identität dieses Hasib Bakhtari angenommen haben muss, versehen auch mit dessen Fingerabdrücken. Eine Nachfrage beim LKA führte zu keinem positiven Ergebnis, wurde aber auch nicht dementiert. So ist das immer, wenn denen die Hände gebunden sind!«

»Und welcher Art war sie dann, diese ›*andere Verbindung*‹?«, fragte die Dr. Sieber.

»Auf die richtige Idee kam ich bei meinem Besuch beim Regierungspräsidenten. Seht euch noch einmal die Morddrohung an«. Mit diesen Worten heftete er die ausgedruckte SMS an die Pinn.

›*Und du willst immer oben steh'n, das Ergebnis kannst du sehn! – Du hast den Tod verdient!*‹

»Er hat mir gegenüber natürlich nicht zugegeben, dass es da irgendetwas geben muss, was jemanden so auf die Palme bringt, dass er ihn ermorden lassen will. Zweite Möglichkeit wäre, an ihm sollte nur ein Exempel statuiert werden. Mein Favorit ist mehr die erste Möglichkeit.«

»Und die wäre?«, fragte der Anhuber.

»Keine Ahnung!«, sagte da der Köstlbacher frei und erfrischend ehrlich heraus.

»Sie sind gut!«, meinte dazu der Anhuber. »Also stehen wir wieder am Anfang?«

»Aber nein! Ich glaube nur, dass der Grund nicht wichtig ist. Und ich glaube auch, dass der Regierungspräsident den uns nicht verraten wird. Es kann eine private Sache sein. Es kann aber auch eine große öffentliche Sache sein, die er verbockt hat. Würden Sie da so mir nichts dir nichts Auskunft erteilen, wenn es Sie beträfe?«, fragte der Köstlbacher den Anhuber.

Darauf gab der Anhuber erwartungsgemäß keine Antwort.

»Der Roland wollte ihm ans Leder!«, sagte der Köstlbacher.

»Dann wäre also der Roland auch der *›große Unbekannte‹*?, fragte der Liebknecht.

»War er das nicht immer schon?«, lächelte der Köstlbacher. Aber das Lächeln verschwand schnell wieder aus seinem Gesicht, als er hinzufügte: »Die ganze Show, die er in der Mathildenstraße abgezogen hat. Er wollte uns an der Nase herumführen, lächerlich machen. Und beinahe wäre ihm das auch gelungen!«

»Warum die Show gerade in der Mathildenstraße?«, fragte die Dr. Sieber.

»Ich erinnere mich gut, als ich dem Roland vor etwa einem halben Jahr bei einem Bier erzählte, dass Frau Söll in der Mathildenstraße einen Showroom eingerichtet hat, in dem sie ihre Dirndl Couture präsentiert. Ich erzählte ihm ganz privat und schon etwas angetrunken, dass ich zu gerne einmal diesen Showroom gesehen hätte. Nicht allein wegen der Dirndln!« Und dabei zwinkerte der Köstlbacher mit einem Auge. So privat hat ihn hier noch niemand gesehen! »Die Dirndln wären mehr was für meine Anna!«, ergänzte der Köstlbacher in dem Zusammenhang noch. »Dass der Roland sich das merken und diesen Showroom zum Ort seiner Spielchen wählen würde, das konnte ich nicht ahnen. Aber nichts anderes tat er!«

»Du meinst, er hat das für uns inszeniert?«, fragte die Koch.

»Mehr ausschließlich für mich! Der Mordanschlag auf den Regierungspräsidenten war zu dem Zeitpunkt schon terminlich geplant. Anders zumindest kann ich es mir nicht vorstellen. Der Roland muss eine Scheißwut auf den Regierungspräsidenten gehabt haben. Kann sein, es hat was mit seiner Fahrschule zu tun. Kann auch ganz andere Gründe haben. Vielleicht sagt er es uns, wenn wir ihn haben. Vielleicht!«

»Aber warum? Die Gefahr, erwischt zu werden, potenzierte sich doch dadurch für ihn?«, fragte die Dr. Sieber.

»Weil es sich um den Roland handelt! Ganz einfach! Der Roland tickt nicht wie ein normaler Mensch. Damit möchte ich nicht sagen, dass der Roland verrückt ist. Aber anders als wir ist er auf alle Fälle. Und gefährlich obendrein!«

»Was schlagen Sie vor?«, fragte der Anhuber. »Reicht die Beweislast für eine Verhaftung?«

»Ich habe mir erlaubt, seine Fingerabdrücke sicherzustellen. Auf das Ergebnis warte ich leider immer noch!«, antwortete der Köstlbacher ausweichend.

Da griff der Anhuber zu seinem Handy, ging ein paar Schritte zur Seite und bellte ein paar böse Worte ins Mikrophon, steckte sein Handy ein und gesellte sich wieder zu den anderen.

»In wenigen Minuten werden wir mehr wissen!«, sagte der Anhuber.

Jeder wusste natürlich, dass er seine Position als Polizeichef in die Waagschale geworfen und denen von der Spurensicherung Dampf gemacht hatte.

»Unabhängig von den Fingerabdrücken werden wir ein anderes Problem haben!«, sagte der Köstlbacher, da alle recht still warteten und anscheinend keinem mehr was Sinnvolles einfiel.

»Du denkst an den Vu Phuc Nam?«, fragte die Dr. Sieber.

»Es fehlt jede Spur von ihm! Ohne ihn werden wir dem Roland vielleicht die Sache in der Mathildenstraße anlasten können. Aber selbst da wird er den Brandanschlag leugnen. Mehr als Einbruch ohne Diebstahl ecetera pp können wir ihm nicht anlasten. Und da möchte ich wetten, findet er ein Schlupfloch!«

In dem Moment zog der Anhuber sein Handy aus seiner Hosentasche. Es war wohl nur auf Vibration eingestellt gewesen, weil es keiner im Raum gehört hatte.

Mehr als »Hallo!« und »Danke!« sagte der Anhuber nicht. Dafür aber danach laut zu den Anwesenden: »Roland Zeller und Hasib Bakhtari sind eine Person! Oder besser formuliert, die Fingerabdrücke des toten Hasib Bakhtari sind eigentlich die vom Roland Zeller.«

»Gut zu wissen!«, durchbrach der Köstlbacher als erster das daraufhin entstandene Schweigen.

»Meinst du, Herr Zeller hat Vu Phuc Nam beseitigt?«, fragte Frau Dr. Sieber den Köstlbacher und verbalisierte damit etwas, was sich so bisher keiner zu fragen getraut hatte.

Der zuckte mit seinen Schultern und meinte: »Mit der Jacke lässt sich vielleicht seine Anwesenheit am Sarchinger Weiher beweisen. Aber mehr sicherlich nicht!«

Nachtrag

Es erging Anzeige gegen Roland Zeller wegen Sachbeschädigung und Einbruchs. Wie erwartet war das mit der Sachbeschädigung schnell vom Tisch. Es war ihm nicht nachzuweisen, dass er das Feuer in der Mathildenstraße gelegt hatte. Und bezüglich des Einbruchs, da redete sich der Roland heraus, auf anonyme Hinweise hin spontan ohne Auftrag reagiert zu haben, da Gefahr bezüglich Werkspionage im Verzug war. Die tatsächlich erfolgte, aber nicht gefahndete Werkspionage verlieh seiner Aussage auch vor Gericht Glaubwürdigkeit. Die fremden Seiten hätte er im Internet nur geöffnet, um von seinen Fahndungsversuchen abzulenken.

Wegen Anstiftung zum Mord oder gar Mord konnte er nicht belangt werden. Vu Phuc Nam wurde nie mehr aufgefunden. Sollte ihn Roland am Sarchinger Weiher getötet und in seinem Wagen wegtransportiert haben, so war das nicht zu beweisen. Mit Rolands Rückkehr von Česká Kubice nach Regensburg war nämlich auch sein Auto verschwunden. Er war mit öffentlichen Verkehrsmitteln nach Regensburg gefahren. Seinen Wagen hatte er zuvor in Česká Kubice als gestohlen gemeldet. Ein kluger Schachzug im Vorfeld einer zu erwartenden Untersuchung? Jedenfalls interessant! Der zuständige Staatsanwalt fand daran nichts auffällig – und stieg bald nach der Verhandlung zum Oberstaatsanwalt auf.

Rolands zweite afghanische Identität war zwar nichts, was jedem bundesdeutschen Bürger erlaubt gewesen wäre, aber in seiner Eigenschaft als Undercover-Agent, der sowohl für die Kripo Regensburg als auch für das LKA, bisweilen sogar für das BKA arbeitete, war das nichts Ungewöhnliches.

***

Frau Dr. Renate Sieber wechselte nach München und Kriminalhauptkommissar Köstlbacher wurde zum Abteilungsleiter der Kripo Regensburg befördert. Kommissar Norbert Liebknecht rückte zum neuen Teamchef der Mordkommission mit einer Ernennung zum Kriminalhauptkommissar auf.

Seine Ex-Verlobte Tanja Seibold zeigte spontan wieder Interesse am Liebknecht. Da sie das aber offensichtlich nur in Zusammenhang mit seiner Beförderung tat und den Liebknecht womöglich noch zu einer weiteren Karriere anstacheln wollte, zog es der frisch gebackene Hauptkommissar vor, lieber weiterhin sein Singledasein zu genießen.
Bleibt die Frage nach der Klein offen. Verständlich, dass sie der Köstlbacher mitnehmen wollte. Zwei Gründe sprachen aber letztendlich dagegen: Man hätte dann nicht gewusst, wohin mit der Sekretärin, die schon der Dr. Sieber zur Seite gestanden hatte. Und: Die Klein wollte beim Liebknecht bleiben.

Danksagungen

Die Idee zu diesem Krimi entstand während einer Einladung der großartigen und überaus kreativen Regensburger Dirndl Couture Designerin **Astrid Söll** in ihrem ›*Showroom*‹, der vor allem für meine Frau eine Offenbarung war. Im Anschluss blieben wir noch auf einen Plausch bei Kaffee und Kuchen. Von der Umgebung inspiriert, entwickelte ich im Gespräch spontan die Idee und ein grobes Konzept zum vorliegenden Krimi AUSGEBRANNT. Frau Söll, ihr Sohn **Quirin** und die Seele der Firma, die äußerst attraktive Sekretärin Frau **Sandra Würtz**, erklärten sich schnell mit meiner Bitte einverstanden, ihre Personen in eine selbstverständlich fiktive Handlung des Krimis einbinden zu dürfen.

Dafür hier mein ganz lieber Dank!

Ein herzliches Vergelt's Gott gilt dem Drummer **Roland Zeller**, der wieder für den schillernden Undercover-Agenten gleichen Namens Pate stand. Wer Roland Zeller live kennenlernen möchte, kann bei ihm in ›*RoSi's Fahrschule*‹ in Regensburg seinen Führerschein machen. Vielleicht verrät er dann auch, was er schon wirklich erlebt hat und was nur meiner Dichtung entsprang.

Nicht vergessen möchte ich an dieser Stelle meinen Freund **Stefan Faltenbacher,** der mich als Fachmann in allen Fragen akribisch beraten hat, in denen Waffen eine Rolle spielen.

Für die Episode am Sarchinger Weiher, allen Insidern als herrlicher Badesee mit Blick auf die Walhalla bekannt, durfte ich den charmanten **Suat**, Betreiber der Beachbar, und seine Tochter **Anna** ins Geschehen ebenso einbeziehen wie **Tanja Schreiner** mit ihrem Sohn **Benjamin**, der im Krimi plötzlich am Seeufer mit einer gefundenen Pistole für verständliche Aufregung sorgte.

Mein ganz besonderer Dank gilt der Band **SCHERBENTANZ**, die mir großzügig den Text ihres Songs AUSGEBRANNT für diesen Krimi zur Verfügung stellte.

Danke auch Frau **Gitte Halama**, die ich namentlich nennen durfte. Leider existiert das im Text beschriebene Café, das sie führte, nicht mehr.

Eigenheiten des vom Autor gewählten Stils

Paul Fenzl entschied sich bezüglich seiner siebenteiligen Regensburg-Krimi-Serie für einen etwas ungewöhnlichen Sprachstil, dessen besondere Merkmale elliptische Sätze, die ›*du*‹-Form, Namen mit vorangestelltem Artikel, häufig Dativ statt Genitiv sowie stereotype Satzanfänge und Redewendungen sind.
Es lag in der Absicht des Autors, dadurch den Leser gleichzeitig zum Zuhörer zu machen, der mit diesen Geschichten gleichsam in einer Art Wirtshausatmosphäre von einem Erzähler unterhalten wird.

Weitere beim Spielberg Verlag erschienene Regensburg Krimis vom Autor Paul Fenzl:

KÖSTLBACHERS ERSTER FALL

Die zentrale Figur ist Monika Steingeister, deren Lebensgeschichte vom 10jährigen Mädchen, Einzelkind aus gut situiertem Hause, bis hin zur Studentin und Teilzeitprostituierten glücklicherweise im realen Leben eher die Ausnahme sein mag, aber dennoch gut nachzuvollziehen ist.
Seitenhiebe, insbesondere auf Politiker und Lehrer und, wenn man so will, exemplarisch reduziert, das gesamte Establishment, stehen für die scheinbar ungeplante Absicht des Autors, profane, kritische Beobachtungen in eine kriminalistische Story zu verpacken und sie dem Leser dadurch subtil „unterzujubeln".
Insgesamt ein Krimi, der auch wegen seiner unverschnörkelten Sprache an Nähe zur Realität gewinnt und den, in diesem Genre allgemein üblichen, oberflächlichen Unterhaltungsfaktor weit überschreitet.

VILLAPARK

Eine Abiturientin des Regensburger Albrecht-Altdorfer-Gymnasiums wird tot im schulnahen Villapark aufgefunden. Die vom Kriminalhauptkommissar Köstlbacher umgehend eingeleiteten Ermittlungen geraten ins Stocken im breit gefächerten Morast menschlicher Abgründe. Gerade, als nach Wochen endlich Licht in den Fall zu kommen scheint, geschieht ein zweiter Mord.
Nie vorher geht dem Köstlbacher ein Fall so sehr an die Nieren, wie dieser. Schuld daran trägt eine unerwartete Verknüpfung der Ereignisse mit seiner eigenen Familie.

KÖSTLBACHERS ALBTRAUM

Im Regensburger Bezirksklinikum wird ein Patient in seinem Bett bestialisch ermordet. Vom Mörder fehlt jede Spur. Auch ein Motiv ist zunächst nicht erkennbar. Was hat Prof. Dr. Neumann, Leiter der Psychiatrie im Bezirksklinikum, mit dem Verbrechen zu tun?
Für Hauptkommissar Köstlbacher, der seit einiger Zeit selbst ambulant Patient beim Prof. Dr. Neumann ist, wird der Fall in mehrfacher Hinsicht zum Albtraum. Ein weiterer Mord geschieht. Detaillierte Zeugenaussagen lassen hoffen. Doch dann kommt alles ganz anders.

TOD EINER TANZSCHÜLERIN

Ein neuer Mordfall erschüttert Regensburg. Der Kripo gelingt es nur langsam, zielgerichtete Ermittlungen in Gang zu setzen. Zeugen sind nicht wirklich hilfreich. Hat die Veranstaltungsagentur Stadtmaus etwas mit dem Fall zu tun? Oder eine Literatengruppe? Oder findet sich die Lösung in der bekannten Tanzschule Backhausen? Köstlbacher ermittelt in alle Richtungen.

DER BIERGARTENMÖRDER

Kriminalhauptkommissar Edmund Köstlbacher leitet die Ermittlungen nach einem Mord im Biergarten der Kreuzschänke. Als wenig später ein zweiter Mord nach demselben Muster in der Alten Linde hinzukommt, werden erste Zusammenhänge erkennbar.
Über einen gewissen Zeitraum hinweg sieht es sehr danach aus, als hätten diese Morde etwas mit der in Deutschland verbotenen aktiven Sterbehilfe zu tun. Könnte das tatsächlich der Fall sein? Oder soll damit die Fantasie des Lesers in die Irre geleitet werden?

Da wird in der Metgebergasse ein Arzt von einem Armbrustbolzen tödlich getroffen.
Geht auch dieser Mord auf das Konto des »Biergartenmörders«? Sind es Taten eines Verrückten? Oder steckt gar wieder einmal organisiertes Verbrechen hinter alledem?
Ein neuer Regensburg-Krimi, der nicht zuletzt wegen realer Vorkommnisse, an die man beim Lesen unweigerlich erinnert wird, bewegt.

WEGGESPERRT

Der Polizeichef der Stadt Regensburg wird hinterrücks ermordet. Ähnliche Fälle lassen Zusammenhänge vermuten. Immer wieder ergeben sich neue Spuren. Was anfangs deutlich schien, wird zusehends schwammiger. Drogen, Prostitution und Erpressung gestalten den Ermittlungsumfang noch komplexer. Doch der Kommissar Köstlbacher beißt sich mit seinem üblichen unerbittlichen und liebenswürdigen Grant allmählich durch die vielen Schichten, die das Zentrum des Verbrechens verschleiern. Und schließlich wieder der atemberaubende Countdown!

Auszug aus unserem Buchprogramm

Manfred Böckl:
Das Amulett aus Keltengold

1. Auflage 2015,
Format 13,5 x 20,5 cm,
232 Seiten, Hardcover

ISBN 978-3-86646-702-6
Preis: 16,90 EUR

Manfred Böckl:
Die Leibeigenen

1. Auflage 2015,
Format 13,5 x 20,5 cm,
208 Seiten, Hardcover

ISBN 978-3-86646-703-3
Preis: 16,90 EUR

Manfred Böckl:
Mühlhiasl

9. Auflage 2014,
Format 13,5 x 20,5 cm, 270 Seiten,
Hardcover mit Schutzumschlag

ISBN 978-3-89682-988-7
Preis: 15,95 EUR

Herbert Becker:
Blutwurz

1. Auflage 2015,
Format 13,5 x 20,5 cm,
272 Seiten, Hardcover

ISBN 978-3-86646-706-4
Preis: 16,90 EUR

Manfred Böckl:
Der Hexenstein

2. Auflage 2001,
Format 12,7 x 19,7 cm, 232 Seiten,
Hardcover mit Schutzumschlag

ISBN 978-3-89682-002-0
Preis: 15,50 EUR

Johann Dachs:
Die Landstorfer Bande

4. Auflage 2009,
Format 13,5 x 20,5 cm,
144 Seiten, Hardcover

ISBN 978-3-934863-34-7
Preis: 9,90 EUR

Fordern Sie kostenlos unser Verlagsprogramm an!

gietl verlage
Pfälzerstraße 11 • 93128 Regenstauf
Tel. 09402/9337-0 • Fax 9337-24
www.gietl-verlag.de • E-Mail: info@gietl-verlag.de
Erhältlich im Buchhandel oder direkt beim Verlag!